Goldrausch an der Loreley

Mein Dank gilt Herrn Rolf Daum (ehemaliger Bürgermeister von St. Goarshausen) und seiner Frau Christa, die das Manuskript vorab gelesen und mich somit vor logischen Fehlern bewahrt haben. Dank auch an meine Tochter Bettina Link, die sich akribisch der Textkorrektur gewidmet hat.

Personen:

Franz Hemmersbach, Kriminaloberkommissar (genannt Hemmi) (38)
Lilo Hemmersbach, seine Frau (28)
Horst Krawuttke, Kriminalkommissar (genannt Krawe) (28)
Marie, Krawuttkes Freundin (25)
Josef von Meiderich, Kriminalhauptkommissar (genannt MSV) (48)
Waldemar Obermeier, Kellner
Karl Schlau, Lehrer
Oskar Huberts, Lotse
Wilhelm Weisbarth, Winzer
Rudolf Wiese, Pfarrer
Baldur Obermeier, Rechtsanwalt
Artur Wesendonk, Händler
Ein unbekannter „Emittent" (alias van der Lubbe, nicht verwandt
mit dem Reichstagszündler)
Fräulein Pflug
Elvira Pflug (ihre Tochter)
Benedikt Pflug (deren Sohn)
Opa Wendelin

Laura Reinhard, Loreley (22)
Michael Ackermann, Freund (24)
Joachim Wickert, Ex-Freund (22)
Eva Backes, Amtsvorgängerin
Hans Reinhardt (Hennes)
Gretel Reinhardt (Gretchen)
August Schmitt, Schiffseigner der MS Albatros II
Hertha Schmitt, seine Frau
Optenhövel, Kriminalhauptkommissar, Duisburg
Meister und Gsell, Ehrenmänner mit Macken

Inhaltsverzeichnis

Goldrausch
an der Loreley

Kriminal-Erzählung

Karl-Heinz Link

ISBN: 3-8334-6509-3
ISBN: 978-3-8334-6509-3

Wie krampfhaft auch des Atems Not
Am Ende steht ein schlimmer Tod

Der Mann erwacht ganz langsam aus seinem Koma. Sein erster Eindruck ist Dunkelheit. Nacht? Sein Schädel brummt, schmerzt. Er versucht mit der rechten Hand seinen Hinterkopf abzutasten. Aber es gelingt ihm nicht. Ein Brett hindert ihn daran. Instinktiv versucht er es mit der linken Hand. Auch hier ein Brett. Er will sich aufrichten und stößt mit der Stirn gegen Holz. Wo zum Teufel bin ich? Sofort bricht Panik über ihn herein. Er will sich befreien. Sein Puls rast. Die Luft wird dünn. Atemnot treibt Angstschweiß in sein Gesicht. Mit den Fingernägeln als Werkzeug will er sich in das Holz graben. Er muss einen Anfang finden. Immer wieder neue Kratzverssuche. Jetzt nur nicht den Kopf verlieren. Kurz überlegen. Ist das nur ein böser Traum? Wach werden und alles wird gut. Aber er ist wach, hellwach.

Seine Fingerkuppen bluten, die Fingernägel brechen. Die schier ausweglose Lage mobilisiert ungeahnte Kräfte in ihm. Vehement drückt er jetzt gegen die enge Behausung. Das Holz des Sarges bewegt sich nicht, nicht einen Millimeter. Flach atmen, das rationiert den Sauerstoff. Ausweglosigkeit übermannt ihn. Die absolute Stille verstärkt seinen Verdacht, er liegt in seinem Sarg. Unter der Erde. Klopfversuche. Dann Warten. Nichts. „Hiiilfe – Hiilfe – Hilfe –Hil – Hi – Hh - H." Der Mann glaubt immer noch an einen bösen Traum aus dem alten Rom, wo zur Zeit der Christenverfolgung die Menschen in großen mit Wasser gefüllten Eisenpfannen über das Feuer gestellt und gekocht wurden. Er weiß Bescheid über die grausame Methode, wo man Frauen wegen Verletzung des Gelübdes zur Keuschheit in unterirdischen Kammern lebendig eingemauert hatte. Auch im Mittelalter war diese Bestrafung unter dem Hochadel üblich, allerdings nur bei Frauen für Straftaten wie Ehebruch oder Kindsmord. Aber er ist sich bewusst, nicht mehr im Mittelalter zu leben. Wir sind doch schließlich im 21. Jahrhundert. Hätte man ihm doch ein Luftrohr in den Sarg verlegt, am besten mit einer Schnur, damit er durch Ziehen der Schnur eine Glocke auf dem Grab in Bewegung setzen könnte. Aber solch technischer Aufwand ist wohl zuviel verlangt. Wahnsinn schleicht ihn an, wird sein Genosse. Sein Gedächtnis spult einen Lebensfilm ab, seinen eigenen. Im Eiltempo. Kindheit, Jugend, Mannesalter, Erfolge, Niederlagen, gelebte innere Gefühle. Er verspürt seine zufriedene Geborgenheit im Mutterschoß, den erträglichen Schock seiner Geburt und die wundersame Entdeckung seines Atems, dann die endlose Liebe seiner Mutter. Er hört seinen ersten Schrei und registriert den süßen Schmelz der Muttermilch. Kindheits-Erinnerungen, Krabbelversuche, erste mühsam gelungenen Schritte, Spielzeugfiguren rauschen vorüber, die er kaum mehr erhaschen kann. Spätere Balgereien auf dem Spielplatz mit Buben und Mädchen. Ja, die Mädchen haben es ihm angetan. Schon in der Schule wirft er ein Auge auf sie. Und später erst. Oh Gott, ist das eine schöne Zeit. Große Gefühle kommen ins Spiel. Er erkennt, ohne Gefühle kann kein Mensch leben. Das Leben ist groß und schön. Die Entfaltungsmöglichkeiten gewaltig. Talente entdecken, eigene Lebens-Gestaltung mit dem Marshallstab im Tornister. Erfolge genießen und Enttäuschungen verkraften halten sich die Waage. Dann erlebt er noch einmal die Hitparade all seiner Missetaten. Ein alles verzehrender Schmerz macht eine Reise durch seinen gepeinigten Körper. Große Müdigkeit erzwingt Erschöpfung. Dann eine erneute Ohnmacht. Diese Ohnmacht ist gnädig, so gnädig wie die gleichgültige Erde über ihm. Der Schlummer des Todes schleicht ihn an. Noch atmet er flach und flacher. Die innere Rebellion hat sich ergeben. Tot. Das kümmert den übergroßen Vollmond nicht, der die gespenstische Friedhofsszene mattsilbrig überzieht.

*

An der Loreley wird Gold gefunden. Nicht an der Loreley, sondern in der Loreley, im Innern des Felsgesteins. So sagen es die Leute auf der Straße. Die frohe Kunde vom unerwarteten Reichtum geht in Windeseile durch den beschaulichen Ort St. Goarshausen und wechselt noch am gleichen Tag hinüber zur Schwesterstadt St. Goar. Hier wie dort und anderswo übt gefundenes Gold eine ungeheure Faszination aus. Es klingt wie sechs Richtige im Lotto. Nie mehr arm sein, ein schuldenfreies Leben führen, sich alle Güter dieser Welt leisten können. Sollen doch die anderen schuften, während wir an der Quelle sitzen. Und die wird verteidigt. Noch weiß nicmand von den Vorgängen auf dem Friedhof.

Gold bedeutet Kapital, ist Macht, Einfluss, unermesslicher Reichtum. Wenn auch der Januarfrost beißend unter die Kleidung kriecht und Unbehagen verursacht, so wird es doch ein heißer Winter im glücklichen Tal der Loreley. Die Autohändler in der Umgebung wundern sich über ein halbes Dutzend neue Kunden aus der Loreley-Region. Es werden verstärkt Möbelkäufe registriert. Und manch mutiger Jüngling möchte die baldige Gründung einer Familie vorantreiben. Andererseits geistern in einigen Männerköpfen Trennungsabsichten von ihren zänkischen Frauen, während Ehefrauen wiederum Chancen wittern, sich unabhängig zu machen von ihren alkoholisierten Männern.

Es wird bald in diesen beiden Orten und in der gesamten Region keinen Gerichtsvollzieher mehr geben. Der wird arbeitslos werden. Aber das lässt den

Gerichtsvollzieher kalt angesichts der verlockenden Goldaussichten. Die Bürger zahlen ihre Steuern ohne Murren, ja sogar mit einem Lächeln auf den Lippen. An den Stammtischen gibt es nur noch ein Thema. Gold, pures Gold. Es klingt wie im Märchen. Die Menschen am Rhein können ihr Glück nicht fassen. Der „Goldene Löwe" von St. Goar, ein honoriges Hotel an der Rheinfront, ist Treffpunkt überglücklicher Bürger. Küche und Keller werden gefordert. Sofort wird das Personal aufgestockt, damit die Gäste bestens versorgt werden können. Welch ein Glück, dass der Hotelier den Obermeier eingestellt hat. Der Wirt muss vorzeitig die Tür zusperren wegen Überfüllung. „Heute geschlossene Gesellschaft" und morgen ist schon wieder „geschlossene Gesellschaft." Übermorgen ebenfalls. Das Schicksal entschädigt die St. Goarer Hansengesellschaft sogar für den am Sonntag, dem 5. Mai 1996 geraubten Hansebecher, den der Landgraf Ernst von Hessen-Rheinfels im Jahre 1683 gestiftet hatte. Der größte Kunstraub aller Zeiten in St. Goar erfährt jetzt seine materielle Entschädigung durch die schicksalhafte Entdeckung von Goldvorkommen im Innern des sagenumwobenen Loreleyfelsens. Das zweite Paradies war nie so nah. Doch so friedlich und paradiesisch wie die Tage zu Adam und Eva ist die Welt von heute wahrlich nicht mehr. Zwar gibt es noch Paradies-Vögel, auch in dieser Geschichte. Doch die haben es meist faustdick hinter den Ohren.

*

Dann erfahren es alle. Der Mord an der Loreley sorgt bei den Menschen am Rhein für helle Aufregung. Sie sind fassungslos, kopflos. Sprachlos sind sie nicht, waren sie noch nie. Und so quatschen sie wirr durcheinander. Es werden wilde Spekulationen erzeugt. Vermutungen mutieren zu ungeprüften Argumenten und sind ganz schnell verwandt mit leichtgläubig gestützten Tatsachen. Aber der Reihe nach.

Sonntagabend. Der Tag dämmert früh. Bald wird's dunkel an der engsten Stelle des Rheins. Fliegende Wolken, wie von Segeln getrieben, streben zum Horizont von West nach Ost und türmen sich dort zu einem weißen Berg, der das markante Loreleymassiv um einiges übertrifft. Der Bergfahrer MS Schaffhausen stemmt sich vehement gegen den gurgelnden Strom, der hier an der gefährlichsten Stelle im Gebirg´ erhöhtes Augenmerk fordert. Der Schiffsführer quittiert mit Genugtuung die drei beleuchteten, waagerechten Balken an der Signalstation gegenüber dem Loreleyfelsen auf der Steuerbordseite. Also, kein Gegenverkehr am Betteck, auch nicht am Kammereck und an den Jungfrauen, jenen sieben Felsen in der Mitte des Stroms. Aber verdammt noch mal, was ist da an der Loreley los? Suchscheinwerfer tasten gespensterhaft die gurgelnde Oberfläche des unruhigen Rheins ab. Feuerwehrleute in Signaluniformen in Aktion. Achtung, da ist ein Schlauchboot. Was suchen die mit den Stangen im Wasser? Mensch, das sind Froschmänner. Ich rufe mal die Revierzentrale an. Er greift zum Hörer seines Funkgerätes und wählt den Kanal achtzehn.

„Revierzentrale Oberwesel für MS Schaffhausen zu Berg am Campingplatz Loreley – bitte kommen."

„Revierzentrale, guten Tag."

„Wisst ihr, wat da los is. Da seh´ ich die Feuerwehr im Schlauchboot mit Tauchern und ne Menge Scheinwerfer am rechten Ufer. Is da ein Auto im Bach?"

„Revierzentrale verstanden, das sind nur Filmleute. Krimi oder so. Fahren sie vorsichtig weiter – gute Fahrt."

„Danke Ende."

Der Schiffsführer nimmt Fahrt raus und schleicht mit seinem Frachter sachte vorbei. Doch vor der nächsten Spitzkehre am Betteck muss er wieder volles Rohr fahren, damit sein Schiff Druck aufs Ruder bekommt.

„Verdammt noch mal, die können einem ja einen richtigen Schreck einjagen. Doch unsereiner muss permanent auf Draht sein. Und gerade hier an der gefährlichsten Stelle des Gebirges veranstalten die einen solchen Zauber. Die haben wohl nicht alle Tassen im Schrank."

Greifbar Gold betört die Seelen
Niemand kann sein Glück verhehlen

Montagabend im „Goldenen Löwen." Das Haus ist wieder voll. Die Wogen der Diskussion toben. Der alte Lotse Oskar Huberts mit seinen listigen Äuglein gibt einige bemerkenswerte, und wie man bald bemerkt, nicht ganz ernste Begebenheiten seines Berufsstandes zum Besten:
„Einmal hab´ ich einen solchen Salm mit bloßen Händen an der Loreley gefangen und den in meinen Nachen gezogen."
Dabei spannt er seine beiden Arme weit gestreckt haarscharf an den Nasen seiner Tischnachbarn rechts und links vorbei. Die Versammlung quittiert das mit einem Schmunzeln, und jeder weiß, es ist Schifferlatein (Seemannsgarn).
Er muss jetzt unbedingt seine uralte abenteuerliche Geschichte erzählen:
„Bei der Bergfahrt mit meinem Holznachen trieb es mich genau vor der Haustür in St. Goar vor den Radkasten eines Schaufelradschleppers. Den riesigen Schaufeln bin ich damals nur durch einen beherzten Sprung in den Rhein entgangen. Den Nachen, ja den hat´s freilich zu Treibholz zerhackt. Es war *Oskar Huber*, also *Raab Karcher XIV.*"
Die Geschichte kennt schon jeder, weil er sie bei jeder Gelegenheit mit immer neuen Details erzählt, als sei es gestern gewesen. Was er jedoch dezent verschweigt, ist seine unkollegiale Methode, vor seinen Lotsenkollegen als erster an den Schlepper zu rudern, denn wer zuerst kommt, mahlt zuerst. Dann aber berichtet er nach einer Verschnaufpause bedeutungs- und geheimnisvoll über die Schweizerische Goldwäschervereinigung, die seit ihrer Gründung im Jahre 1989 mehr als 400 aktive Mitglieder zählt.
„Das ist so etwas wie unsere Lotsenvereinigung. Die haben Statuten und Regeln. Dort finden sie Gold in den Flüssen. Ratet mal, in welchem. Denkt mal an das Nibelungengold von Worms. In der Schweiz darf man nur vom 1. Mai bis zum 15. September Gold schürfen. Wir sollten uns mit den Eidgenossen in Willisau in Verbindung setzen, die haben dort sogar 2003 eine Weltmeisterschaft im Goldwaschen ausgetragen. Wir können nur von denen lernen."
Ein Leuchten in seinen Augen verrät, er ist ganz begeistert bei der Sache. Er beendet seinen Vortrag mit dem Bemerken:
„Das hätt´ ich mir in jungen Jahren überhaupt nicht vorstellen können, im hohen Alter noch einmal richtig wohlhabend zu werden."
Der knorrigalte Wilhelm Weisbarth, bezeichnet sich als steilhangverkrüppelten und EG-geschädigten Winzer, streicht genüsslich mit der rechten Hand durch seinen weißen Bart wie ein Prophet. Er hat sich schlau gemacht und

berichtet über die Goldvorkommen im Harz, sowie im Kyffhäusergebirge und im Fechtinger Höhenzug. Er erhebt sich umständlich und dennoch bedeutungsvoll, holt seine Bassstimme tief aus dem Brunnen und berichtet: „Dort wächst kein Wein, aber Gold haben sie doch. Und ich hab´ flüssiges Gold in meinen Fässern, das mach´ ich dann zu Gold wie im Märchen Rumpelstilzchen. Aber schön wär´s doch mit zweierlei Gold.“

Schmunzeln über den betagten Greis. Seit dieser Begebenheit nennt man ihn im Ort das „steilhangverkrüppelte Rumpelstilzchen.“ So sind sie eben, die Rheinländer. Im Verteilen von Spitznamen sind sie generös, solange es die anderen trifft.

Schulmeister Karl Schlau hebt wie seine Schüler brav den Zeigefinger. Natürlich hat er sich vorbereitet. Er redet nicht bloß mit seiner Stimme. Gestenreich rudert er mit beiden Armen über den Tisch, bis eine geöffnete Wein-Flasche Wein klirrend ein Weinglas zerschmettert. „Tschuldigung“ ist seine einzige Reaktion. Doch als er in Erwägung zieht, eine Begehung mit seiner Schulklasse auf den Loreleyfelsen als Geologieexkursion zu planen, erhebt sich ein Sturm der Entrüstung.

„Das könnt ihr doch nicht machen. Das ist zu gefährlich. Und außerdem geht es Ihnen weniger um die Exkursion, ihr seid mir einer, ihr seid nur auf den persönlichen Reibach aus.“

Da lenkt Schlau ein, und er schwärmt von den größten Vorkommen in Ägypten, Südafrika, Kanada und Australien.

„Es sind die größten Reichtümer der Natur und vor Millionen von Jahren entstanden.“

Er weiß Bescheid über das reine Gold von 24 Karat, was durch Legieren gehärtet wird.

„Außerdem hat das deutsche Forschungsschiff *Sonne* im Jahre 2002 zwischen Tonga und Neuseeland im Bereich des Tonga-Inselbogens innerhalb der untermeerischen Vulkane vor der Westküste des Königreiches Tonga goldreiche Mineralisationen entdeckt.“

Die Versammlung ist ganz Ohr. Niemand räuspert sich. Bevor er wieder Platz nimmt, ordert er eine neue Flasche vom Riesling Kabinett, wartet geduldig und schweigsam, bis sie serviert wird und hält sich schließlich an der Flasche fest, während er sich umständlich auf seinen Polsterstuhl setzt.

Schließlich hat Pfarrer Rudolf Wiese das Wort.

„Keine Bange, wenn ein Kirchenmann zum Thema Gold seine Meinung äußert. Sie wissen es vielleicht aus dem Alten Testament. Dort ist das Volk ums goldene Kalb getanzt. Es ist ihm nicht sonderlich gut bekommen. An anderer Stelle sagt Gott: Macht euch die Erde untertan. Damit meint er, die Menschen sollen behutsam mit den Schätzen dieses Planeten umgehen.

Goldvorkommen sind Schätze wie Erz, Silber, Kohle, Gas. Wenn diese Millionen von Jahren im Inneren der Erdkruste entstanden sind, hat er sicher nichts dagegen, wenn die Menschheit sie auf intelligente Weise nutzt."

Dann berichtet er über:

„Goldfunde in Nord-Irland in einer Tiefe von 300 Metern. Da gibt es eine neue Bohrung mit 66,95 Gramm Gold pro Tonne, während die Nachbarbohrungen lediglich 12 bis 35 Gramm enthielten. Auch in der Slowakei gibt es ähnliche Ergebnisse, jedoch im unteren Wertebereich."

So aufmerksam haben die St. Goarer ihrem Pfarrer selten zugehört. Jetzt gibt es den ersten Applaus.

„Zum Schluss noch eine gute Nachricht. In den Bächen der Oberlausitz in Sachsen gibt es in jüngster Zeit spektakuläre Gold-Funde. Wie BILD berichtet, hat ein Geologe im Flüsschen Wesensitz ein 198 Milligramm schweres Nugget gefunden. Dieses Nugget hat einen Sammlerwert von 30 Euro. Schon im letzten Jahr hat ein Rentner aus Thüringen den größten deutschen Gold-Fund seit 200 Jahren gemacht, nämlich ein 10-Gramm-Nugget. Das Lausitzgold enthält 94 bis 97 Prozent pures Gold."

Erneuter Applaus.

Der Sparkassenleiter Hermann Siebenmorgen will seinen Tresor zur Verfügung stellen, denn Sicherheit geht vor.

„Und außerdem muss eine Organisation herbei. Wenn wir es nicht tun, machen es andere. Und wenn es erst mal floriert, sollte eine Reserve zurückgelegt werden für die Rheinbrücke, die seit Jahren durch die Presse geistert, ohne Gestalt anzunehmen, weil dem Land das Geld fehlt."

Wieder braust Beifall auf und sogar „Bravorufe" sind zu hören. Doch da war auch ein Missfallensrufer unter den Gästen.

„Ihr Banker seid doch Bangster."

„Wer war das? " will Siebenmorgen wissen. Betretenes Schweigen Niemand rührt sich, nur hämisches Gekicher.

„Das will ich überhört haben."

Natürlich ist auch eine Abordnung des Internationalen Hansenorden e.V. zu St. Goar am Rhein vertreten. Drei ungenannte Mitglieder geben zu verstehen, dass gerade ihre Ordensvereinigung aus dem 13. Jahrhundert dazu geeignet sei, den Goldschatz treuhänderisch auf ihrer Ordensburg, der Burg Rheinfels, zu verwalten.

„Schließlich ist der Hansenorden frei von politischen und religiösen Bestrebungen."

Schon kontert der Winzer Wilhelm Weisbarth:

„Das Gold lasst ihr euch dann genauso klauen wie selwichmol de wertvolle Hansebecher von 1683."

Allgemeines Gelächter.

Waldemar Obermeier, semmelblonder und gesichtsblasser Kellner im „Goldenen Löwen", arbeitet korrekt und konzentriert. Er kommt kaum seinen Bestellungen nach. Glühende Absätze. Ein guter Tag. Sein Trinkgeld fällt üppig aus. Hat hochrote Ohren vom Zuhören. Schweigsam kassiert er ab. Nur „danke, mein Herr" und „Vielen Dank. Dankeschön." So reichlich war es zuletzt beim Rhein in Flammen. Aber das war im Sommer. Und nun ein warmer Regen mitten im frostigen Winter. Wenn die alle hier wüssten, denkt Obermeier, was nur ich weiß. Aber ich lass´ mir nix anmerken. Ich hab´ mein Schäfchen schon im Trockenen. Sein Pokerface lässt nichts erahnen. Nur ein wissendes Lächeln umschmeichelt sein schmales, bleiches Lippenpaar.

Nachdem der „Goldene Löwe" schon drei Tage überfüllt ist, drängen die künftigen Goldsucher zum „Hotel am Markt." Aber auch hier herrschen alsbald die gleichen Zustände. Jeder hat nur ein Gesprächsthema. Wie kann ich mich am Goldrausch beteiligen. Dann kommt ein Unbekannter in den „Goldenen Löwen" und berichtet, „drüben im Hotel Hauser ist jemand, der verkauft Anteilscheine für die Schürfrechte." Der Kellner Obermeier schmunzelt süffisant und setzt sein Pokerface auf. Darauf der alte Lotse:

„Wieso werden jetzt schon Schürfrechte verkauft? Es stand noch überhaupt nichts in der „Rhein-Zeitung."

„Bist du von Sinnen? Wenn´s erst mal in der Zeitung steht, dann kommt auch bald das Fernsehen. Und dann kommt jeder, und wir haben das Nachsehen."

Plötzliches Stühlerücken. Im Handumdrehen ist das Lokal leer. Alle wollen Anteilscheine erwerben und stehen Schlange vor dem Tisch beim Hauser.

„Ruhe bitte, meine Herrschaften, bitte geordnet anstellen. Noch besitze ich über mehr als hundert Zertifikate."

Dabei zeigt der unbekannte Fremde eine Urkunde mit Siegel und Unterschrift.

„Der Erwerb ist eine Option und kostet lediglich hundert Euro. Bitte schreiben Sie sich zunächst in dieser Liste ein. Die Urkunde gilt als Quittung. Der Anteilsbetrag ist groß und deutlich auf dem Zertifikat ausgedruckt."

Damit hält er das kunstvoll wirkende Stück Büttenpapier vor seine Brust und zeigt bedeutungsvoll mit einem wertvollen Füllfederhalter wie ein Notar auf den Betrag. Tatsächlich ist dort die Zahl 100 (in Worten Einhundert Euro) in einem professionell wirkenden Ornament eingebettet. Das Dokument sieht aus wie eine Aktie. Einige Bürger müssen das Lokal für kurze Zeit verlassen, weil sie nach Hause eilen, um Geld zu besorgen oder weil sie noch eben zum Geldautomaten müssen, denn sie sind auf einen solchen Glücksfall überhaupt nicht vorbereitet.

So kommt es, dass an jenem denkwürdigen Abend mehr als Zweihundert St. Goarer Bürger Besitzer von Optionsrechten werden. Bevor man auseinander geht, wird absolutes Stillschweigen zu jedermann, vor allem aber gegenüber der Bevölkerung von St. Goarshausen vereinbart.

Nun bleibt es natürlich nicht aus, dass freundschaftliche oder verwandtschaftliche Beziehungen zwischen den Schwesterstädten existieren. Dichthalten ist eine Sache. Aber Blut ist dicker als das trennende Rheinwasser. Und außerdem gibt es ja Telefon. So erfährt mancher St. Goarshäuser ganz erstaunt von den Vorgängen in St. Goar.

Alle St. Goarshausener haben dichtgehalten, denn die haben schon am ersten Tag der Entdeckung der Goldvorkommen in ihrem Loreleyfelsen die ersten 250 Zertifikate aufgekauft, bevor die verschlafenen Bürger der linken Rheinseite den schäbigen Rest mit einem großem Hallo und manchem Fläschchen Riesling gebührend gefeiert haben. So ist das eben mit Zwillings-Schwestern. Man mag sich oder mag sich nicht, man streitet und verträgt sich, aber man kann sich gegenseitig auch eins auswischen, wenn es gerade mal passt, wie in diesem Fall. Doch ohne den anderen Zwilling will auch keiner leben.

Seit das obere Mittelrheintal zum UNESCO-Weltkulturerbe zählt, hat das öffentliche Interesse in der ganzen Region an Aufmerksamkeit gewonnen. Es herrscht plötzlich Aufbruchstimmung. Die Gemeinden machen Hausputz. Sie restaurieren und renovieren ihre historischen Mauern und Türme, Burgen und Ruinen. Setzen ihre ehrwürdigen Kunstschätze ins Rampenlicht. Da kommt der Goldfund an der Loreley gerade zur rechten Zeit. Wird diese Sensation publik, wird die Touristikbranche einen regelrechten Boom erleben. In den Amtsstuben kursieren schon Pläne, ebenfalls am Loreleygold teilzuhaben. Es ist von einer neuen Schürfsteuer, auch von Lizenzen oder gar von Wiederkehrenden Goldbeiträgen die Rede. Bis es endlich soweit ist, will man die Rechtsgrundlage klären.

Die Diskussionen in den Familien werden noch kontroverser geführt, als bei den Zusammenkünften in den Hotels. So manche Ehefrau meldet ihre Ansprüche auf Schmuck und auf eine neue Garderobe an. Es werden Urlaubsprospekte studiert, Kreuzfahrten, Flugreisen und Wellnesshotels in die engere Wahl gezogen. Ja, es ist gerade so wie immerwährende Weihnachten. In ihren Träumen sehen sich einige schon als Bürger der „Goldenen Hanse-Stadt St. Goar." Schließlich spricht man ja auch von Prag, der alten goldenen Stadt oder von dem legendären goldenen Platz Stanislas in Nancy, der ebenfalls zum UNESCO-Weltkulturerbe zählt. In St. Goarshausen überlegen einige Stammtischbrüder, ob man ihrer Heimatstadt denn nicht auch ein Gold-Prädikat verleihen könnte. Goldene Loreleystadt oder Goldenes St. Goarshausen.

Vielleicht würde sich auch die Goldene Loreley noch besser vermarkten lassen.

Plötzlich schwingt eine ganz neue und wahrhaft glorreiche Idee durch den Raum. Man könne doch das mächtige Loreleymassiv mit einer goldfarbenen Bronze besprühen, die dann bei gleißendem Sonnenschein prachtvoll glänzen würde. Glanz ist Faszination und Magnet zugleich. Schließlich sollte die goldene Loreley später nachts von riesigen Strahlern angeleuchtet werden. Ein wirklich phantastischer Einfall, dem sich niemand entziehen kann. Doch da gibt es jetzt schon Bedenken. Umweltschützer und Naturfreunde sehen sich als Bewahrer. Das Amt für Denkmalpflege schaltet sich ein und verkündet ein striktes Veto. Naturbelassen ist Trumpf. Weg mit dem Firlefanz. Es gibt auf dem gesamten Erdball keinen goldenen Felsen. Hollywood am Rhein kommt nicht in Frage. Man spricht von Machiavellismus, wonach die Zweckmässigkeit über die Moral gestellt werden soll. Das kommt überhaupt nicht infrage.

Zank und Streit und Keilerei
ruft die Polizei herbei

Kriminalkommissar Horst Krawuttke hat heute Frühdienst. Den verbringt er im Amtszimmer von Franz Hemmersbach, weil dort die Amtsleitung zu dieser frühen Dienstzeit geschaltet ist. Er hat es sich gemütlich gemacht auf dem begehrten Bürostuhl des Kollegen. Er flegelt sich in den Lederstuhl mit hoher Lehne und Armstützen. Seine Füße ruhen überkreuz auf der Schreibtischkante. Dieser Chefsessel ist Hemmersbachs Privateigentum und zählt nicht zur Standardausrüstung dessen Dienstzimmers, aber dessen Selbstbewusstsein gewinnt ungeheuer an Prestige. Und genau das genießt Krawuttke jetzt mit wachsendem Wohlbehagen. Seine Gedanken kreisen wirr um den Revier-Alltag, schweifen sofort wieder ab zu seiner Freundin Marie, wobei sein Herz freudig hüpft. Er ist noch ein wenig schläfrig und möchte viel lieber noch eine Mütze Schlaf genießen. Dann schleichen sich klammheimlich die Fälle der letzten Wochen in sein Bewusstsein. Betrügereien, Schlägereien in der Altstadt, aufgebrochene Pkws mit gestohlenen Autoradios und in einem Fall war´s ein Laptop von Dell, voll mit geschäftlichen Daten, Schriftwechsel und jede Menge Statistiken. Dann wieder die leidigen privaten Ehestreitigkeiten mit Körperverletzungen, sogar Vergewaltigung in der Ehe und Passvergehen, Benzindiebstahl und eine Konkursverschleppung. Sein frühmorgendliches Resümee kippt Krawuttke gedanklich in einen Kessel Buntes und rührt darin herum. Das Resultat ist für ihn simpel: Es ist der böse Mensch seit dem Apfelbiss unter dem Baum der Erkenntnis im Paradies.

Es ist 5:58 Uhr. Krawuttke döst gedankenverloren vor sich hin. Er überfliegt die Schlagzeilen der Bildzeitung. Er stellt fest, es gibt heute mal keinen Mord und Totschlag, nur die üblichen Skandalgeschichten aus dem Lager der Politik und aus der Wirtschaft. Wichtig allein ist für ihn das aktuelle Wetter. Das Thermometer soll heute minus acht Grad anzeigen. Diese Aussicht lässt ihn jetzt schon innerlich frieren, obwohl es in Hemmersbachs Büro gemütlich warm ist. Er genießt die Stille und kommt sich vor wie auf Besuch. Ohne darüber nachzudenken, sortiert er die Kugelschreiber, sammelt die verstreut auf dem Schreibtisch herumliegenden Büroklammern und richtet die Akten-Bündel fein säuberlich und akkurat zu einem Turmhaus.

„Brr – brr – brr." Das Telefon meldet sich. Krawuttke denkt: Wenn um 5:58 Uhr das Telefon brüllt, dann kann es nur ein Kontrollanruf meiner eifersüchtigen Freundin sein oder die Welt geht mal wieder unter. Er nimmt den Telefonhörer von der Gabel:

„Krawuttke."

„Hemmersbach hier. Morjn. Sie sollen sich doch mit Kriminalkommissariat Koblenz melden."

Krawuttke nimmt sofort seine Füße von dem fremden Schreibtisch und nimmt Haltung an, als ob Hemmersbach ihn beobachten könnte. Hier bewahrheitet sich einmal mehr, dass menschliches Verhalten in unbeobachteten Situationen unberechenbar ist.

„An der Loreley hat es Verletzte gegeben. Im Morgengrauen sollen sich zwei Dutzend Männer aus St. Goar und St. Goarshausen geprügelt haben. Der von Meiderich hat mich privat angerufen. Wir müssen sofort dorthin. Alles Weitere später im Auto."

Krawuttke will Einzelheiten von seinem Kollegen erfahren. Doch bevor er durchgeatmet hat, macht es Knacks in der Leitung. Hemmersbach hat aufgelegt. Krawuttke denkt:

„Der Tag fängt ja gut an. Und wenn der Alte, bevor der Tag graut, den Kollegen Hemmersbach anruft, dann ist dicke Luft angesagt."

Echter Adel leicht geschönt
ist mitunter auch verpönt

Josef von Meiderich ist blaublütig. In Masuren geboren, in dem winzigen Dorf mit Namen Meidenjeck, das aus neun ganz niedrigen Häuschen mit den dazugehörigen Stallungen besteht. Die Bewohner heißen Meidenjeckis, sind nach heutigem Verständnis sagen wir mal, ach mein Gottchen bettelarm, aber sie merken es nicht, weil sie keinen Vergleich kennen. Was es bedeutet, wohlhabend zu sein, ist ihnen fremd. Staubige unbefestigte Wege im Sommer und morastige Wege in der Regenzeit. Nur im Winter blasen die Hütten schnurgerade Rauchsäulen in den klaren frostigen Himmel. Jetzt sind die tief verschneiten Wege nur mit Schlitten und mit Pferdegespannen befahrbar. Wer nicht unbedingt die eigenen vier Wände verlassen muss, hält sich in dem einzigen beheizten Raum auf und wartet auf das Frühjahr. Als Lichtquelle öffnen die Menschen ihre Ofentür. Es ist dann nur ein schwaches Licht, ist aber anheimelnd. Hunger leiden muss niemand. Es gibt Speck und Fladenbrot, Eier, eingelegte Gurken und jegliches Gemüse vom Acker und sonntags Karnickel aus dem eigenen Stall, wo vier Dutzend an der Zahl fortwährend knabbern und rammeln. Mein Gottchen, niemand im Dorf hätte je geahnt, dass der Josef einst als Beamter in der Stadt auf Verbrecherjagd gehen würde. Aber davon später.

Alle Meidenjeckis haben Zeit. Ja, sie besitzen so viel davon, sie gehen gerade in der kalten Jahreszeit großzügig damit um. Heute würde man sagen: Zeit spielt keine Rolle. Geduld haben die Meidenjeckis seit ihrer frühesten Jugend gelernt. Ja, man sagt ihnen heute noch eine stoische Ruhe nach. So auch dem Josef Meidenjeck, der sich mit achtundzwanzig Lenzen absetzt und seine Heimat früh verlässt. Man nennt ihn von Meidenjeck, weil er von eben diesem Dörfchen kommt. In der Fremde lässt er seinen Namen umschreiben und nennt sich fortan von Meiderich. Das Wörtchen „von" ist ein Schreibfehler des Standesbeamten in der Stadt. Nun steht es aber schmückend in seinem Pass. Einmal hat er es erklärt mit:

„Blaublütig war mein Innerstes nur im Winter, blau gefroren im strengen Frost."

Seitdem lebt Josef von Meiderich in Duisburg-Meiderich in der Nähe der Teerverwertung in der Amixstraße. Immer noch in sehr bescheidenen Verhältnissen. Er sehnt sich auch gar nicht in seine masurische Heimat zurück. Das Ruhrgebiet ist zu jener Zeit ohnehin als ein Schmelztiegel oder als eine Menschenmühle verschiedenster Rassen verschrien. Typisch dafür sind die Namen auf den Haustürklingeln. Die Buchstaben „C und Z und Y" sind

häufig vertreten. Ein Indiz also für Namensträger aus den östlichen Gebieten. Alsbald ist dem Josef Meidenjeck, alias Josef von Meiderich, der Wohnort mit seiner Namensgleichheit lästig. Am Anfang findet er das ganz lustig. Er wird aber allzu oft darauf angesprochen. Das stört ihn. Er siedelt um nach Münster in Westfalen und besucht dort die Polizeischule in Hiltrup. Es gelingt ihm der Sprung nach oben. Wird Staatsdiener. In der Goldstraße, die am Hörster Platz abzweigt, bezieht er eine annehmbare Bleibe bei einer älteren Dame mit Namen „Fräulein Pflug" als Untermieter. Die Dame Pflug hat ihr blauschimmerndes Silberhaar Tag für Tag mit einem korrekt gesteckten Knoten auf dem Hinterkopf drapiert und macht somit stets den Eindruck einer gepflegten Hausdame, die schon bessere Zeiten erlebt hat. Das Haus ist mit einer Hecke umsäumt, hat eine Rasenfläche und einen Vorgarten. Dort macht er sich als Gärtner nützlich, versorgt die Koksheizung im Keller, stellt pünktlich die Mülleimer auf den Bürgersteig und verrichtet kleine, nutzbringende handwerkliche Arbeiten. Dafür darf er in dem für damalige Verhältnisse schon herrschaftlichen Haus kostenlos wohnen. Fräulein Pflug ist dort einst langjährig Haushälterin gewesen und erhielt von dem ehemaligen Besitzer ein lebenslanges Wohnrecht. Nach kurzer Zeit schon stellt von Meiderich fest:
„In Münster läuten entweder die Glocken oder es regnet."
Die fromme Dame Pflug findet das bemerkenswert. Münster hat ebenso viele Kneipen wie Tage im Jahr, das ist eine weitere kuriose Feststellung des neuen Untermieters. So bleibt es nicht aus, einige davon aufzusuchen. Der „Martinihof" im Schatten der Martinikirche ist seine erste Entdeckung. Überrascht ist der neue Gast von der westfälischen Küche. Die ist nun ganz anders als in seiner masurischen Heimat. "Töttchen", gewürfelte Innereien mit süßsaurer Tunke wird sein Leibgericht. Die probiert er auch in der Studentenkneipe „Cavete", im „Kiepenkerl" und bei „Pinkus-Müller." Der Prinzipalmarkt, Münsters gute Stube mit seinen Kolonnaden, lassen ihn innerlich geradezu frohlocken. Dort bemerkt er erstmals bewusst die große Anzahl der Fahrräder, für ihn ein Hinweis auf die Nähe zu Holland. Und erst die Lambertikirche, strenggotisch mit den Käfigen am Turmhaus, fordern nun sein Erstaunen heraus. Er genehmigt sich mehrere Wochen, um alle Sehenswürdigkeiten dieser Stadt zu erkunden. Jetzt stellt er fest, die Neugierde hat ihn gepackt. Sollte er nicht lieber Journalist werden? Andererseits, so sagt er zu sich, muss ein guter Polizist ebenfalls eine gute Portion Spürsinn mitbringen. Am nächsten Wochenende begibt er sich zum Hindenburgplatz, wo einmal im Jahr der „Sent", das ist ein großer Jahrmarkt, stattfindet. Ganz in der Nähe liegen die Universität der Stadt Münster und der Zoo.
Der Aasee, ein kleiner richtiger See mitten in der großen Stadt, ist ein Plätzchen zum Verweilen. Seine Exkursionen führen ihn zum Domplatz mit sei-

nem wuchtigen, romanischen Dom. Hier kauft er eine Ansichtskarte von dem imposanten Bauwerk, schreibt an seine Eltern in Meidenjeck und steckt die Karte gegenüber vom Dom am Hauptpostamt in den gelben Briefkasten. Er schreibt: Liebe Eltern! Habe soeben in diesem Gotteshaus eine Kerze angezündet für euch, damit Gott euch behüten möge. Habe hier eine neue und andere Welt angetroffen. Die Menschen sind geschäftig und etwas wortkarg, aber das kenn ich von den Masuren. Grüßt sie von mir.

Euer Sohn Josef.

Von seinem persönlichen Geheimnis hat er seinen Eltern nichts verraten. Das muss er ganz alleine hüten, allein schon, um seine Eltern nicht zu beunruhigen.

An der Polizeischule in Hiltrup machte sich ein übermütiger Mitschüler einmal lustig über den Heimatort von Meiderichs.

„Meidenjeck an der Knatter."

Von Meiderich fühlte sich verletzt.

„Gevatter" hat er gesagt, ganz ruhig, „willst du meine Herkunft verunglimpfen, willst du sicherlich nicht. Ich nehme deine Entschuldigung großherzig an. Da bin ich schon eher einverstanden mit der Abkürzung MSV – aber bittschön nicht an der Knatter." Und nach einer kurzen Pause:
„Das mag ich nicht leiden."

Kurz vor seiner Abschlussprüfung in Hiltrup ist ihm durch Zufall und ohne, dass er dies bewusst betrieben hätte, ein Betrüger ins Netz gegangen. Und zwar so: Mit geschwellter Brust hat er immer wieder darüber berichtet, dass er eines Abends im nahen Martinihof im Schatten der Martinikirche beim Abendbrot mit einem etwa gleichaltrigen, etwas schwatzhaften Tischnachbarn ins Gespräch gekommen ist. Sie unterhielten sich über Speis und Trank, über Fußball, Preußen Münster und über Rot-Weiß Oberhausen. Plötzlich ist man bei Politik gelandet, bei der Wirtschaft im Kohlenpott und beim Geld. Ja, das liebe Geld. Und der Tischnachbar hat da einen probaten Tipp, wie er ohne Maloche an eben dieses heran kommt. Ganz einfach: Mitspieler finden. Was er arbeitet, will er wissen. Der ist aber neugierig.

„Uni" lügt der MSV.

„Dann fehlt Ihnen bestimmt auch Geld. Und genau das können Sie auch an der Universität innert kurzer Zeit einsacken. Ich will es Ihnen erklären."

Dann langt er in seine Rocktasche und zieht einen Brieftext hervor. Darin wird das Spiel erklärt. Von Meiderich liest erstaunt den Kettenbrief, tut sehr wohlwollend und interessiert.

Also, spricht der Fremde:

„Sie zahlen an die erste der zehn Adressen hundert Mark im Briefumschlag und streichen dann die erste Adresse, dafür setzen Sie Ihren Namen an die letzte Stelle. Den Brief kopieren Sie zehnmal und geben ihn weiter an zehn Menschen. Die schicken auch hundert Piepen, dann aber an die zweite Adresse und reihen sich ebenfalls unten ein. Und schon sind Sie eine Position nach oben gerückt. Undsoweiter, undsoweiter. Nach kurzer Zeit stehen Sie ganz oben."

Und diesen Satz sagte er wie ein gelernter Schauspieler besonders langsam und geheimnisvoll leise.

„Ich habe die Lizenz für Holland, für Belgien und ganz Westdeutschland, eine globale Organisation. In zwölf Monaten wird auch noch der Rest erschlossen und im Herbst überschreiten wir schon die Grenze zu Österreich."

Von Meiderich macht ein glückliches Gesicht, während er sich das seines Gegenübers präzise einprägt.

„Geben Sie mir das Dokument. Ich bin mit von der Partie."

Der Fremde stellt sich vor:

„Van der Lubbe, nicht verwandt mit dem Reichstagszündler" und bestellt gleichzeitig eine Runde Pils mit Korn. Der Ober beeilt sich. Beim „Prosit, mein Herr" befleißigt sich von Meiderich, auch seinen Namen zu nennen.

„Oh, das trifft sich gut, einen Herrn von Meiderich könnte ich für meine Organisation noch brauchen. Der Name allein ist dafür ein seriöses Aushängeschild."

„Ich verspreche Ihnen, achtundvierzig Stunden darüber nachzudenken. Und Sie denken auch über einen Vertrag nach. Ich bin übermorgen zur gleichen Zeit hier an diesem Tisch. Ich bin pünktlich. Gehe davon aus, Sie sind es ebenfalls."

Der Polizeischüler will sich nicht lumpen lassen, gibt eine letzte Runde. Man verabschiedet sich mit einem Handschlag und spricht „auf gute Zusammenarbeit."

Von Meiderich informiert am folgenden Vormittag die Polizei in Münster. Zwei Beamte in Zivil warten zu dem vereinbarten Treffpunkt in einer unauffälligen Ecke in der Nähe der Tür an dem Vierertisch. Sie verhalten sich wie die anderen Gäste, sie reden und trinken Bier.

Von Meiderich ist bereits da und bestellt sich ein Kännchen schwarzen Tee mit Zucker. Vor sich hat er die Münstersche Zeitung ausgebreitet, um die kurze Wartezeit zu überbrücken. Dann geht alles ganz schnell. Van der Lubbe erscheint pünktlich, steuert zielgerichtet auf den Tisch zu, an dem von Meiderich bereits wartet. Die Zivilfahnder warten, bis die Zielperson sich nach der Begrüßung auf den Stuhl setzt. Plötzlich stehen die Polizisten zu beiden Seiten van der Lubbes.

Der guckt verdutzt nach rechts und nach links.

„Herr van der Lubbe?"

„Ja bitte?"

Dann sieht der eine Dienstmarke vor seinem konturlosen Gesicht, das im gleichen Augenblick sichtbar erblasst.

„Bitte kommen Sie mit zum Revier."

Er folgt widerstandslos und verlässt mit den beiden Beamten das Lokal. Von Meiderich hingegen bleibt noch eine Weile bei einem Bier und sinniert darüber nach, ob er sich damit einen Erzfeind geschaffen hat. Gegner kann er ertragen, Feinde können gefährlich sein, doch Erzfeinde sind nachtragend und erfordern von jetzt an seine stete Aufmerksamkeit. Bei seiner Festnahme hat van der Lubbe ihm noch zugeraunt:

„Ich will dich leiden sehen und werde dir das Liebste an deiner Seite vernichten."

Vielleicht, so sagt sich von Meiderich, hat er mit seiner Anzeige dem van der Lubbe klar gemacht, dass es ein Unrechtsbewusstsein gibt, was der aber wissentlich unterdrückt hat, um sich finanzielle Vorteile zu verschaffen. Von Meiderichs klarer Menschenverstand sagt ihm, er hat lediglich wie ein ausgebildeter Beamter nach Recht und Ordnung gehandelt und andere Personen dadurch vor finanziellen Verlusten bewahrt.

Der Polizeischüler von Meiderich hat seine Prüfung mit Bravour bestanden. Koblenz, das er bislang nur vom Namen her kennt und vom Zusammenfluss von Mosel und Rhein am Deutschen Eck, wird fortan seine neue Heimat. Als Beamter macht er bald Karriere. Sein Vorgesetzter geht nach zwei Jahren in Pension. Er übernimmt den leitenden Posten als Chef der Kripo Koblenz. Sein gelebter Gleichmut ist nicht aufgesetzt. Er ist angeboren. Wer aus Masuren stammt, verhält sich auch als solcher. Das kann und will ein Josef von Meiderich überhaupt nicht verbergen. Im Grunde seines Herzens fühlt er sich wie ein einsamer Wolf, immer auf der Suche nach der Beute. Er behauptet von sich, er passt eben in kein Rudel.

Er bleibt ledig, denn sein anstrengender Beruf, so glaubt er richtig zu wissen, eignet sich nicht für eine Familie. Es mag auch sein, dass ihm eine Zweisamkeit aus Mangel an Gelegenheit versagt geblieben ist. Dabei hat von Meiderich ein respektables Erscheinungsbild.

Sein volles graues Haar vermittelt im Zusammenspiel mit seiner randlosen Goldbrille einen seriösen Eindruck. Seine fein geschnittenen Gesichtszüge lassen zwar Ernsthaftigkeit erkennen, aber auch aufblitzenden Humor, der von seinen Mitmenschen manchmal als Ironie gedeutet wird. In seiner mittleren Gestalt hat sich in den letzten Jahren ein lustiges Bäuchlein eingenistet, das ihn, wie er selbst gesteht, einiges an Geld gekostet hat. Er ist also durchaus ein Endvierziger, der einer reifen Frau noch gut zu Gesicht stehen würde.

Er pflegt auch Freundschaften beiderlei Geschlechtes, aber bitte keine feste Bindung. Er lässt das alles offen.

Trotz dieses Vorbehaltes denkt er gelegentlich jetzt schon an seine Zukunft. Er stellt sich sein Leben vor wie ein Zollstock, also ein Metermaß. Davon hat er die Hälfte fast geschafft. Wenn er erst die Fünfzig erreicht haben wird, zählt er bereits zu den jungen Alten. Schon heute wird er von seiner Mannschaft bereits der „Alte" genannt. Doch das überhört er geflissentlich und hat im Grunde seines Herzens auch gar nichts dagegen. Solange er diesen Beinamen hat, kann er sich seiner Autorität im Kommissariat sicher sein.

Es gibt in seiner Laufbahn natürlich Momente, in denen er eine treusorgende Frau und Partnerin vermisst hat. Bei offiziellen Gelegenheiten steht er dann einsam wie ein Laternenpfahl im Rampenlicht, und dann fühlt er sich schon einmal unsicher. In seiner Jugend wollte er vor fünfzig überhaupt keine Ehe eingehen. Daran hat er sich bis jetzt gehalten. Mal sehen, was das Leben so bringt. Vielleicht läuft ihm ja die richtige Frau über den Weg. So „lankweilig" ist ihm sein Leben auch ohne eine Frau überhaupt nicht vorgekommen. Es ist eine kleine sprachliche Entgleisung, wenn er von „lankweilig" spricht oder von „lanksam."

Von Meiderich fühlt sich nicht als Einzelgänger. Sein Zuhause ist für ihn wie eine Burg, zwar ohne Türme, ohne Zinnen und ohne dicke Mauern, dafür aber mit viel Wärme und Behaglichkeit. Seine Mietwohnung liegt am Koblenzer Rheinufer mit einem beneidenswert herrlichen Blick auf den Strom. Von Balkon genießt er die freie Sicht auf die dahin gleitenden Frachter und auf die Ausflugsschiffe mit ihrem Fahnenschmuck. Manchmal wird das schmucke Bild durch herüberschwappende Stimmungslieder eines Musik-Dampfers angenehm untermalt. Dann denkt er an die unbeschwerten Passagiere in ihrer Urlaubslaune und an mögliche Übeltäter an Bord, die eigentlich zu seiner Klientel zählen. Er verbietet sich sogleich solcherlei Gedanken und wendet sich seiner Bücherwand zu. Kriminalromane mag er nicht, davon hat er im Kommissariat genug in seinen Akten. Seine private Literatur besteht aus Böll, Thomas Mann, Grass, Hölderlin und Kempowski. Dann die gesammelten Werke von Shakespeare, Goethe und Schiller, Heinrich Heine, Ludwig Uhland und Adenauer. In seiner freien Zeit bestellt er seine Wohnung mit Kochen, Waschen, Bügeln, Fenster putzen oder Lesen. Das Lesen gefällt ihm besser. Vor allem verehrt er den Literaturpapst Marcel Reich-Ranicki. Manchmal identifiziert er sich mit den Protagonisten seiner Bücher.

Bölls Clown Hans Schnier sammelte Augenblicke. Das tut von Meiderich auch. Augenblicke sind für ihn wie Fotografien, abrufbare Erinnerungen. Manchmal ist er versucht, Augenblicke nicht nur in der Vergangenheit zu suchen, sondern gewünschte Momente in die Zukunft zu verlegen. Dann genießt er das vorweggenommene Resultat bereits, bevor es eingetreten ist. Das macht er in diesen Tagen wiederholt mit seinem neuesten Fall an der Loreley.

Aber da ist noch etwas. Der große Stratege Josef von Meiderich hütet ein privates Geheimnis, von dem bisher nur zwei Personen wissen. Der eine ist er selbst. Die zweite Person ist die uneheliche Tochter der Dame Pflug, Elvira. Mit ihr unterhielt er während seiner Ausbildungszeit in Hiltrup eine Liebesbeziehung, aus der ein Sohn Benedikt entstanden ist. Die bildhübsche Elvira hat aber ihrer frommen Mutter die Schwangerschaft aus falsch verstandener Scham unterschlagen, ist nach Tirol gezogen und hat dort ihren Sohn zur Welt gebracht. Dort verdient sie heute noch ihren Lebensunterhalt auf einer Alm als Köchin. Sohn Benedikt kennt seinen Vater nicht. Von Meiderich plagt in stillen Stunden das Gewissen. Es pocht trotz der regelmäßigen Alimente, die er pflichtgemäß jeden Monat pünktlich überweist, immer wieder an seinem Gefühl an. Hier bin ich wieder. Da lebt dein Kind in den Dolomiten.

Es wächst ohne seinen Vater auf, läuft Ski, versucht sich an den leichten Hängen im Kraxeln, ist mit Ziegen, Rindvieh und mit Hunden befreundet und hat täglich einen beschwerlichen Fußmarsch hinunter ins Dorf, wo Benedikt die Schule besucht. Warum machst du nicht einmal Urlaub in den Bergen? Bist du nicht neugierig, ob der Junge dir ähnlich sieht? Meinst du nicht, er hat ein Recht, seinen Vater endlich kennen zu lernen? Du bist ein Schwein. Und denkst du nicht täglich an die Frau, die du einmal so geliebt hast? Sei mal ehrlich. Du liebst sie immer noch. Ist sie nicht der Grund, weshalb du heute noch ledig bist.

Und wie ist das mit deinen Träumen? Da seid ihr doch glücklich miteinander. Jetzt stehst du auf der Karriereleiter genau da, wo du einmal hin wolltest. Bei dem Begriff Karriereleiter macht er eine Einschränkung. Bisher hat er Diebe und Räuber dingfest gemacht, Lügner überführt und Fälscher entlarvt. Ob er eines Tages auch mal einen Mörder fassen wird?

Wer schreibt, der bleibt auf jeden Fall
Ereignisse gibt´s überall

Horst Krawuttke (28) will als Kind Lokomotivführer werden, denn er hat eine neue Märklin-Eisenbahn mit Trafo, drei Personenwagen und Schienen. Im Sommer jedoch möchte er Kapitän werden, zumindest aber Schiffsführer, weil er ein richtiges Schiff zum Geburtstag von seinem Paten als Geschenk bekommt. Sein Schiff heißt Horst wie er, darauf ist er besonders stolz. „MS Horst" schwimmt nicht nur in der Badewanne, sondern auch mit Batterie betrieben im nahe gelegenen Hafen. Irgendwann liegt auch mal ein grünes Polizeiauto mit echtem Blaulicht unterm Weihnachtsbaum. Jetzt wechselt der Kinderwunsch abermals. Klein Horst will Polizist werden. Nicht nur Polizist. Hauptwachtmeister muss es sein. Es sollten noch viele Jahre vergehen. Horstchen hat immer wieder neue Flausen im Kopf, ein ausgeprägtes Gerechtigkeitsempfinden ist ihm jedoch wichtig gewesen. Nach dem frühen Tod seines Vaters, den er durch einen Verkehrsunfall verloren hat, wird Horst Krawuttke in ganz kurzer Zeit erwachsen. Er entwickelt sich zu einem ernsthaften jungen Mann, übernimmt Verantwortung seiner Mutter gegenüber, ohne jedoch seinen Optimismus und den Glauben an das Gute im Menschen einzubüßen.

Krawuttke ist engagierter Zeitungsleser. Die Neugierde auf Meldungen und Nachrichten ist so groß, dass er Artikel exakt aus der Tageszeitung ausschneidet und die Inhalte mit eigenen Worten neu verfasst. Eines Tages trifft er einen echten Redakteur im Café. Er kommt mit ihm ins Gespräch. Am Ende macht der ihm den Vorvorschlag, Horoskope für sein Blatt zu schreiben. Er hätte zwar lieber Polizeiberichte verfasst, aber diese Sparte war bereits eben durch den jungen Redakteur im Café besetzt. Also schreibt er die Horoskope. Man spricht über Gott und die Welt. Entscheidend für sein neues Zeitungsengagement ist folgende Äußerung Krawuttkes.

„Sie kennen das Leben? Ich wette mit Ihnen. Sie kennen es nicht. Sie kennen vielleicht Ihr unkompliziertes Leben. Und Sie glauben, jedes Leben entspricht Ihrem Lebenslauf. Das aber ist Selbstbetrug, ist eine Selbsttäuschung. Gut werden Sie sagen, ich kenne mein Leben, ich lese Zeitung, sehe fern und gehe unter die Leute. Da erfahre ich aus zweiter Hand, wie das Leben so spielt. Da lernt man doch die Sehnsüchte, die geheimen Wünsche, die ganz verborgenen Begierden und auch das ehrliche Bemühen. Die Zeitungen sind voll von Geschichten, von den Schicksalen, ja von dem Stoff, aus dem die Träume sind. So oder so ähnlich werden Sie Ihren persönlich Standpunkt rechtfertigen."

Der Redakteur ist begeistert. Krawuttke ist nicht zu bremsen.

„Dabei dürfte auch Ihnen nicht ganz verborgen geblieben sein, wie wir gerade in den heutigen Medien manipuliert werden. Es werden haarsträubende Behauptungen in dicken Lettern gedruckt und mit noch dickeren roten Balken unterstrichen, damit sie sich nicht biegen können. Und wenn man die Unwahrhaftigkeit greifen kann, ja dann druckt man sie dennoch, schmückt die Schlagzeile jedoch mit einem unschuldigen Fragezeichen. Eine so in die Welt gesetzte These nistet sich in den Köpfen ein. Es wird schon etwas dran sein. Es stand ja in der Zeitung. Und weil es in der Zeitung steht, wird es als bare Münze betrachtet. Dann kommt irgendwann eine Gegendarstellung. Das wirkt so, wie ein leerer Joghurtbecher auf der belebten Autobahn."

Der Redakteur heißt übrigens Ulli Schmitz, hat früher für die WAZ geschrieben und ist jetzt in Wiesbaden gelandet. Horst Krawuttke weiß noch mehr zu dem Thema Journaille:

„Was man schwarz auf weiß besitzt, das kann man getrost nach Hause tragen. Schwarz auf weiß hat Beweiskraft. So jedenfalls haben es unsere Eltern betrachtet. Die Glaubwürdigkeit des gedruckten Wortes hatte schon immer einen hohen Stellenwert. Denn begonnen hat alles in Mainz mit Gutenberg und seiner Bibel. Wer wollte denn auch das Wort Gottes anzweifeln? Gedrucktes ist wahr, muss wahr sein."

Ein Jahr lang lügt Krawuttke das Blaue vom Himmel. Er erfindet Vorhersagen zu zwölf Sternzeichen. Dann bekommt er Probleme mit seinem Gewissen. Seitdem traut er auch dem gedruckten Wort nicht mehr über den Weg. Er kommt sich vor wie der Steinewerfer im Glashaus. Zu seiner eigenen Beruhigung sagt er später zu seinem Patenonkel: Ich entschuldige mich auch überhaupt nicht, denn wenn ich es nicht geschrieben hätte, hundert andere hätten es liebend gern für diesen bescheidenen Obolus getan. Und was soll ich sagen. Es hat mir sogar Spaß gemacht. Schließlich bringt ihn sein Patenonkel auf die Idee, den Polizeidienst als Berufsziel zu wählen.

Krawuttke ist Leichtathlet und körperlich fit. Er bewirbt sich bei der Hessischen Polizei, lässt sich auf Herz und Nieren durchchecken. Auch den psychologischen Test besteht er im schriftlichen Teil ebenso wie in der Gruppendiskussion. Logisches Denken und das Erkennen von Zusammenhängen sowie Konzentrationstests sind keine Hindernisse. Vorbestraft ist er nicht und er verinnerlicht und akzeptiert das Leitbild der Hessischen Polizei. Demokratie und Menschenrechte, Recht und Gesetz als Grundlage seines Handelns sind für ihn ebenso selbstverständlich wie sein gesunder Menschenverstand. Lang ist´s her.

Krawuttke hatte schon seit seiner Jugend eine Vorliebe für das Wasser. Nicht für das in der Badewanne. Es sollte fließendes Wasser sein. Der Rhein fasziniert ihn, wenn der wie ein breites Band glitzriger, verschmolzener Regentropfen zu Tal strebt. Fließendes Wasser bewegt sich mit allem, was darauf schwimmt. Früher waren es die wuchtigen Raddampfer mit ihren Schleppkähnen an langen Stahltrossen im Verbund. Heute kommen vorwiegend flotte Motorfrachter, Tankschiffe, Containerschiffe und Schubverbände vor. Ein jedes befördert Massengüter fast in der Größenordnung eines Güterzuges. Das belebte Bild auf dem Strom wird aufgelockert durch schnittige Fahrgastschiffe und großräumige Kabinenschiffe, die bis zu zweihundert Passagieren Platz bieten und als schwimmende Hotels auf den Flüssen Europas kreuzen.

Daneben fallen besonders in der warmen Jahreszeit die zahllosen Sport-Boote auf, schnelle Flitzer und gemächliche Stahlyachten für Wasserwanderer. Krawuttke weiß, hierfür braucht es einen gültigen Führerschein, den Sportboot-Führerschein binnen. Er sucht nach Informationen, weil er träumen möchte, wie er sich fühlt, wenn er selbst einmal ein eigenes Sportboot auf Rhein oder Mosel schippern würde. Am Bahnhofskiosk in Wiesbaden kauft er sich die Fachzeitschrift BOOTE, eine spezielle Lektüre für Skipper. Die studiert er ausgiebig. Im Anzeigenteil stößt er auf ein Inserat einer bekannten Bootsschule in Wiesbaden. Das Angebot ist verlockend, vor allem die außergewöhnlich hohe Quote bestandener Prüflinge. Er hat Glück. Der Kurs fällt gerade in eine Phase des Wechsels von Frankfurt nach Koblenz. Er entschließt sich spontan, dort den Binnenschein innerhalb einer Woche zu erwerben.

Der Inhaber heißt Stefan mit Vorname. Und so stellt er sich in der Gruppe von vierzehn Anwärtern auch vor. Es sei üblich unter Wassersportlern, sich zu duzen. Das sei genau so wie bei den Bergsteigern. Stephan ist ein Pfundskerl, vermittelt Vertrauen und Zuversicht. Krawuttke glaubt ihm, dass er ihn durch die Prüfung boxt.

Er lernt bei Stefan von Montag bis Samstag, acht Stunden am Tag, büffelt auch zu Hause die Vorschriften, Verhaltensregeln, Schilder, Licht- und Tonsignale und deren Bedeutung. Zwischendurch geht's auf den Rhein. Da steht ein offener Eisenkahn bereit. Während ein Schüler fährt, bedient ein zweiter Schüler die Leinen und führt Anweisungen des künftigen Boots-Führers aus. Dann der Wechsel: Anfahren, Aufstoppen auf dem Strom, Wenden, Mann-Überbord-Manöver und das Anlegen am Steg. Dazu wird Motor-Kunde vermittelt und immer wieder werden Fragebogen ausgefüllt. Prüfungs-Tests werden geschrieben und ausgewertet. Binnenschifffahrts-Straßenverordnung, Umweltschutz und Gewässerkunde muss Krawuttke büffeln. Krawuttke ist erstaunt. Einiges ist deckungsgleich und logisch wie beim Führen von Kraftfahrzeugen. Nur haben Schiffe keine Kupplung und keine Bremse. Und das Schiff reagiert im Gegensatz zum Auto nicht sofort auf eine

Lenkbewegung. Es läuft so lange geradeaus, bis der Motor Druck auf das Ruder auslöst. Eine Frage hat ihn belustigt. Wann ist ein Boot in Fahrt? Antwort: Wenn es nicht am Steg festgemacht ist, wenn es nicht vor Anker liegt und - wenn es nicht auf Grund liegt. Ha, ha.

Die Prüfung ist am Sonntagvormittag. In einer Turnhalle sitzen rund hundert Prüflinge. Sie kommen aus Stefans verschiedenen Lehrgängen und aus benachbarten Bootsschulen. Es werden Fragebogen ausgeteilt mit unterschiedlichen Fragen. So wird das Abschreiben verhindert. Denn die Nachbarn rechts und links haben garantiert einen anderen Prüfungsbogen. Krawuttke ist zuversichtlich. Doch er hat ein persönliches Problem. Sein rechter Oberarm ist so gut wie steif. Schulterarmsyndrom. Er tut so, als ob nichts geschehen sei. Schreiben kann er dennoch. Aber wie sieht das mit der praktischen Prüfung aus? Wenn er jetzt gesteht, er stehe unter starken Schmerztabletten, wird man ihn nicht ans Ruder lassen. Die Zeit wird ihm lang gemacht. Er kommt als Vorletzter an Bord. Nach langen zwanzig Minuten ist alles vorbei. Bestanden. Stolz präsentiert er seinen Führerschein dem Tischnachbarn. Man gratuliert sich gegenseitig. Am liebsten würde er noch heute ein eigenes Boot besessen haben. Aber da muss er zuerst mal seine Finanzen klären.

Wie kann ein Mensch nur so dumm sein, die einzige finanzielle Rücklage, sein Sparbuch zu plündern und dann auch noch seine Lebensversicherung beleihen, nur weil er liebend gern Schiffseigner werden möchte. Krawuttke kann, weil er es will. Einen Kredit aufnehmen? Das Will er nicht. Nein, es kommt für ihn nicht infrage. Denn schließlich ist er jung und leistungsfähig. Sein Traumjob ist sein Kapital. Lebensstellung bei der Polizei. Außerdem steht noch eine nicht unbescheidene Erbschaft aus. Also geht Horst Krawuttke auf die Suche nach einem Gebrauchtboot. „Marie" ist ein nordisches Spitzgatt, Sechsmeterneunzig lang und zwoachtundfünfzig breit, wird von einem Yanmar-Diesel angetrieben und bringt siebzig Pferdestärken auf die Welle. Der Halbgleiter ist schneller als ein Verdränger und ist dennoch sparsam im Verbrauch. Er legt Wert auf eine abschließbare Vorderkabine mit Toilette, genügend Stauraum und eine Spirituskochgelegenheit mit einer Spüle in der Plicht hinter dem Fahrstand.

Die Probefahrt hat ihn überzeugt. Er entscheidet sich bei dem Mainzer Händler zum Kauf. Seine neue Errungenschaft hat dreizehn Jahre auf dem Buckel und ist optisch und technisch in Ordnung. Es kostet ihn Neunzehntaussend. Er putzt irre und poliert sein Polyesterboot ein ganzes Wochenende lang, bringt das amtliche Kennzeichen an und dann auch den neuen Namen Marie. Im Schiersteiner Hafen von Wiesbaden hat er einen festen Liegeplatz. Was wird seine Freundin Marie dazu sagen, wenn er ihren Namen auf seinem Boot verehrt? Ob sie sich wohl freuen wird? Er will sie damit überraschen. Am nächsten Wochenende will er eine kleine Bootstaufe zelebrieren, so richtig mit einer Flasche Sekt. Die will er aber nicht gegen den Rumpf knallen. Nein, das tut Horst Krawuttke nicht. Er wird sein Boot zur Taufe schmücken, bunte Wimpel über das Top nach vorn spannen und nach achtern. Dann kommt ein Blumenpott aufs Vordeck. Das genügt.

Er kann es schon gar nicht erwarten, bis es endlich soweit ist. Er hat es Marie beiläufig erzählt, was er am Wochenende beabsichtigt. Sie wollen sich Samstag früh im Hafen treffen. Er ist bereits eine Stunde vor dem Treffpunkt zur Stelle und hat alles vorbereitet, die Fähnchen, die Blumen und den Sekt mit den dazu gehörigen Gläsern. Eine Kühltruhe hat er ebenfalls an Bord, auch eine Kaffeemaschine samt Geschirr.

Er hat seine Liebste gar nicht bemerkt, so sehr ist er mit seinem Boot beschäftigt. Plötzlich steht sie an Land am Bootssteg, etwas verlegen, neugierig. Und sie lächelt ihn ganz überrascht an.

„Hollo, Herr Kapitän, darf ich an Bord kommen?"

„Ich bitte darum, komm her meine Liebe."

Er eilt ihr entgegen und umarmt sie.

„Küss mich, ich bin happy. Gefällt es dir?"

„Oh ja – und so schön geschmückt."

Natürlich kommt sie in Turnschuhen. Sie weiß doch, was sich gehört.

„Dann wollen wir mal." Er holt die Sektflasche aus der Kühltruhe, öffnet den Verschluss mit einem entsprechenden Knaller.

„Hier, du nimmst die Flasche und gießt etwa die Hälfte über das Vorschiff, aber bitte nicht in die Blumenschale. Sprich mir bitte nach: Ich taufe dich auf den Namen Marie und wünsche dir allzeit gute Fahrt und immer eine Handbreit Wasser unter dem Kiel."

Marie nimmt die Flasche Sekt und befolgt seine Anweisung.

„Großartig hast du das gemacht, ich liebe dich."

Dann küsst er sie.

„Den Rest aus der Flasche werden wir uns nun einverleiben."

Sie freuen sich wie Kinder, sind ausgelassen, verhalten sich dann jedoch wie Erwachsene und verbringen anschließend einige Stunden in der geräumigen Vorderkabine. Die Vorhänge an den Bullaugen ziehen sie zu. Es muss ja nicht jeder zusehen. Im Paradies kann es nicht schöner sein.

Glucksende kleine Wellen bewegen das Boot im Gleichklang. Die Liebenden überkommt ein Glücksgefühl. Inmitten atemloser Umarmung überhören sie ein nahendes Motorengeräusch. Dann ein Rempler an der Bordwand. Oh Schreck, was ist das? Ein fremdes Sportboot hat die Beiden bei einem Wendemanöver unsanft aus dem Liebesakt aufgeschreckt. Krawuttke zieht umständlich seine Badehose an und stürzt nach draußen. Gott sei Dank. Es ist nichts passiert. Die Fender haben den Aufprall abgefedert. Der Skipper des Nachbarbootes ist wie er Neuling. Man kennt sich aus dem Lehrgang bei Stefan, winkt und lächelt.

„Hallo, Herr Nachbar, entschuldige, es ist meine erste Alleinfahrt."

„Schon gut, es ist ja offensichtlich nichts passiert. Dein Schutzengel steht wohl im Dauerstress. Komm, ich nehme dich an. Gib doch mal die Leine rüber."

„Einverstanden, ich glaub, langsam ist noch zu schnell."

Jetzt ist Krawuttke mit seinen 28 Lenzen schon ein Jahr bei der Koblenzer Kripo. Koblenz ist zwar nicht Frankfurt. Aber er fühlt sich wohl am Rhein-Mosel-Eck. Die gemeinsamen Einsätze mit dem Kollegen Franz Hemmersbach bereiten ihm Spaß. Der ist zwar 38, also 10 Jahre älter als er. Aber er hat das sichere Gefühl, sie liegen exakt auf einer Wellenlänge. Krawuttke weiß, er spielt hier nur die zweite Geige. Er fühlt sich wie Watson unter dem genialen Sherlock Holmes, der hier Hemmersbach heißt. Der neue Auftrag an diesem kalten Januarmorgen führt sie nun an den Loreleyfelsen, oberhalb des Städtchens St. Goarshausen.

Krawuttkes schwimmende Errungenschaft, das eigene Boot mit dem Namen „Marie" liegt inzwischen in Winningen an der Mosel in der Marina. Das neue Lebensgefühl reduziert seine Empfindungen des Alltagsgeschehens auf eine für ihn ganz neue Perspektive. Wasser trägt nicht nur sein Boot, sondern verändert auch seine Gefühle, die mehr Vertrauen gewinnen zu dem nassen Element. Er empfindet eine kindhafte Freude an dem Gleiten durch die Fluten. Dabei genießt er das monotone Surren des Diesel-Motors und das Knattern der Wimpel an seinem Mast und das behäbige Wehen der schwarzrotgoldenen Flagge am Heck. Bei offenem Verdeck streicht der Fahrtwind wohlig durch sein Haar, massiert seine Gesichtshaut und seinen gebräunten nackten Ober-Körper, während er mit Wohlbehagen von seinem Fahrstand aus den wohlgeformten Körper seiner Marie beobachtet, die auf dem Vordeck auf einer Luftmatratze im kappen knallroten Bikini liegt und die schmucken Mosel-Dörfer mit ihren bewaldeten Hängen und den unendlichen Rebhängen an sich vorüberziehen lässt. Welch ein Fahrspaß pur, der nur hin und wieder unterbrochen wird, wenn ihm eines der flotten Fahrgastschiffe begegnet und sein eigenes Gefährt ganz kräftig durchgeschüttelt wird. Dann schimpft der Hobby-Kapitän mit unflätigen Worten über die „Kriegs-Marine", weil die sein neues Porzellan an Bord durcheinander gerüttelt hat.

Der Paragraph 1 hilft ihm jedoch wenig, wonach Sog und Wellenschlag vermieden werden sollen. Er sieht ein, die Kameraden von der andern Fakultät sind Berufsschiffer und müssen Geld verdienen. Außerdem fahren die nach Plan.

Hemmersbach hat ein Problem. Seine Frau geht fremd. Warum geht Lilo fremd? Liegt es am Altersunterschied von sieben Jahren? Oder liegt es an seinem Beruf, der ihn zeitweise rund um die Uhr beansprucht? Sie sagt, sie hätten sich in den letzten Jahren auseinander gelebt. Die Aufmerksamkeiten für den Partner haben sich reduziert, und er bemerkt nicht, wenn sie frisch frisiert aus dem Haarsalon kommt, wenn sie ein neues Kleidungsstück trägt, oder sie hält ihm immer wieder vor, dass er bereits dreimal den Hochzeitstag vergessen hat. Hemmi hingegen kontert. Wenn er schon mal einen Tag frei hat, ist Lilo mit ihren fidelen Kegeldamen auf Tour.

Dann kontert Hemmersbach:

„Deine liebe Mutter war schon von Anfang an gegen mich, hat sich in all den Jahren immer wieder in unser Leben eingemischt. Und zudem wirst du ihr immer ähnlicher."

Als er das zu ihr sagt, dreht sie sich wortlos um und schweigt zwei Wochen lang. Hemmi geht ebenfalls auf Sendepause. Was die kann, das kann ich schon lange. Sein beleidigtes Kindheits-Ich hat Hochkonjunktur. Er braucht frische Luft, geht an die Rheinpromenade. Dort studiert er die Menschen an den Landungsstegen der Köln-Düsseldorfer. Er schlendert bis zum Deutschen Eck und guckt Schiffe. Er entdeckt fröhliche Menschen, die miteinander scherzen und lachen, sich unterhalten. Sie machen auf ihn den Eindruck, sie seien glücklich, was er von sich nicht behaupten kann. Die Aufklärungsquote in seiner Abteilung ist unbefriedigend und steht einer Beförderung im Weg. Hemmi fühlt sich in einem Dilemma. Aus Frust fängt er wieder mit dem Rauchen an. Zunächst wird ihm übel, so richtig schwindlig im Kopf. Bei einem Königsbacher Bier in seiner Altstadtkneipe schmeckt die Marlboro trotz der Warnung der EG-Gesundheits-Minister „Rauchen in der Schwangerschaft schadet Ihrem Kind." Wer ist denn schwanger, sagt er sich. Werde ich doch nie. Bei der Warnung auf der Rückseite der Zigaretten-Packung „Rauchen fügt Ihnen und den Menschen in Ihrer Umgebung erheblichen Schaden zu", macht er sich zwar Gedanken.

Es kümmert ihn jedoch nicht. Nicht heute. Die Gestalten an der Theke haben ebenfalls Glimmstängel zwischen den Lippen.

„Hemmi, machsten fürn Gesicht?"

„Hm" raunzt er lakonisch.

„Suchste Täter hier, die was aufm Kerbholz ham?"

„Nee, such nur´n Plausch mit´m Deiwel."

„Kleene Deiwel sin mir all. Komm, trink en Kümmerling, der vertreibt de Kummer."

Hemmersbach geht nach dem dritten Pils. Grußlos verlässt er gerade noch mit der erhobenen linken Hand ein leichtes Adieu andeutend zur Kneipentür, die quietschend seinen Abgang quittiert und dann von selbst wieder zufällt. „Was hat der Quartalssäufer gesagt? Kerbholz hat er gesagt." Hemmi weiß zwar, einer der was ausgefressen hat, der hat was auf dem Kerbholz. Aber mach das mal einem Ausländer klar. Hemmersbach spricht mit sich selbst. Drei Passanten begegnen ihm. Alle drei schütteln den Kopf, als sie bemerken, wie er Selbstgespräche führt. Er hat nur zehn Minuten zu seiner verwaisten Wohnung. Noch, bevor er den Abwasch erledigt, startet er seinen PC. Warum sind die Kisten so lahm? Er steckt sich wieder eine Zigarette in den Mundwinkel und fingert mit beiden Händen in Hosentaschen und Sakko-Taschen. Kein Feuer. Auch das noch. In der Krempelschublade der Anrichte findet er schließlich eine Zündholzschachtel mit nur noch zwei Hölzchen. Der erste Versuch, das Streichholz zu entzünden, scheitert. Es bricht unterhalb des Schwefelkopfes ab. Jetzt muss eine Kerze her. Aha, seine Frau hat einen siebenarmigen Leuchter mit Kerzen im Esszimmer bestückt. Ganz vorsichtig gelingt es ihm, das letzte noch verbliebene Streichholz zum Brennen zu bringen. Zuerst die Kerze und dann die Zigarette. Na, es geht doch und der PC ist auch hochgefahren. Er schaltet den blauen Internet-Explorer an und klickt sich mit google in die schlaue Suchmaschine. In der Maske gibt er jetzt „Kerbholz" ein. Dort erfährt er vom „Hamburger Abendblatt", dass der Tallyman („Come Mister Tallyman, tally me Banana") Harry Belafonte auf Jamaika besungen hat. Ein Tallyman prüft im Auftrag des Reeders Ladung und Stückzahl, Maße, Markierung und äußere Beschaffenheit der Ware. Zur Segelschiffzeit mit Gehrock, Melone, steifem Hut und Messlatte (fünf Fuß = 1,52 m). Die Anzahl der Ladestücke wurde in das Holz eingekerbt. Auch Wirte kerbten die Zeche in Holzstäbe, um festzuhalten, was der Zecher auf dem Kerbholz hatte.

Jetzt erst bemerkt Hemmersbach das Blinken seines Anrufbeantworters. Er hört:

„Du verdammter Polizist, ich liebe dich. Merkst du das nicht? Dein Bärenfell lässt kein Gefühl aufkommen. Du verstehst überhaupt nichts von Frauen und du musst noch viel lernen. Ich merke immer mehr. Du bist mit deinem verflixten Beruf verheiratet und nicht mit mir. Ja, ich bin bei meiner Mutter untergekrochen. Wie eine verliebte Göre wollte ich dich schmoren lassen. Du hast nicht einmal angerufen. Jetzt kann ich nicht mehr. Mutti hat mich ermuntert, dir das auf den Anrufbeantworter zu sprechen."

Hemmi hört die Ansage dreimal ab. Er spürt, wie ihre Stimme bebt. Das muss ernst gemeint sein. Hemmi geht in Gedanken seinen Lebenslauf durch. Kindheit, Penne in Koblenz, dann Abitur mit neunzehn, danach Höhere Handelsschule in Koblenz-Lützel. Er will Kaufmann werden. Wurde er auch. Zwei

Jahre macht er den Buchhalter bei der K & G, Textilengros, bis er von einer Sachbearbeiterin des Arbeitsamtes erfährt, der Verlag des Rheinischen Merkur in der Koblenzer Roonstraße sucht einen Sachbearbeiter im Vertrieb. Dort kommt er mit neugierigen Menschen, mit Journalisten in Kontakt, die zwar ihre Redaktionsräume in Köln haben, aber zum Umbruch immer in Koblenz weilen, weil Koblenz Druckort ist. Drei Jahre hält er es im Verlag aus. Dann lernt er Lilo kennen. Er nennt es Liebe auf den ersten Blick. Lilo ist zu jener Zeit im Sekretariat der Polizei in Bad Ems. Kennen gelernt hat er sie auf einer Paddeltour auf der Lahn. Sie ist ein fröhliches und offenes Mädchen, hat blondes Haar, strahlende blaue Augen und ein herrlich ebenmäßiges Gebiss, schöne Beine und überhaupt eine hübsche Figur. In den ersten vier Wochen treffen sie sich nur an den Wochenenden in der Badestadt im Kurkaffee zum Tanztee. Abends sitzen sie am Lahnufer auf einer Bank und beobachten die Sportboote, wie sie sachte vorüber gleiten, denn schnelles Fahren ist hier nicht erlaubt. Paddler und Ruderer umkreisen die Fontäne vor dem Kurhaus in der Mitte der Lahn. Das laue Sommerwetter ist für Verliebte wie geschaffen. Als sie dicht nebeneinander verweilen, berührt er Lilos Hand und sie sagt:

„Hand kommt von handeln, und handeln ist besser als reden, sonst müsste es maulen heißen."

Das lässt sich Hemmi nicht zweimal sagen. Er beugte sich zu ihrem Gesicht und gibt ihr einen warmen Kuss. Als ihm das nach dem heutigen Telefonnotruf auf dem Anrufbeantworter so richtig bewusst wird, fühlt er in seinem Herzen, wie sehr er seine Lilo vermisst.

Krawuttke sitzt am Steuer, weil der schon hellwach ist und der Hemmi ist Beifahrer. Beide sind im Dienstwagen auf dem Weg über die Pfaffendorfer Brücke. Berufsverkehr tobt. Die Menschen streben in die Stadt oder nach draußen. Nach draußen läuft´s besser. Es schneit in ganz dicken Flocken.

„Mach mal die Scheibenwischer an und auch die Nebelleuchten vorne."

„Jawoll, Sir."

„Und bitte elastisch fahren. Keine Experimente. Es könnte glatt werden."

„Willst du fahren?"

„Nöö, es ist eine Keilerei am Loreleyfelsen im Gang. Der Rettungswagen ist verständigt, ist schon vor Ort. Die Grünen sind auch da und treiben die Streithähne auseinander."

„Wir sollen Hintergründe ausmachen und die Personalien ermitteln."

„MW - machen wir."

Darauf Hemmersbach:

„Wir hatten früher mal einen auf der Akademie, der hatte auch solche und andere Scherze drauf. Was heißt denn:

„NL?"

Antwort:

„Nur Limo.“

„ Oder was heißt: SPD?“

„Sind Pakete da?“

„Und KPD?“

„Keine Pakete da.“

„Aber was hieß denn im Krieg NSDAP?“

Darauf Krawuttke selbstsicher.

„Nationalsozialistische Deutsche Arbeiterpartei.“

„Richtig.“

„Und was bedeutete SS?“ Antwort: „Saal Schutz.“

„Richtig.“ „Aber was war mit SA?“

Antwort: „Sturm Abteilung.“

„Und was war mit S.A.L.Z?“

Krawuttke bleibt schweigsam. Die Bedeutung kennt er nicht.

„Na, was ist mit S.A.L.Z?“

„Keine Ahnung, nie gehört.“ „Was, Sie kennen kein Salz?“

Großes Gelächter auf beiden Seiten.

„Aber, was bedeutet denn in der chinesischen Sprache lang-fing?“

Antwort:

„Dieb.“

„Und was ist lang-fing-fang?“ Antwort:

„Polizist.“

„So, noch ein letztes. Was bedeutet „um-lei-tung?“

Antwort:

„So heißt der chinesische Verkehrsminister.“

„Nun aber Schluss mit der Blödelei. Was ein Glück, dass uns niemand zuhört. Deutsche Beamte reden solchen Stuss.“

„Lasst uns von ernsteren und dennoch schönen Dingen reden, so zum Beispiel von unserer Damenwelt. Kollege Krawuttke, wann steht denn nun endlich eine Verlobung ins Haus?“

Hemmersbach ist sehr direkt und neugierig wie ihr gemeinsamer Chef, der MSV. Der fragt auch manchmal nach dem, wenn es erlaubt ist, Marjellchen, wenn er den fürsorglichen Vorgesetzten mimt und so das private Umfeld seines jüngsten Beamten begutachtet. Er redet dann von der Chemie zu Hause, die eine direkte Auswirkung hat auf das Klima im Amte, ja so sagt er: im Amte. Mit Marjellchen meint er natürlich Krawuttkes Freundin Marie.

„Alles bestens“, antwortet in solchen Situationen Krawuttke, „vielen Dank für die Nachfrage“ und vertieft sich sofort wieder in eine Akte. Akten sind

Schicksale, unerledigte Fälle, die jedoch häufig auf dem Tisch des Staatsanwaltes landen.

Hemmersbach merkt, er kann auf diese direkte Frage keine gültige Antwort erwarten. Krawuttke kontert:

„Kennst du die weibliche Psyche, kennst du die deiner eigenen Frau?"

„Wer kennt sich schon sich selbst genau? Wenn jeder Mensch seine Gefühle und Handlungen unter Kontrolle hätte, dann wären wir beide arbeitslos."

„Mmh."

„So ist das seit Adam und Eva."

„Und meine Eva, die Marie, ist eben krankhaft eifersüchtig, auf jeden fremden Rock, auf meinen Beruf, auf die Bundesliga und meinen Skatclub."

„Das kenn ich", pflichtet Hemmersbach bei.

„Aber das legt sich mit der Zeit."

„Wie sieht das denn eigentlich bei unserm Chef aus. Ist der eigentlich verheiratet?"

„Nicht dass ich wüsste."

„Den habe ich noch nie mit einer Frau zusammen gesehen. Der wird doch nicht etwa schwul sein?"

„So etwas soll es ja heut geben."

„Das hat es schon zu Nero´s Zeiten gegeben."

„Ich glaub das bei unserem Alten einfach nicht. Das würde man doch an seinem Gehabe erkennen."

Zwischen dem Ort Kestert und St. Goarshausen liegt das winzige Örtchen Ehrenthal. Winziger geht schon gar nicht mehr. Aber Ehrenthal hat eine Kirche und eine Kneipe. Beide sind unter dem gleichen Dach. Die Kirche St. Sebastian wurde 1705 bis 1708 neu erbaut. Dort lebten einst die Mönche. Hemmersbach erklärt schmunzelnd:

„Da konnten sich die Männer während der Predigt im Gottesdienst an die Theke verdrücken und ein oder mehrere Biere trinken oder einen halben Wein-Schoppen genießen."

Krawuttke streicht mit der Zunge über seine Lippen.

„Frömmigkeit und geistige Getränke haben schon immer harmoniert. Da bin ich aber froh, in guter Gesellschaft zu sein."

„Katholisch?"

„ Ja, praktizierender Katholik, etwas lauwarm, aber das Bier muss kalt sein."

Schon von weitem sehen sie das Zucken mehrerer Blaulichter. „Aha, da ist Kirmes." „Kirmes an der Loreley, wer hat noch nicht, wer will noch mal", frotzelt Krawuttke. Schweigend und besonders aufmerksam legen die beiden

Gesetzeshüter die letzten zwei Kilometer zurück. Rechts ran und Motor aus. Sie halten hinter einer maroden „Kirmesbude." Da bietet jemand Glühwein an, den Becher zu drei Euro. Und Schaufeln, Spaten, Pickel, Maurersiebe.

„Wat issn hier los und wer sind Sie denn überhaupt?" fragt Krawuttke den Händler.

„Wesendonk mein Name. Artur Wesendonk, Kaufmann, St. Goarshausen."

„Wie viele von diesen Gartengeräten haben Sie heute schon verkauft? Tschuldigung, Kripo Koblenz, Hemmersbach mein Name. Das ist mein Kollege Krawuttke."

„Krawas?"

„K r a w u t t k e, haben Sie jetzt verstanden?"

Der nickt mit dem Kopf und interessiert sich eine Bohne für den Ausweis, den Hemmersbach ihm vor die Nase hält.

„Ich glaub, ich habe achtundsechzig Spaten, Pickel und Siebe an die Männer gebracht, mehr als sonst im Jahr, meinen ganzen Lagerbestand."

„Haben Sie überhaupt eine Genehmigung dafür?"

„Ich bin Selbständiger und bezahl meine Steuer."

„Haben Sie ein Wandergewerbe?"

„Wieso Wandergewerbe. Hier ist Gefahr im Verzug. Jetzt wird endlich mal Gold entdeckt und Sie fragen nach dem Wandergewerbe. Ich glaube, ich spinne."

„Nein, Sie spinnen nicht, Sie haben das Geschäft Ihres Lebens gemacht zu überhöhten Preisen und die Männer schlagen sich gegenseitig damit die Köppe ein."

„Packen Sie die Reste zusammen und verschwinden Sie hier, aber fix. Beschweren können Sie sich bei der örtlichen Polizeidienststelle."

Der Händler greift in seine Hosentasche und kramt ein Stück Papier hervor.

„Hier bitte ist mein Zertifikat, damit habe ich für hundert Euro die Rechte für eine Schürferlaubnis erworben."

Hemmersbach betrachtet sich die „Urkunde" und liest lange. Seine Augen werden größer. Dann sagt er zu Krawuttke gewandt:

„Ich glaub, wir müssen das OK verständigen."

Wesendonk: „Verstanden, ist die Sache ok?"

„OK heißt in unserer Sprache Organisierte Kriminalität. Ich fürchte, Sie sind einem Schwindler auf den Leim gegangen."

„Darf ich dieses Papier zu treuen Händen mitnehmen aufs Präsidium? Sie bekommen eine Quittung darüber."

Der Händler nickt mit dem Kopf.

„Können Sie uns den ominösen Verkäufer dieser Urkunde vielleicht beschreiben?"

„Hm, er sah ungefähr so aus wie der Johannes Heesters mit vierzig und hatte auch einen solchen Akzent."

„Holländer also?"

„Das ist möglich."

„Wir brauchen das Dokument wegen der Fingerabdrücke. Sie bekommen es garantiert zurück. Wenn Sie mich fragen, aber Sie fragen mich ja nicht."

„Nein, ich frag Sie nicht."

„Aber ich hab noch eine letzte Frage. Wie viele solcher Wertpapiere wurden denn in St. Goarshausen ausgegeben?" Antwort:

„Schätze Zweihundertfünfzig." Keine Reaktion von Franz Hemmersbach.

„Und in St. Goar?" will Krawuttke wissen.

„Wieso, wurden die auch drüben angeboten?"

Hemmersbach und Krawuttke machen kehrt und gehen zum DRK. Dort herrscht gelassene Geschäftigkeit. Man merkt, die Leute machen das nicht zum ersten Mal. Drei Platzwunden in den Köpfen der Streithähne und zwei Knochenbrüche. Die Ordnungshüter haben die Parteien auseinander getrieben und das Gelände großräumig gesichert. Feierabend. Katerstimmung. Nix mit Gold.

Die beiden Kripoleute haben genug gesehen. Die Schupo hat alle Adressen notiert. Es wird eine Wache eingerichtet.

Nein, die beiden „Herzbuben" der Koblenzer Kripo haben nicht alles gesehen. Jetzt erst entdecken sie das Filmteam. Die Feuerwehr scheint dazu zu gehören. Hemmersbach wird neugierig.

„Wird neuerdings sogar die Schlägerei gefilmt, oder gehört die etwa zum Drehbuch?"

„Mensch Kollege Hemmersbach, da fischen die sogar eine Leiche aus dem Rhein."

„Nee, Kollege, dat is ne Puppe, sieht zwar aus wie'n Kerl, is aber keiner."

„Oder doch - guck mal, jetzt steht das Kameraobjektiv tatsächlich auf einen richtigen Zinksarg."

Sie pirschen sich an bis zur Absperrung der Filmleute.

„Der Kerl sieht tatsächlich echt aus. Du, das is ja ne Wachspuppe, weißes Hemd mit silbergrauer Fliege, gestreifte Weste und Nadelstreifenanzug, nagelneue schwarze Lackschuhe, aber alles verschlammt und triefend nass."

Krawuttke kommentiert:

„Jetzt legen sie die getürkte Leiche in den Sarg. Klappe zu und in den Leichenwagen."

Hemmersbach ergänzt:

„Wie im richtigen Leben. Jetzt steigt der würdig gekleidete Fahrer in den Leichenwagen, Motor an und Abfahrt. Die Kamera hält stur drauf, und der Wagen fährt aus dem Bild."

„Kollege, lass uns doch einmal hinterherfahren, bin mal neugierig, wo die hinfahren."

Hemmersbach und Krawuttke folgen dem Leichentransport. Sie vermuten, es geht zu einer Halle, wo die Filmrequisiten lagern. Nein, der fährt geradewegs zum Friedhof in St. Goarshausen. Dort ist bereits ein frisches Grab ausgehoben. Nun erscheinen auch die Filmemacher mit Kamera und Beleuchter. Ruckzuck werden alle Geräte in Bereitschaft gebracht. Nun ist auch ein Holzsarg zur Stelle. Von der Kamera unbemerkt wird die Puppe aus dem Zinksarg genommen und in den Holzsarg verlegt. Die Schauspieler tragen Schwarz, auch das Publikum, schwarz gekleidete Männer, Frauen und Kinder gruppieren sich zur Trauergemeinde. Vom Kirchturm ertönt die Toten-Glocke. Ein unechter Pfarrer und zwei Messdiener müssen den Gang zum Grab gemessenen Schrittes viermal absolvieren, bis es dem Regisseur gefällt. Krawuttke meint:

„Das ist wie bei meiner Großmutter. Aber für mich ist das reines Theater und astreine Blasphemie."

„Nee, das ist gefilmtes Leben", sagt Hemmersbach.

„Da verstehste nix von."

„Die Prozedur dauert dreimal länger als bei meiner Oma."

Jetzt spricht der verkleidete Priester seine echten Gebete, segnet den Toten mit dem Zeichen des Kreuzes, gibt ihm dem Duft von Weihrauch mit ins Grab und verlässt nach einem Händedruck mit den gespielten Angehörigen die ehrwürdige Stätte. Schon will der dienstliche Krawuttke zurück zum Auto.

„Nee, bleib noch hier, ich will sehen, ob die den wirklich begraben."

Und tatsächlich, zwei Totengräber schaufeln den Hügel lockerer Erde Schippe für Schippe in das Grab und legen anschließend die Kränze mit und ohne Schleifen oben drauf und beiderseits des Grabhügels.

„Wie im richtigen Leben", sagt Krawuttke.

„Wie beim richtigen Tod", erwidert Hemmersbach.

Auf der Rückfahrt nach Koblenz rechnet Hemmersbach:

„Wenn in den beiden Städten je Zweihundertfünfzig Zettel verkauft wurden, dann sind das..."

Krawuttke als Schnellrechner weiß sofort die Antwort:

„Das sind Fünfzigtausend Euro."

Hemmersbach lacht lauthals:

„Na bravo."

Sie sind schon in Wellmich mit seinem Schiffermast, dessen Fahnen im mäßigen Ostwind rheinabwärts wehen auf der B 42, als sich der Krawuttke erinnert:

„Auf der Burg Maus da oben gibt es eine Falknerei. Die Greifvögel mit ihren gewaltigen Spannweiten segeln sogar über den ganzen Rhein und kommen zurück auf den Lederarm ihres Herrn und Meister. Das müssen wir uns mal angucken. Adler, Habichte, Falken und Milane."

„Und was hat das mit unserem Fall zu tun?"

„Eigentlich nichts. Aber wenn ich ein Adler wär, dann würd ich aus meiner Vogelperspektive über dem Loreleyfelsen nach dem glitzernden Metall Ausschau halten."

„Ja, wenn ich ein Vöglein wär."

Hemmersbach lässt hörbar Luft ab.

„Denk an unseren Auftrag, wir sind in erster Linie Polizisten, in zweiter Linie Kriminalbeamte und drittens dürfen wir keinen Gedanken daran verschwenden, uns in irgendeiner Form an der Hysterie zu beteiligen. Ich habe so einen Riecher."

„Das ganze stinkt doch zum Himmel. Himmel noch mal, wie soll denn ausgerechnet Gold in den Schieferfelsen kommen? Die Menschen kommen auf die verrücktesten Ideen. Weil die personifizierte Loreley ein blondes Weibsbild ist mit meinetwegen goldblondem Haar, deshalb muss doch kein echtes Gold dort vorkommen. Ich weiß nicht, was soll das bedeuten."

„Fakt ist, die Leute sind ganz verrückt nach dem Edelmetall. Zudem verhalten sie sich auch entsprechend. Was wir glauben, ist zweitrangig. In unserem Beruf zählen Fakten und Tatbestände. Da ist unsere private Meinung unerheblich. Lass die Faxen mit dem Vöglein. Wenn der Alte das hört, macht der dir den Kopf runter. Den musst du noch richtig kennen lernen. Der kann ganz schön zynisch werden. Der ist im Stande und kratzt an deiner Seele. Dann bekommst du keinen Fuß mehr auf die Erde. Ich kenne den lange genug. Das ist kein Spaßvogel."

Spieglein, Spieglein an der Wand
wer hat das meiste Gold im Land?

Der Wahnsinnstraum von Hemmi, so wird Hemmersbach von seiner Frau Lilo liebevoll genannt, beginnt mit seinem Rausschmiss. Sein Vorgesetzter sitzt wie von Leid geprüft hinter dem Mahagonischreibtisch. Seine ernste Mine lässt nichts Gutes ahnen. Sie schweigen beide. Lang, viel zu lang. Hemmi beobachtet sein Gegenüber kritisch. Die randlose Goldbrille hat von Meiderich nach vorne auf seine Nasenspitze geschoben. Er schaut Hemmersbach unentwegt über das feine Brillengestell durchbohrend an. Dann schnaubt er in seiner unnachahmlichen Art dreimal, bevor er den einen bedeutenden Satz formuliert: "Hemmersbach, Sie fliegen." Hemmi ist verwundert. Er kann tatsächlich fliegen. Wie ein geübter Schwimmer im Wasser. Oder wie die Adler auf Burg Maus. So fliegt er hoch droben zwischen den Häuserfluchten der Straßenzüge. Und das unter völliger Missachtung der Ampeln und Verkehrs-Zeichen. Es gibt dort auch keinen Gegenverkehr. Er genießt das neue erhabene Gefühl. Mit einer verblüffenden Leichtigkeit kommt er voran. Seht her, ich fliege. Doch niemand nimmt Notiz von ihm. Er beobachtet die Menschen, wie sie vor dem Fernseher sitzen und allerlei Knabberzeug in sich hineinstopfen. Andere laben sich an gebratenen Täubchen und trinken Riesling aus güldenen Pokalen. Nobel, nobel. Dort im nächsten Fenster leben sie ihre Sexualität aus. Nein, nicht verharren. Er ist doch kein Spanner. Zufriedenheit umgibt ihn. So möchte er leben. Ein uralter Menschheitstraum hat sich bei ihm verwirklicht. Er bewundert seine Sicherheit im freien Luftraum und schwenkt beide Arme zum Gruß. Hallo, hier oben bin ich. Plötzlich wird er geschüttelt.

„Was schlägst du mit den Armen um dich. Geht es dir nicht gut. Fehlt dir was? Oder hast du nur schlecht geträumt?"

„Ja, mein Schatz, ich bin im Traum ganz lange geflogen, es ist ein herrliches Gefühl. Bitte lass uns weiter schlafen, vielleicht kann ich noch eine Flugstunde nehmen."

Kellner Waldemar Obermeier erscheint am nächsten Morgen im „Goldenen Löwen" nicht zum Dienst. Er kann doch unmöglich mit dem Kopf-Verband seine Gäste bedienen. Der Verband sieht aus wie ein Turban. Und außerdem hat er ständig Brechreiz. Das kommt von der Gehirnerschütterung, die er sich bei der Auseinandersetzung mit den Kontrahenten am Felsen eingehandelt hat. „Scheißgold" ist sein Kommentar. Obermeier steht vor seinem Spiegel im Badezimmer und blickt sein lädiertes Gesicht an. Es sieht aus wie eine angeschnittene, leicht zermatschte Hochzeitstorte.

„Wenn die wüssten, dass ich hundert Zertifikate hab", sprach er zu einem Spiegelbild: „Spieglein, Spieglein an der Wand, wer hat das meiste Gold im Land? Aber das erfährt ja keiner."

Spricht`s und ist verwundert über seinen etwas gequälten und dennoch triumphierenden Blick, den er unbedingt dann verbergen muss, wenn er wieder unter die Leute gehen wird. Der Alabaster-Tutanchamun als Buchstütze auf dem Bücherbord in seinem Zimmer schweigt beharrlich. Soll er doch. Der kennt sich schließlich aus in Sachen Gold, bis er am Ende doch von Grab-Räubern aus seiner Pyramide in Gizeh geraubt werden sollte. Das Mirakel um diesen jungen Ägypterkönig ist mit zahlreichen Mythen beladen, mit plötzlichen Todesfällen und mit dem Zauber einer längst vergangenen Hochkultur. Sollte sein Fluch bis zu uns ins Rheintal wirken?

Der Kellner Waldemar Obermeier glaubt nicht an diesen Firlefanz. Er hat eine eigene Philosophie von den Vorgängen im alten Ägypten. Der Jüngling Tutanchamun ist für ihn ein Opfer seiner Macht geworden und wegen seines Reichtums umgebracht worden. Das Gerede von geheimen Kräften über seinen Tod hinaus hält er für dummes Geschwätz. Es sind immer die Lebenden, die etwas bewirken und nie die Toten.

Wo ist der reichste Mann der Welt,
der die Offerte offen hält?

Die Japaner kommen liebend gerne zum Rhein, um dem Mythos der Loreley zu frönen. Der Anblick jenes Felsens versetzt sie alle, nicht nur die Japaner, in wahre Verzückungen. Die Menschen am Rhein sind auch heute noch auf der Suche nach dem Dichtertraum, wonach der Nibelungenhort im Lurenberg (Loreley) liegt, in den feinkörnigen, leicht zerbröselten Schiefer-Schichten im Wechsel mit grobkörnigen, harten Sandsteinen, die sich zu scharfkantigen Bruchstücken verwandelten. Die Mär wird genährt durch ein bis zu fünfzehnfaches Echo schon aus vorchristlicher Zeit, das als Orakel gedient hat und als Wohnstatt von wuseligen Zwergen, Gnomen und Elfen. So singen sogar die Japaner alle Strophen des Loreleyliedes von Heinrich Heine in ihrer Muttersprache. Selbst auf den Ausflugsschiffen der weißen Flotte singen oder summen die japanischen Touristen an der engsten Stelle des Rheins die Melodie von Friedrich Silcher im Chor mit den amerikanischen Passagieren, den englischen oder mit den deutschen Gästen. Das ist Multi-kulti a la Loreley.

Am liebsten würden die Japaner den Loreleyfelsen in ihrem praktischen Marschgepäck Stein für Stein mit nach Hause nehmen. Im Gleichklang klicken ihre Yashikas, die Nikons und die Minoltas, um den Felsen ihrer Begierde wenigstens im Bild einzufangen. Das zelebrieren sie mit wachsender Begeisterung.

Eines Tages kommt ein Mister Li, ein milliardenschwerer Industrieller auf die Idee, das gesamte Felsmassiv vermessen zu lassen und in Quadraten zu je einem Meter zu archivieren. Nach den Verhandlungen mit der deutschen Regierung sollen Quadrat für Quadrat als Würfel fein säuberlich abgetragen und nach Japan transportiert werden. Ein gecharterter Frachter soll bereits auf dem Weg nach Hamburg sein.

Mister Li beabsichtigt, das abgetragene Volumen naturgetreu durch eine Kunststoffplastik zu ersetzen. Somit werden das Monument und gleichzeitig der Inbegriff der Rheinromantik liebevoll zumindest optisch erhalten bleiben. Der natürliche Bewuchs soll nicht zu kurz kommen. Deshalb bietet er an, jeden Strauch und jedes Gebüsch an genau der gleichen Stelle durch so genannte Pflanzlöcher in der Plastik zu integrieren.

Die Prozedur wird sanft vonstatten gehen, damit das hübsche Gebilde zu keiner Zeit unansehnlich wirkt. Deshalb hat er für die ganze Transaktion fünf Jahre eingeplant. In den Jahren 2005 und 2006 spitzt sich die Haushaltslage des Bundesfinanzministers in Berlin zu.

Das Defizit verletzt die EU-Stabilitätsvorgaben. Deutschland droht eine saftige Geldbuße. Finanzminister Eichel verscherbelt sein Tafelsilber. Telekomaktien, Postaktien und Liegenschaften wie Bundeswehr-Immobilien sowie die UMTS-Lizenzen.

Das schier unglaubliche Angebot platzt per Fax im Finanzministerium ein. Der deutsche Finanzminister soll tatsächlich satte Zweihundertfünfzig Milliarden Euro für die Loreley-Transaktion in fünf gleichen Raten bekommen. Damit kann der seinen desolaten Haushalt in Ordnung bringen und sein ramponiertes Image in der Öffentlichkeit aufpolieren. Aber das klingt wie ein schlechter Scherz. Die Grünen im Parlament werden der aberwitzigen Idee niemals zustimmen. Schon allein der Gedanke grenzt an eine böse Kriegs-Erklärung. Aber die Japaner haben schon öfter verblüfft. Vor Jahrzehnten gelang ihnen der Coup mit dem Stahlausfuhrembargo, das sie mit Raffinement intelligent umgingen, indem sie Räder unter den Stahl montierten und das Gebilde schlichtweg in Mitsubishi, Mazda, Daihatsu oder Toyota umbenannten.

Noch ist das Projekt in der Öffentlichkeit nicht bekannt. Es wird die Nachricht in die Welt gesetzt, der gesamte Loreleyfelsen sei mit Goldfäden durchsetzt. Die Experten sind uneins. Zur Klärung des Sachverhaltes müsse der gesamte Felshang Meter für Meter untersucht werden. Zu diesem Zweck sollten Spezialisten mit Geigerzählern das Erdreich abtasten und dabei umfangreiche Aufzeichnungen anfertigen. In Wirklichkeit sind die Geigerzähler nur wertlose Attrappen, und die Experten sind schlichtweg die Landvermesser im Auftrag des superreichen Japaners Li.

Genau zu diesem Zeitpunkt muss die Kripo Koblenz auf Geheiß des BND[1] ihre Finger von der „Sache Loreley" lassen. Die Sache ist brandheiß und wird deshalb bewusst heruntergespielt, ja sogar bagatellisiert.

Franz Hemmersbach ist mehr als skeptisch. Deshalb teilt er seine Meinung seinem Adlatus Krawuttke mit:

„Ich kann es einfach nicht glauben, dass die Loreley überhaupt verkäuflich ist. Dann könnte man ja ebenso das Heidelberger Schloss oder das Brandenburger Tor, die Reeperbahn oder das Hofbräuhaus Stein für Stein abtragen und nach Japan verpflanzen. Denk doch nur an das Schloss Neuschwanstein oder an die Drosselgasse in Rüdesheim. Das sind typische Tourismustempel wie der Eiffelturm oder der Schiefe Turm von Pisa. Und bestimmt wird niemand auf die Idee verfallen, die Pyramiden von Gizeh oder die Sphinx zu verkaufen und schon gar nicht die Freiheitsstatue von New York oder den Eiffelturm."

---

[1] Bundes-Nachrichten-Dienst

Krawuttke meint: „Wahrscheinlich ist aber die Loreley der einzige natur-gewachsene Ort, in dessen Kern Gold stecken könnte."

„Was hätte wohl der große Heinrich Heine geschrieben, wenn er von dem Goldschatz gewusst hätte. Hätte er vielleicht das Loreleylied anders geschrie-ben?"

„Das glaube ich nicht. Heine war eigentlich nirgends zu Hause. Er war ein entlaufener Romantiker. Als geborener Jude ist er später konvertiert zum kat-holischen Glauben, aber er hat sich nie vereinnahmen lassen. Er war desillu-sioniert, eher ein Anhänger der Vernunft und ein freier Geist. Während seiner dreizehn Jahre in Frankreich hatte er ein Verhältnis mit einer Schuhverkäufer-in, die auf den Namen Mathilde gehört hatte, aber weder lesen noch schreiben konnte. Heine gilt als frivoler, aber auch als diskreter Dichter. Ihm wird nach-gesagt, die schönsten Frühlingslieder würden im Winter entstehen und zwar hinter dem Ofen."

„Stimmt es also, dass Heine der Not gehorchend ein europäischer Dichter geworden ist?"

„Ja, man kann sogar sagen, er war der erste Kulturkorrespondent europä-ischer Prägung. Das hört sich wichtig an. Dabei blieb er immer auch ein Wa-denbeißer. Er sagte einmal, die Deutschen hätten die Revolution erdacht, und die Franzosen haben sie ausgeführt. Wer weiß, was er heute schreiben wür-de."

„Wie sind wir eigentlich auf Heinrich Heine gekommen?"

„Durch den Eiffelturm."

Was Hemmersbach und Krawuttke noch nicht wissen können, wird bald eine grauenhafte Entdeckung werden und alle schöngeistigen Gedanken hin-wegwischen.

Ein Tunnel birgt den Fingerzeig
Beweise Mut, vor allem schweig!

Der Koblenzer Kriminaloberkommissar Franz Hemmersbach versteht die Welt nicht mehr und ist empört. Er riecht förmlich die Brisanz dieses Falles. Wieso hat sein Vorgesetzter, der MSV, ihn zurück gepfiffen?

„Der Alte hat nen Vogel."

Hemmersbach sagt das voller Entrüstung zu seinem Kollegen Kriminalkommissar Krawuttke.

„Komm, Kollege Hemmersbach, lass uns den Frust hinunterspülen. In der Altstadtkneipe ist immer Platz für uns."

Hemmersbach schweigt, sieht Krawuttke mit einem kritischen Seitenblick an, ohne den Kopf zu bewegen. Seine Zustimmung signalisiert er lediglich durch kurzes Schließen beider Augenlider.

„Der MSV hatte Besuch von einem bärtigen Fuffziger. Irgendwie kommt der mir vor, als ob ich den schon einmal gesehen hätte. Ob der vom BKA ist?"

Hemmersbach erinnert sich an die Worte seiner Frau Lilo, als sie ihn nach dem Traum tröstete mit den Worten:

„Dein Unterbewusstsein hat dir lediglich einen Fingerzeig gegeben. Der Flug könnte bedeuten: Du musst über den Dingen stehen, nicht mitten drin."

Lilo Hemmersbach ist eine geschickte Frau. Sie sieht gut aus mit ihrer jetzt brünetten Kurzhaarfrisur a la Mireille Mathieu, ist größer als die französische Künstlerin und etwas weniger geschminkt. Sie steht ja auch nicht auf der Bühne. Da ist Lilo jedoch anderer Meinung. Auch ihr Leben ist eine Bühne. Da muss sie ihre Rolle beherrschen. Sie besitzt Führungsqualitäten, zumindest was der Umgang mit ihrem Mann betrifft. Denn der ist ihr mitunter zu gradlinig. Sie behauptet, Hemmi könne nicht um die Ecke denken. Trotzdem liebt sie ihn. Sie sollte es ihm vielleicht mal wieder sagen, weil sein Selbstwertgefühl dadurch gestärkt wird, gerade in Zeiten, die ihm beruflich Kopf-Zerbrechen bereiten, wie just in diesen Tagen, in denen er einem Phantom hinterher jagt. Es gibt für ihn nichts Bedrückenderes als Erfolglosigkeit. So entschließt sie sich zu einem gemeinsamen Abendessen bei Kerzenschein. Sie kocht ihm sein Leibgericht Rheinischer Sauerbraten mit Rosinen und Kartoffelklöße, dazu Apfelmus. Dann gibt es einen trockenen Dornfelder Rotwein von ihrem Winzer Gerd Seibert aus Neumagen an der Mittelmosel, einen 1998er. Weil sie ihren Hemmi kennt, kredenzt sie nach dem Essen einen Williams Christ vom gleichen Winzer. Zur Verdauung. Den schätzen beide. Franz Hemmersbach ist ganz überrascht und fragt verdutzt:

„Hat wer von uns Geburtstag?"

„Nein mein Schatz, nur so. Ich will dir damit eigentlich nur sagen, ich liebe dich."

Hemmersbach springt spontan auf, geht dann aber behutsam zu Lilo, nimmt ihren Kopf in beide Hände und küsst sie zärtlich auf den Mund.

„Hmm, das könnte ein Elternabend werden."

„An mir soll es nicht liegen."

Einen Tag danach treffen Hemmersbach und Krawuttke nach Feierabend zu einem, wie Hemmersbach das nennt, Sondierungsgespräch zusammen. An der Theke ihrer Stammkneipe raunt Hemmi dem „Krawe" zu:

„Ausnahmsweise drück ich heut beide Augen zu. Beim Königsbacher Pils wird der Kopf zwar nicht frei. Aber wir müssen ungestört über den Fall reden."

„Was wissen wir?" fragt Hemmersbach in der hintersten Nische der fast menschleeren Kneipe sitzend seinen Kollegen Krawuttke. Dabei hält er seine linke Handfläche schützend seitlich neben seinen Mund und spricht fast flüsternd:

„Zunächst gibt es einen Holländer, der Fünfzigtausend Eurokröten abgezockt hat. Dann hat ein Geldheini aus Japan davon Wind bekommen, in der Loreley stecken Goldvorkommen. Die will er alleine für sich zu hundert Prozent. Zehn bis fünfzehn Prozent davon gibt er dem braven Eichel in Berlin."

„Jouw" bestätigte Krawuttke.

„Und der saniert den Haushalt damit, ohne zu wissen, dass der ganze Reibach auch im eigenen Land bleiben könnte."

„Richtig, Herr Kollege, wozu brauchen wir denn den Japaner?"

Krawuttke hebt sein Pilsglas, prostet dem Hemmersbach zu und fährt mit dem linken Handrücken genüsslich über seine Lippen.

„Aber was ist, wenn es gar kein Gold gibt, dann brauchen wir den steinreichen Japaner sehr wohl."

„Ich kann auf den verzichten, aber der charmante Hans Eichel nicht."

Darauf Krawuttke verächtlich:

„Charmant wie eine Büroklammer, ha ha."

Hemmersbach zitiert den großen britischen Urvater der Kriminologie Sherlock Holmes:

„Wenn man das Denkbare durchdacht hat, dann muss man das Undenkbare deuten."

Krawuttke: „Pass mal auf und denk mit. Wenn es bekannt wird, dass der Fels mit Edelmetall durchsetzt ist, wird das eine Goldgräberpsychose auslösen. Es werden Hundertschaften von gierigen Glücksrittern anrücken und alle Sperren der Ordnungskräfte durchbrechen, auf eigene Faust buddeln und graben. Ja, sie werden sich gegenseitig bekriegen, Gewalt anwenden, Ausschreitungen auslösen und sogar im gesamten Umfeld der Loreley ihre Lager aufschlagen und die Nachbarfelsen unter die Lupe nehmen. Das gibt Krieg, Mann gegen Mann. Das Rheingold der Nibelungen zu Worms liegt im Schoß des Loreleyfelsens verborgen." Darauf Krawuttke:

„Das riecht nach einer Schlagzeile für BILD. Ich sehe die schon vor mir. Darunter als Subline: Polizei ist machtlos. Einen kleinen Vorgeschmack haben wir ja hautnah miterlebt."

Nach Dienstschluss wollen die beiden ganz privat der Loreley unter den Rock schauen. War es der Alkohol oder war es ihre spitzbübische Neugier, die ihrer Phantasie Flügel wachsen lässt? Ihr Vorgesetzter, der MSV, darf nichts davon erfahren, sie betrachten es schlichtweg als Sonntagsausflug, benutzen auch den Privatwagen Krawuttkes und machen unterwegs einen Besuch auf Burg Lahneck.

„Ist das ein Alibibesuch?" will Krawuttke wissen. Er fühlt sich immer noch im Dienst.

„Es ist die Spurensuche nach Goethes Geistesgruß aus dem 18. Jahrhundert", weiß Hemmersbach. „Hier hatte das verschollene Mädchen, eine englische Miss Idilia Dubb Aufzeichnungen über ihren nahen Tod notiert, bevor sie mutterseelenallein in einem Bergfried verendete. Die einzige Holzstiege zum Verlassen ihres Verlieses brach damals unter der Last ihres Körpers zusammen. Ihre Hilferufe blieben ungehört. In herzzerreißenden und schlichten Worten dokumentierte die Unglückliche ihre hoffnungslose Lage. Sie hörte noch die Rufe ihrer Angehörigen, war aber nach den Tagen ihrer Gefangenschaft zu schwach, um sich rechtzeitig bemerkbar zu machen."

Krawuttke hat sofort seine Lösung parat:

„Ein Handy hätte sie retten können."

„Typisch Krawuttke."

Der Ausblick von Burg Lahneck macht die beiden Beamten andächtig. Offenbar genießen sie die Aussicht. Krawuttke bekommt Durst beim Entdecken der Königsbacher Brauerei drüben auf der linken Rheinseite. Aber er will sich nicht lächerlich machen. Gemächlich zieht ein weißes Passagier-Schiff der Köln-Düsseldorfer seine Bahn zu Berg. *Jeverland* heißt es und Krawuttke denkt: Schon wieder Bier.

Nach dem Abstieg zum Parkplatz besteigen sie den Kadett von Krawuttkes Freundin Marie, den er sich für diese Extratour ausgeliehen hat.

„Bring ihn wieder heil zurück", hat sie ihm zugehaucht.

„Keine Bange, meine Liebe, wir Polizisten sind gesittete Verkehrsteilnehmer."

Ihr Weg führt sie auf der B 42 vorbei an Braubach mit seiner gewaltigen Marksburg, die als einzige nie zerstörte Höhenburg am Mittelrhein gilt und dadurch ein einzigartiges Baudenkmal darstellt.

Hemmersbach weiß, dass die Marksburg wegen ihrer ursprünglichen und vollständigen Erhaltung als mittelalterliche Wehranlage aus dem 14. Jahrhundert eine Vorrangstellung unter den noch vorhandenen rund 40 Burgen einnimmt, die jedoch „Neubauten" aus dem 19. Jahrhundert darstellen. Die Schweden hatten im 30-jährigen Krieg ganze Arbeit geleistet. Später hat Ludwig XIV im pfälzischen Erbfolgekrieg 1689 dann noch den Rest in Ruinen verwandelt.

„Woher weißt du das alles?"

„Heimatkunde."

„Ich weiß noch mehr. Vor Jahren hatten die Japaner das Ansinnen, die Marksburg gegen Zahlung einer unvorstellbaren Summe abzutragen und am Pazifikstrand wieder aufzubauen."

„Und haben sie?"

„Doch nicht mit uns. Die Deutsche Burgenvereinigung hat denen die Suppe ordentlich versalzen. Dennoch steht heute eine originalgetreue Nachbildung in einem Vergnügungspark in Japan."

„Haste Töne!"

„Hab ich. Lass uns weiterfahren nach Bornhofen. Dort stehen auf einem lang gezogenen Bergrücken die feindlichen Brüder, nämlich die Burgen Sterrenberg und Liebenstein. Die Söhne des Burggrafen haben nach dem Ableben des alten Burgherrn beim Aufteilen des väterlichen Erbes ihre blinde Schwester betrogen."

„Wie haben die denn das angestellt?"

„Mit einem miesen Trick. Es gab da ein Gefäß mit Goldstücken. Als die Blinde an der Reihe war, drehten die bösartigen Brüder unbemerkt das Fass um, so dass der Boden nach oben zeigte. Der blinden Schwester Hand tastete auf das Gold. Danach schien der Scheffel bis zum Rand mit Gold gefüllt. Aber in Wahrheit war nur der Boden bedeckt."

„Solche Machenschaften würden heute als Akten auf unseren Schreib-Tischen landen."

„Das ist noch nicht alles. Der Reichtum brachte den Brüdern kein Glück. Sie zerstritten sich so sehr, dass sie zwischen ihren Burgen eine regelrechte Streitmauer bauen ließen."

„Keine schlechte Idee, einem Streit aus dem Weg zu gehen."

„Das meinst nur du. Irgendwann war das gesamte Erbe aufgebraucht, verprasst, verschleudert. Danach wollten sie sich wieder vertragen.

Sie verabredeten sich zu einem Jagdausflug für einen frühen Morgen. Und weil es noch kein Telefon gab, sich gegenseitig zu wecken, sollte derjenige, der zuerst erwacht, den anderen durch einen Pfeilschuss gegen den geschlossenen, hölzernen Fensterladen wecken."

„Und das hat funktioniert?"

„Und wie das funktioniert hat. Der Pfeil war gerade im Fluge über der hohen Streitmauer."

„Und blieb dann in der Luft stehen."

„Quatsch, natürlich fliegt ein Pfeil weiter. Aber in dem Augenblick öffnete sich drüben der Fensterladen, und der Schütze sah entsetzt zu, wie das Geschoss seinem Bruder ins Herz drang. Bums und tot."

Krawuttke hält die Luft an und will unbedingt wissen, wie die Geschichte weiter geht.

„Der unglückliche Schütze konnte als Brudermörder keinen inneren Frieden mehr finden. Er zog ins Heilige Land, wo er vor verstorben ist."

„Und was wurde mit der blinden Schwester?"

„Die erbaute mit ihrem bescheidenen Anteil am Fuße der feindlichen Brüder das Kloster in Bornhofen."

Der Ausflug an diesem trockenkalten Sonntagmorgen belohnt die beiden Kriminalisten mit freundlichem Sonnenschein. Der Himmel hat ein wolkenfreies blaues Seidentuch über das Rheintal gespannt, während der Kadett in St. Goarshausen einfährt. Ganz in der Nähe der Autofähre entdecken sie ein Restaurant. Dort parken sie ihr Fahrzeug. Im Lokal sitzen fünf Männer am Stammtisch, drei Weintrinker und zwei Biertrinker.

„Morjn auch"

„Morjn."

Die Beamten nehmen am Nebentisch Platz und bestellen jeder einen trockenen Riesling. Krawuttke nimmt ein Mineralwasser dazu. Am Stammtisch verstummt das Gespräch, wird aber kurz danach wieder aufgenommen. Krawuttke steckt sich eine Zigarette an. Hemmersbach lehnt dankend ab. Sie registrieren vom Nebentisch sofort, das Thema dreht sich um die Loreley. Aber keiner spricht vom Gold. Um nicht als Lauscher aufzufallen, unterhalten sie sich über belanglose Dinge, während Hemmersbach sein Handy und seine Kamera auf den Tisch legt. Was als Handy wirkt, ist aber in Wirklichkeit ein winziges, aber superstarkes Tonaufzeichnungsgerät. Hemmersbach klebt unbemerkt eine Wanze unter die Tischplatte. Sie wollen herausfinden, wie die Bevölkerung mit dem Thema Gold umgeht.

Sie schnappen Wortfetzen auf wie: „Gute Investition, Zukunft für unsere Kinder und Enkel, schlaflose Nächte, Schnäppchen, Pläne, geheime Stollen, Luftaufnahmen, nach dem Krieg, Gullydeckel, Sprengstoff, Katastrophe."

Bei dem Wort Sprengstoff werden die zwei Gäste sehr aufmerksam, sagen kein Wort mehr und sehen sich nur fragend an. Das Ermittlerduo schaut auf die Armbanduhr und zahlt die Getränke. Mit Tschüs und auf Wiedersehen verlassen sie das Lokal. Die Wanze unter dem Tisch lassen sie zurück.

„Du, das waren bestimmt Presseleute, haste die große Kamera gesehen?"

„Kameras gibt's nur bei Japanern oder bei der Presse."

„Japaner sin das nit."

„Japaner han Schlitzaue und die do nit."

„Außerdem hat der Tschüs gesacht."

„Vielleicht warn das Illustrierten-Reporter."

„Is doch egal. Wer nur aane Halwe drinkt, ist nit von uns."

Hemmersbach & Co betritt die Fähre in St. Goarshausen und geht in den Passagierraum, bleibt dort am Fenster stehen, während die übrigen Fahrgäste auf den Bänken sitzen. Hemmi und Krawuttke belauschen die Leute, wollen wissen, worüber sie reden. Die einen reden über das Wetter, andere über Wintersport oder über Politik. Das alles interessiert die Ermittler nicht. Aber da sind auch zwei, die wollen ins Geschäft kommen. Der eine sagt:

„Pari ist hundert. Aber die Aktien sind über Nacht gestiegen."

„Wie hoch?"

„Hundertfünfzig."

„Bei Hundertfünfundzwanzig würd ich noch mitgehen."

„Einigen wir uns auf hundertfünfunddreißig, aber dann müssen es wenigstens drei sein."

„OK- dreimal hundertfünfunddreißig sind Vierhundertfünf, sagen wir runde vierhundert."

Kopfnicken. Der eine holt drei Papiere aus einer Aktentasche und der andere zieht vier Hunderter aus dem Geldbeutel. Das Geschäft ist perfekt. Das Gespräch stockt, weil jetzt der Kassierer in die Kajüte kommt. Nachdem die Fahrscheine gelöst sind, verschwindet er grußlos. Der Verkäufer sagt zu seiem Käufer:

„Und wenn sie morgen auf zweihundert stehen, dann hast du eine schon umsonst."

„Hmm."

Dann keine weiteren Beobachtungen. Kurz vor St. Goar dreht sich die Fähre wie auf einem Teller und legt zentimetergenau an der Rampe an. Die ersten Autos rollen klappernd von der Fähre. Im Gänsemarsch schleichen sie die Rampe hoch bis zur stark frequentierten B 9, um dort rechts abbiegend rheinabwärts in Richtung Koblenz zu gelangen.

Der verschwiegene Mieter in der Privatpension verlässt sein Zimmer nur am Abend. Er fürchtet die geschröpften Bürger von St. Goar und die von St. Goarshausen. Die achtzigjährige Zimmerwirtin ist schwerhörig und hat von all den Vorkommnissen nichts erfahren. Er selbst aber sucht die Dunkelheit. Und auch dann zieht er seinen Hut tief ins Gesicht und benutzt eine Sonnen-Brille. Sein Kragen ist hochgeschlagen. Ernährt hat er sich ausschließlich am Imbissstand am Rhein. Dann aber kommt er von einem abendlichen Spaziergang nicht mehr zurück. Er kommt auch am nächsten Tag nicht. Die Wirtin bemerkt seine Abwesenheit erst am übernächsten Tag. Das Bett ist unberührt. Das Reisegepäck liegt noch im Schrank. Die Wirtin fürchtet, von dem feinen Herrn um die Miete geprellt worden zu sein. Aber warum hat er denn seine Sachen hier gelassen? Eingeschrieben hat er sich unter dem Namen: Van der Lubbe. Den Namen hat sie in ihrer Jugend schon einmal gehört. Das war doch der vom Reichstag – oder so ähnlich.

Die Überraschung der Kripo am dienstfreien Sonntag ist groß. Im Loreley-Tunnel findet eine Streckenkontrolle eine ausgestopfte Puppe. Der Streckenposten wird um absolutes Stillschweigen ersucht unter Androhung, seinen Job zu verlieren, falls er über seinen Fund zu irgendjemand auch nur ein Wort von sich gibt. Die beiden Beamten machen sich sofort auf den Weg und wissen, was sie gleich sehen werden. Aber das kann nicht sein, denn sie sind dabei gewesen, als der Dummy „Sammy" so nennen sie ihn, in Sankt Goarshausen auf dem Friedhof beerdigt wurde. Oder sollte es eine Zwillingspuppe geben? Sie bewaffnen sich aus dem Kofferraum ihres Wagens mit zwei leistungsfähigen Taschenlampen, klettern auf den Bahndamm und lauschen angestrengt an dem Tunneleingang auf etwa heranrauschende Züge. Es ist stockfinster und mucksmäuschenstill. Wenn ihnen ein Neger entgegen gekommen wäre, es hätte unweigerlich einen Zusammenstoß der Körper gegeben. Aber gegen Neger im Tunnel gibt es schließlich Taschenlampen. Jetzt wagen sie die ersten Schritte in das schwarze Ungetüm, in dessen Adern sich vielgliedrige stählerne Rosse fauchend und schnaubend ihren Weg bahnen. Nach drei Dutzend Trippelschrittchen über die Bahnschwellen entdecken sie etwas. Das könnte der „Sammy" sein.

„Sonderbar", entführt es dem Hemmersbach.

„Megamysteriös", schießt Krawuttke nach.

„Jetzt dreh` ich durch. Das ist zuviel für mich. Tatsächlich, der Dummy im Tunnel. Das ist die Härte."

Im Schein der beiden Taschenlampen leuchten sie den „Sammy" gründlich ab. Bevor sie ihn anrühren, ziehen sie ihre Handschuhe an, um keine Spuren zu hinterlassen. Es wird ihnen rasch klar, das ist die Puppe aus dem Sarg. Das weiße Hemd mit der silbergrauen Fliege, die gestreifte Weste und der Nadelstreifenanzug stimmen überein, auch die schwarzen Lackschuhe. Soviel Duplizität gibt es nicht, nicht einmal im Kriminalroman. Hemmersbach und Krawuttke tragen den „Sammy" vorsichtig aus dem Tunnel. Sie können auf keinen Fall Zuschauer gebrauchen. Deshalb warten sie, bis die Luft sauber ist. Jetzt geht's.

„So, nun aber runter vom Bahndamm und ab in den Kofferraum damit", sagt Hemmersbach.

„Und nix reden, erst mal in die Spurensuche, da gibt es bestimmt Finger-Abdrucke."

Hemmersbach gibt sich zuversichtlich.

„Den werden wir heute noch dem guten MSV präsentieren."

Krawuttke:

„Auf dessen Gesicht bin ich gespannt."

Hemmersbach erinnert sich an das Gespräch mit seiner Lilo. Ist das der Fingerzeig meines Unterbewusstseins?

Und wie hat es meine Frau ausgedrückt, ich muss über den Dingen stehen und nicht mitten drin.

In Koblenz angekommen, schleppt das Duo den „Sammy" sofort in von Meiderichs Büro.

„Herr von Meiderich, das also ist der sagenhafte Filmtote."

Der MSV guckt wieder über seine Brille zuerst die Puppe an, dann schweigend seine beiden Experten.

„Ihr Hornochsen, was soll ich damit?"

Hemmersbach denkt an seinen Traum.

„Gucken Sie nicht so wie ein Traumtänzer, was ist mit dem Grab?"

„Was soll damit sein?" fragt Krawuttke.

„Meine Herren, das hier ist eine Puppe und nicht Jesus. Und eine Puppe hat nicht die Gnade und die Fähigkeit einer Auferstehung. Da waren doch sicher Menschen am Werk, will ich mal meinen, und Sie machen sich morgen in aller Frühe zur Scharfrichterzeit nach St. Goarshausen und öffnen das Grab, wenn es nicht schon offen ist. Fotograf mitnehmen. Und schafft mir den Lumpenkerl raus, ab damit zur Spusi und anschließend in die Asservatenkammer."

Wie zwei begossene Pudel verlassen die überklugen Spezialisten von Meiderichs Büro mitsamt ihrer Beute. Jetzt haben sie den Salat.

Betroffen schleppen sie den „Sammy" in die KTU. Hoffentlich haben die mehr Glück. Zuerst der wichtige Fund im Tunnel und nun die kalte Dusche ihres strengen Vorgesetzten. Hemmersbach meint zu Krawuttke:

„Das Leben ist eines der schwersten."

„Und es könnte doch so schön sein."

„Dabei hatte ich geglaubt, der Alte knutscht uns beiden die Stirn, aber Fehl-Anzeige. Ich hab dir ja gesagt, der von Meiderich ist nicht einfach zu nehmen. Der Alte ist ein Tier. Der lässt uns vor die Wand laufen."

Es gibt Augenblicke im Leben eines jeden Menschen, in denen sie sich glücklich schätzen können, in einer intakten Beziehung zu leben. Sie brauchen dann dringend einen geduldigen Gesprächspartner. Im vorliegenden Fall handelt ist es sich um Lilo Hemmersbach, die ihren Franz verständnisvoll trösten möchte und natürlich auch um Krawuttkes Freundin Marie, die sich erst noch in die Seele eines Kriminalbeamten hineindenken muss. Männer verhalten sich manchmal wie Kinder. Ob finanzielle Probleme auftreten, ob sie berufliche oder existenzielle Sorgen plagen, auch bei Reibereien in der Partnerschaft ist es nicht selten die Ehefrau oder die Lebensgefährtin, die stabilisierend eingreift. Lilo ist ein wahrer Glücksfall. Ja sie ist ein solcher Aktiv-Posten.

Ob sie auch dann noch die Nerven behält, wenn ihr Mann mit einer grausam zugerichteten Leiche konfrontiert wird?

Wer war die Wühlmaus über Nacht,
und wer hat diese Tat vollbracht?

Hemmersbach sehnt sich insgeheim nach einer weiteren Flugstunde. Der Traum vom Fliegen lässt ihn nicht los. Der ist ja auch so realistisch gewesen. Aber was hat er zu bedeuten? Verbirgt sich dahinter der drohende Miss-Erfolg im Beruf, Erfolgszwang? Ist das der unausweichliche Höhenflug vor dem Fall? Er bespricht es mit seiner Frau Lilo und hört aufmerksam zu. Das kann sie. Sie unterbricht ihn nicht.

„Mein lieber Hemmi, das ist doch ein wunderschöner Traum. Der MSV hat dir gesagt, Hemmersbach Sie fliegen. Und genau das ist dir gelungen. In dir schlummern Talente, du musst sie nur entdecken."

„Du hast gut reden. Der MSV will mir den Fall abnehmen und dann? Dann steh´ ich da mit meinem Talent."

„Der wird sicher einen ganz plausiblen Grund haben, der mit dir überhaupt nichts zu tun hat."

„Irgendetwas muss ich übersehen haben. Ein Mord ohne Leiche. Nicht mal den fremden holländischen Betrüger mit seinen Anteilscheinen konnte ich herbeischaffen. Den stinkreichen Japaner gibt es vermutlich auch nicht. Jedenfalls hab´ ich den nicht zu Gesicht bekommen. Und warum hat sich der BND eingeschaltet?"

„Beruhige dich, mein Schatz. Es wird sicher sehr bald deine Erkenntnis reifen, und du wirst eine Lösung finden. Ich will dich nun nicht partout zum Trinker erziehen. Aber lass uns ein Fläschchen von dem guten Roten köpfen. Das besänftigt und vermittelt neuen Mut."

Was beide noch nicht erahnen, ist eine ganz grausame Entdeckung, die Hemmersbach machen wird. Der nächste Morgen ist bitterkalt. Hemmersbach und Krawuttke sitzen mit dem Fotografen fröstelnd und schweigend im alten Dienstwagen. Erst in Braubach meint Krawuttke:

„Jetzt müssen wir schon wieder an die Loreley. Wir könnten uns eigentlich dort einquartieren."

„Können wir nicht."

„Hab´s ja auch im Konjunktiv gemeint."

„Wenn der Boden gefroren ist, kommen wir ins Schwitzen."

Der Fotograf auf dem Rücksitz meldet sich erst jetzt zu Wort und bietet seine tatkräftige Mithilfe an.

„Das wirst du auch müssen", entgegnet Hemmersbach.

„Oder glaubst du, wir beide erledigen die Drecksarbeit allen?"

„Gemach, Franz - ich bin doch kein Unmensch."

„Nein, bist du nicht. Aber Hauptsache, du machst schöne Fotos vom Friedhof."

Bevor sie zum Friedhof gehen, ziehen sie die mitgebrachten Blaumänner an. Die Neugierde ist groß bei der kleinen Mannschaft. Was wird sie erwarten. Ist das Grab offen oder ist es noch unberührt?

Ihr erster Eindruck ist: Das Grab ist unberührt, so wie die Beamten es vorgestern verlassen haben. Krawuttke kommt zuerst drauf.

„Da hat jemand die Kränze vertauscht."

„Jetzt merke ich das auch, wo du das sagst. Der mit der weißen Schleife lag rechts und der mit der goldenen Schleife (schon wieder Gold) lag links."

Schon will sich Krawuttke bücken.

„Stopp, nicht anfassen", befiehlt Hemmersbach.

„Erst Handschuhe anziehen und dann nehmen wir die Kränze mit. Wer die angerührt hat, der hat auch sicher, wenn wir Glück haben, Fingerspuren auf den Schleifen hinterlassen."

„Oder auf dem Rücken der Kränze, denn die bewegt niemand mit den Schleifen", meint Krawuttke. Bevor sie überhaupt tätig werden, schießt der Fotograf seine Bilder, insgesamt acht Aufnahmen.

„Hat Vater Staat so viel Geld für wertlose Bilder von unsinnigen Film-Gräbern?"

Krawuttkes unqualifizierte Bemerkung wird widerspruchslos überhört. Mit vereinten Kräften schaffen sie beide Kränze in den Kofferraum des Kombis.

„Und nun Kollegen geht's im Kollektiv an die Arbeit. Lasst uns Toten-Gräber spielen."

Hemmersbach gibt den Ton an. Mit Pickel und Spaten kämpfen sich die Männer durch den gefrorenen Boden. Aber der Frost sitzt nicht so tief. Der Blumenschmuck hat das Erdreich vor dem ganz tiefen Frost geschützt. Dennoch schuften sie vier Stunden, bis sie fündig werden. Natürlich ist es keine Überraschung, als sie auf Holz stoßen, denn schließlich wissen sie ja, sie suchen einen Sarg. Bevor sie jedoch an die Öffnung des Sarges denken, wird zuerst einmal eine Zigarettenpause eingelegt. Der Fotograf hat seine Spezial-Fototasche dabei. Daraus zaubert er drei Bierflaschen. Pils aus der Heimat.

„Kollegen, die haben wir uns jetzt redlich verdient."

Mit dem so genannten siebzehner Schlüssel (das ist der Flaschenöffner) macht es dreimal blubb, und die Flaschen stoßen kurz gegeneinander.

„Prost Kollegen." Man trinkt wie auf dem Bau aus der Flasche.

Hemmi ergreift das Wort:

„Krawuttke, schätze mal, was wir da finden."

Der weiß sofort die Antwort:

„Der Sarg ist leer, denn schließlich haben wir die Puppe und die liegt in der Asservatenkammer."

Hemmi sieht den Fotografen an und hebt seinen Kopf nach oben zum Zeichen, er möge endlich seinen Tipp abgeben. Der antwortet:

„Da liegt eine zweite Puppe drin."

Und nun kommt die Version von Hemmersbach:

„Ich wette, da liegt eine echte Leiche drin."

„Na, dann aber heran an den Speck."

„Wer geht nach unten?" fragt Krawuttke.

„Wer fragt", sagt Hemmersbach.

Mit gemischten Gefühlen löst Krawuttke die sechs Schrauben, drei auf jeder Seite. Bevor er den Deckel anhebt, blickt er fragend nach oben. Hemmersbach nickt. Der Deckel bewegt sich und Krawuttke stößt einen fürchterlichen Schrei aus. Krawuttke würgt sofort Spucke und Schleim und muss sich dann vollends übergeben. Ihm ist speiübel.

„Wat is?"

„Das ist zum Kotzen. Da liegt einer drin, ein Mannskerl mit blutigen Fingerkuppen und Blut an den Wänden. Wenn der nicht tot ist, dann will Mayer heißen."

Der Fotograf zückt seine Kamera und fragt:

„Meier mit ei oder Maier mit ai?" Krawuttkes Antwort:

„Mayer mit a Ypsilon."

In der Tat, ein Toter, ein Mann mittleren Alters. Der Fotograf klickt wieder fünfmal. Die drei Figuren auf dem einsamen Friedhof sehen sich betreten an. Hemmersbach gewinnt zuerst seine Fassung.

Er greift zum Handy und ruft seine Dienststelle an. Jetzt müssen Spezialisten herbei. Gerichtsmediziner und Spezialisten für Leichen werden angefordert. Es kann eine Stunde dauern, bis die hier eintreffen. Dass es sich tatsächlich um einen männlichen Toten handelt, dessen sind sich die Männer bewusst. Um wen es sich handelt, das weiß keiner von ihnen. Nach dem Abtransport der Leiche in die Pathologie schaufeln die drei Koblenzer Kriminalbeamten das Grab wieder zu und richten es, bis auf die beiden Kränze, her, als sei nichts geschehen. Sie sind durchgeschwitzt, trotz der niedrigen Temperaturen. Sie hätten Handtücher mitnehmen sollen. Gottlob liegt eine Küchenrolle im Fahrzeug. Damit wischen sie sich den Schweiß von der Stirn.

Der MSV hat seinen großen Tag. Er sieht sich den Leichnam an. Als der Gerichtsmediziner das grüne Tuch lüftet, sagt von Meiderich ganz trocken:

„Den kenn´ ich doch. Den habe ich vor Jahren schon einmal als Betrüger entlarvt. Damals war ich noch in Ausbildung in Hiltrup.

Das Gesicht hab´ ich mir gemerkt. Selbst den Namen weiß ich noch – van der Lubbe. Der sieht zwar älter aus, ja ich bin sicher, der Tote ist van der Lubbe. Jetzt sehe ich auch den Zusammenhang. Der hat in St. Goar und in St. Goarshausen die Bürger beschissen mit den Goldzertifikaten. Jetzt brauchen wir nur die Betrogenen unter die Lupe zu nehmen. Einer davon kommt als Täter infrage.“ Am nächsten Morgen steht ein Aufruf in der Zeitung.

Die Polizei bittet alle Bürger um Mitarbeit bei der Aufklärung eines Mordes. Wer kann Angaben machen zu der Person, die in St. Goar und in St. Goarshausen Anteilscheine verkauft hat mit dem Versprechen, Schürfrechte auf Goldvorkommen an der Loreley zu erwerben? Sachdienliche Hinweise bitte an die Kriminalpolizei Koblenz, Telefon 0261-92264-0 oder an jede andere Polizeidienststelle.

Ganze acht Anrufe registrieren Hemmersbach und Krawuttke noch am Erscheinungstag des Aufrufs. Sie registrieren alle Anschriften und lassen sich die zum Teil widersprüchlichsten Personenbeschreibungen geben. Normalbürger haben eben nicht das fotografische Gedächtnis eines Kriminalbeamten. Doch fünf Aussagen sind deckungsgleich und weisen auf den scheinbar unbeteiligten Kellner Waldemar Obermeier hin.

„So kommen wir nicht weiter“,
wirft Hemmersbach ein.

„Schließlich gibt es fünfhundert geprellte Einheimische, aber wer von denen ist der gesuchte Mörder?“

Krawuttke meint betrübt

„Ich glaube, wir müssen Klinken putzen.“

„Und eben das will ich verhindern, aber der MSV macht Druck.“

„Wenn der Mörder oder die Mörderin unter den vielen Geschädigten ausgemacht wird, dann muss der oder die doch was an der Waffel haben.“

„Wieso?“ fragt Krawuttke.

„Warum hat der Täter den „Sammy“ mit der Leiche vertauscht? Stell dir vor, er hätte den „Sammy“ im Grab liegen lassen, dann wär´ es niemals aufgefallen, und wir wären nie auf den Gedanken gekommen, das Grab zu öffnen.“

„Stimmt.“

„Es war eben doch eine gute Idee, das Grab wieder so herzurichten, als sei nichts geschehen. Das wiegt den Täter in Sicherheit.“

„Also, an eine Frau als Täterin glaube ich nicht. Das schafft keine Frau, einen Toten transportieren, Grab abdecken, aufschaufeln, „Sammy“ raus- und eine Leiche reinlegen, dann wieder zuschaufeln und Grab erneut dekorieren, nein, eine Frau als Täterin scheidet für mich aus."

Hemmersbach und Krawuttke betreiben Feldarbeit. Das heißt Klinkenputzen. Sie werfen eine Münze. Kopf oder Zahl. Kopf ist St. Goarshausen und Zahl ist St. Goar. St. Goar gewinnt. Also gehen sie systematisch an die Haus-Türen. Beim Klingeln gibt es nur zwei Möglichkeiten. Es wird geöffnet oder es ist keiner zu Hause.

Fehlanzeigen werden sorgfältig notiert und beim zweiten Durchgang bearbeitet. Sie trennen sich, Hemmersbach nimmt die rechte Straßenseite, Krawuttke die linke. Man einigt sich auf diesen einen Spruch:

„Guten Tag, mein Name ist Hemmersbach oder Krawuttke von der Kripo Koblenz. Hier mein Dienstausweis. Wir haben einige Fragen an Sie im Zusammenhang mit dem Goldfund an der Loreley. Darf ich eintreten? Haben Sie auch Goldzertifikate erworben? Es ist wichtig für uns, weil wir einem Betrüger auf der Spur sind. Noch eine letzte Frage. Wo waren Sie vorgestern zwischen 18 Uhr am Abend und 6 Uhr in der Früh?"

Die meisten Befragten sind erstaunt.

„Wo soll ich gewesen sein? Zu Hause natürlich, vor dem Fernseher, Pilawa und später Jauchs: Wer wird Millionär."

„Gibt es dafür Zeugen?"

„Ja, mein Mann oder meine Frau, die Kinder."

Bis zum Abend haben sie genau neunzig Recherchen zu Papier gebracht. Darunter ist die Hälfte geschädigt. Die Ermittler fühlen sich hundemüde, ausgelaugt und stinksauer auf ihren Beruf. Und Bärenhunger haben sie auch.

„Komm Krawuttke, wir gehen in den „Goldenen Löwen", müssen was zwischen die Rippen kriegen."

Das Lokal ist zu dieser frühen Abendstunde gut besetzt. Ein bequemer Fenstertisch ist noch frei. Sie nehmen dort Platz. Der Kellner Obermeier ist wieder im Dienst und bedient die beiden Beamten. Jetzt sind sie privat, geben sich auch nicht zu erkennen. An ihren Kollegmappen erkennt sie der Kellner als Handelsvertreter.

„Na, meine Herren, wie laufen die Geschäfte?"

„Die Zeiten waren schon mal besser." Der Kellner bringt die beiden frisch gezapften Pils und die Speisenkarte.

„Das eine erlaube ich mir, denn ich muss ja noch fahren", sagt Hemmersbach zu Krawuttke. Sie heben ihre Gläser, prosten einander zu und machen jeder einen kräftigen Zug.

„Aah, schmeckt das gut nach getaner Arbeit." Gleichzeitig zünden sie sich Zigaretten an, blicken nach draußen und beobachten die Fähre zwischen den beiden Städten.

„Schön, wenn man ein Visavis hat", bemerkt Krawuttke.

„Meinst du mich damit?"

„Ja, das ist auch schön, allein macht unser Beruf wenig Spaß."

„Haben die Herren gewählt?"

„Oh, verzeihen Sie, sofort." Beide werfen einen kurzen Blick in die Karte und entscheiden sich spontan für den Rheinischen Sauerbraten mit Kartoffelklöße.

„Ein Aperitif gefällig?" Krawuttke wählt einen trockenen Sherry, Hemmersbach sagt verbindlich:

„Tut mir leid, ich muss noch fahren, danke. Für mich zum Essen bitte ein Mineralwasser."

Der Kellner arbeitet perfekt. Schon nach der ersten Zigarette tauscht er den Aschenbecher aus, nachdem er den Sherry und das Mineralwasser serviert hat. Dann geht er zurück zur Theke. Genau in dem Augenblick nimmt Hemmi den Ascher mit einer Serviette und steckt ihn in seine Rocktasche.

„Sammelst du Aschenbecher", flüstert Krawuttke."

„Nein, ich bin im Dienst."

„So einer bist du also."

Hemmersbach erhebt sich und geht zur Toilette. Auf dem Rückweg ergreift er von einem leeren Tisch einen weiteren Ascher und stellt ihn geräuschlos auf ihren Tisch. Krawuttke sieht sein Gegenüber mit übergroßen Augen an.

„Spielst du Bingo?"

„Es ist nur ein simples Spiel. Manchmal findet auch ein blindes Huhn ein Korn."

Das Essen wird serviert. Die Teller dampfen. Auf jedem drei Kartoffel-Klöße, reichlich umspült von einer dunkelbraunen Sauce und je drei saftigen Bratenscheiben leicht süßlich nach Rosinen duftend, machen so richtig Appetit. Daneben je ein Glasschälchen mit säuerlich schmeckendem Apfelmus.

„Hm, das ist schmackhaft. Wir sollten vielleicht mal mit unseren Herzallerliebsten hier einkehren."

„Keine schlechte Idee, aber das geht dann natürlich nicht auf Spesen."

„Dann sollten wir uns unbedingt die Festung Rheinfels ansehen. Die ist sehenswert, und man hat von dort einen herrlichen Blick in das Rheintal. Wir sollten mal zum Rhein in Flammen hier herkommen. Das würde unseren Damen ganz gewiss gefallen."

„So lange sollten wir damit gar nicht warten."

„Ich habe auch das Gefühl, wir beide werden bestimmt bald wieder in St. Goar sein."

Krawuttke trinkt ein zweites Bier. Dann bezahlen sie mit Trinkgeld, wie das die meisten Handelsvertreter tun und verlassen das gastfreundliche Haus.

Hemmi sagt zu Krawuttke: „Was hier draußen so komisch riecht, das ist die frische Luft." Auf der Rückfahrt nach Koblenz rekapitulieren die beiden Ermittler. Was wissen sie? An der Loreley soll Gold gefunden worden sein, das bisher noch niemand entdeckt hat. Dann hat ein Filmteam eine Puppe aus dem Rhein gefischt und die tatsächlich beerdigt mit allem Pipapo. Anschliessend wird diese Puppe im Loreleytunnel entdeckt. Gibt es etwa zwei Puppen? Oder wer hat ein Interesse daran, eine Puppe wieder auszugraben? Etwa ein verrückter Sammler von Filmrequisiten? Und schließlich, warum hat Hemmersbach einen Glasaschenbecher aus dem „Goldenen Löwen" mitgehen lassen?

Hemmersbach begegnet am nächsten Morgen seinem Vorgesetzen auf dem Flur.

„Morjn Chef", sagt Hemmi.

„Guten Morgen Herr Hemmersbach, na ich bin mal neugierig, wie war denn die Ausbeute?"

„Chef, ich habe zwei Nachrichten für Sie, eine gute und eine schlechte."

„Bevor Sie mich fragen, welche ich zuerst hören möchte, tippe ich gleich auf die gute Nachricht. Kommen Sie bitte gleich in mein Büro und rufen Sie Krawuttke mit dazu."

Da sitzen sie nebeneinander wie zwei Schulbuben nach der Klassenarbeit vor ihrem Chef. Hemmersbach packt umständlich einen Glasaschenbecher aus einer Papierserviette und präsentiert ihn, als sei der aus Gold.

„Nanu, hat der Täter geraucht?"

„Hat er nicht, aber vielleicht hat er uns im „Goldenen Löwen" seine Fingerabdrücke hinterlassen."

„Also, die Herren haben im Löwen diniert? Etwa auf Spesen geritten?"

„Mit Verlaub, das haben wir nach einem anstrengenden Tag, den wir an den Haustüren mit Recherchen verbracht haben, und das ist denn auch die schlechte Nachricht. Keine brauchbaren Ergebnisse bei neunzig Interviews. Es ist alles dokumentiert."

„Nun zu den Fakten. Wir haben Fingerabdrücke an den Kränzen und Schleifen entdeckt. Die werden wir jetzt mit denen auf dem Ascher vergleichen. Das Ergebnis wird in spätestens zwei Stunden vorliegen. Wenn wir eine Übereinstimmung feststellen, dann kennen wir auch den Täter."

Hemmersbach glaubt einfach, der Kellner könnte dahinter stecken. Der hatte für ihn so ein geschliffenes und ein zu sicheres Auftreten.

„Schleimig."

„Und deswegen verdächtigen Sie den Mann?"

„Intuition und fünfmal wurde sein Name bei unseren Befragungen genannt. Wir wollten nämlich wissen, wer sich bei den Diskussionen um das Gold beteiligt hatte."

„Und hat sich der Kellner eingemischt?"

„Eben nicht, überhaupt nicht. Und das macht ihn verdächtig. Der hat nur mit hochrotem Kopf zugehört."

„Wir werden also sehen."

Kurz vor zehn Uhr schrillt Hemmersbachs Telefon. Die Spurensuche meldet sich.

„Bingo" sagt der Kollege.

„Wir haben ihn."

„Wie sicher?"

„Hundert Pro." Hemmersbach stürzt in das Zimmer seines Vorgesetzten.

„Chef wir haben ihn. Unsere Füchse haben mehrere identische Fingerspuren gefunden."

„Bravo Hemmersbach. Das ist eine Belobigung wert."

„Danke Herr von Meiderich, von der Belobigung kann ich vier Wochen leben."

Dieses Mal ist der MSV mit von der Partie. Zu dritt wollen sie den Übeltäter dingfest machen. Es ist ein sonniger Tag, aber es ist sehr kalt. Fünf Grad unter Null. Die Straßen sind trocken. Trocken kalt ist immer noch besser als das Schmuddelwetter der vergangen Tage. Jetzt nehmen sie die Bundes-Strasse 9, die läuft flüssiger als drüben die B 42 auf der rechten Rheinseite.

Der Gesuchte ist heute wieder nicht zum Dienst erschienen. Also, nix mit Bingo und Handschellen. Die Herren wollen von dem Hotelier wissen, wo der Kellner Obermeier wohnt, seit wann er dort im Hotel beschäftigt ist, ob er Familie hat.

„Nein, er hat keine Familie, ist 28 Jahre alt, Nichtraucher, seit gut einem Jahr als Kellner tätig, bisher unauffällig, ohne Führerschein, deshalb immer auf Taxi angewiesen, also ein Sonderling. Einmal im Monat ist er Gast in der Spielbank Bad Ems. Dann macht die Frau des Hauses den Service."

„Wann ist er wieder im Casino?" will von Meiderich wissen.

„Er ist abergläubig, die Dreizehn ist seine Glückszahl. Morgen ist der Dreizehnte, vielleicht haben Sie dann Glück."

„Ist er vielleicht jetzt in seiner Wohnung?"

„Nein, da habe ich bereits mehrfach angerufen."

Von Meiderich will noch mehr wissen.

„Gibt es ein Foto von ihm?"

„Mal sehen, an Sylvester wurden einige Bilder gemacht, Augenblick, in der Schublade müssen die liegen."

„Wissen Sie, meine Mitarbeiter waren gestern am Spätnachmittag hier und haben gespeist."

„Sauerbraten und Klöße." Der MSV lacht.

„Aha, jetzt weiß ich auch, was ihr genossen habt."

Darauf Hemmersbach:

„Kein Geringerer als Winston Churchill hat einmal gesagt: Man muss seinem Leib Gutes tun, damit er Lust hat, darinnen zu wohnen."

Der MSV kommentiert das nicht. Er interessiert sich nur für die Fotos.

„Hier sind die Aufnahmen - und das ist der Obermeier."

Der MSV sieht sich die Bilder aufmerksam an.

„Sieht lustig aus. Feierlaune. Darf ich die haben?"

„Dürfen Sie, wenn es der Wahrheit dient."

Die Herrschaften verabschieden sich mit Handschlag und fahren zurück zu ihrer Dienststelle. Unterwegs im Fahrzeug gibt von Meiderich den Marsch-Befehl für den nächsten Tag bekannt.

„Ja meine Herren, dann wollen wir uns morgen nach Dienstschluss mal ganz schick miteinander eine ganz andere Welt ansehen. Treffpunkt 19 Uhr im Revier und bitteschön im Sonntagsnachmittagsausgehanzug mit Krawatte."

Hemmersbach denkt an seine Lilo und Krawuttke bedauert innerlich, dass er das der Marie erst noch schonend beibringen muss. Von Meiderich bemerkt die betretenen Minen seiner Mitarbeiter.

„Ja, meine Herren, das sind die unangenehmen Seiten, immer im Dienst und auf der Suche nach dem Bösen. Wie sieht das Böse aus? Gehörnt, wie in früheren Jahrhunderten? In Goethes Faust war es der schwarze Pudel (des Pudels Kern). Und heute steckt es latent verborgen in jedem Menschen. Das Böse ist unsichtbar, trägt kein Hinweisschild auf der Stirn, woran man es erkennen könnte. Es äußert sich aber sehr wohl in seinen Auswirkungen, in seinen Taten."

Hemmersbach und Krawuttke akzeptieren diese kleine Predigt mit einem Quäntchen Hochachtung vor ihrem Vorgesetzten.

Zu Hause sucht Hemmersbach das Gespräch mit Lilo und will von ihr wissen, wie sie das Böse erkennt. Sie kommt ihm mit der Bibel und zitiert:

„An ihren Früchten sollt ihr sie erkennen."

„Also, vorher geht wohl nicht, nicht an ihrem Äußeren."

„Nein, solange Gedanken noch zollfrei sind, das heißt unlesbar sind, kommen wir auch nicht an den Bösewicht heran."

„Also halten wir fest: Unsere Gedanken und Wünsche sind die Wegbereiter von Taten, motivieren und begründen die Richtigkeit einer Tat, auch wenn sie verwerflich ist."

„So entsteht das Böse. Aber so entsteht auch die gute Tat. Man kann es auf einen gültigen Nenner bringen."
Und dann nach einer Kunstpause:
„Immer positiv denken, dann bist du im richtigen Fahrwasser."
Sie diskutieren sich immer tiefer in das Thema hinein. Hemmersbach meint:
„Du kannst aber Böses anrichten, ohne vorher darüber nachzudenken. Stell dir vor, ich fahre mit dem Auto und verschulde aus Dusseligkeit einen Unfall, weil ich im falschen Moment an etwas Schönes gedacht habe, zum Beispiel an dich."

Dafür erntet Hemmi einen Kuss. Lilo gießt ihrem Hemmi ohne Aufforderung ein Bier ein. Der nimmt dankend an und strahlt.

Wo heute das Bad Emser Kurhaus steht, wurde bereits im Mittelalter unter freiem Himmel ein offenes „Wildbad" angelegt. Wild deshalb, weil gemeine Männer und Frauen gemeinsam fast ohne Badekleidung oder gar nackt sich in den Thermalquellen tummelten, gemeinsam mit Grafentöchtern und dem Ritteradel. Dort wurde gelebt, man aß und trank beim Bader, der sich als Wund-Arzt und Barbier betätigte, massierte, schröpfte und die Badenden zur Ader ließ. Erst nach der Reformation wurden die Geschlechter getrennt. Und zweihundert Jahre später wurden Einzelbäder eingeführt. Die heilende Wirkung des Emser Wassers half der Menschheit bei Erkrankungen der Atemwege und der Organe. Allein die Inhalation des vernebelten Wassers in speziellen Räumen kam dem Bedürfnis einer Vielzahl von Asthmakranken zugute. Eine weitere, heute kurios anmutende Kuranwendung war die Bubenquelle. Sie sollte Kinderlosigkeit beseitigen. Weil damals ausschließlich der holde weibliche Körper dafür verantwortlich war, kam der Hochadel nach Bad Ems, um den so genannten Damensitz über der Bubenquelle einzunehmen, immer in der Erwartung, dem Land den längst fälligen Thronfolger zu gebären. Als Hemmersbach diese Abhandlung im Internet liest, muss er innerlich schmunzeln. Schon zu längst vergangenen Zeiten waren die Menschen manipulierbar. Sie gingen leichtfertig ausgesprochenen Versprechungen auf den Leim. Die Gold-Zertifikate beweisen es, die Menschheit hat nichts dazu gelernt.

Heute ist Bad Ems eine liebenswert verträumte Kurstadt mit einer Tradition und dem Flair von Fürsten, Zaren, Königen, Kaisern und Komponisten und genießt den Ruf eines Weltbades.
In dieser Stadt, in der heute rund zehntausend Menschen leben, hatte Hemmersbach seine Lilo zum ersten Mal gesehen. Und Lilo hat ihm Glück gebracht. Ob er in dieser Kurstadt nun auch den so ersehnten beruflichen Erfolg verbuchen wird?

Drei gut gekleidete Herren schreiten gemessenen Schrittes auf das Kur-Haus zu. Das ist nicht ungewöhnlich zu dieser Tageszeit. Also fallen sie überhaupt nicht auf. Und genau das ist ihr Ansinnen. Sie besuchen das Casino im Obergeschoss. Am Eingang zeigt der MSV seine Legitimation und bittet um Diskretion.

„Es geht ohne Aufsehen, nur eine Observation."

Der MSV, Hemmersbach und Krawuttke trennen sich und postieren sich an unterschiedlichen Tischen, jedoch ohne Platz zu nehmen. Sie haben keine Augen für das Spiel. Ihre Aufmerksamkeit gilt nur einem Mann, dem Kellner Obermeier. Es besteht Augenkontakt zwischen den Ermittlern. Der MSV hat einen kleinen Schreibblock in der linken Hand und notiert die Permanenzen: 7 rot, 19 rot und 29 schwarz, 31 schwarz 34 rot, 9 rot, 4 schwarz, 18 rot. Das macht ihn unverdächtig. Hemmersbach hingegen beugt sich über den an seinem Spieltisch sitzenden Vordermann und lugt ihm diskret über die Schulter, verfolgt gespannt dessen Bewegungen, ohne jedoch die Gesichter der auf der Gegenseite des Tisches sitzenden Spieler zu vernachlässigen. Da sitzen am Spieltisch seriös wirkende ältere Damen mit runzligen Händen und mit güldenen Ringen überfrachteten Fingern. Ihre zerknitterten Gesichtszüge erinnern an ältliche Indianersquaws. Augenfällig sind zwei gut aussehende jugendliche schlanke Frauengestalten mit tadelloser Figur. Ihr Schmuck wirkt dezent. Sie benötigen noch keine güldene Überfrachtung. Von Meiderich bemerkt natürlich die beiden Schönen, die eine ist Goldblond, mit einem perfekt sitzenden Kostüm und langhaarig, die andere kastanienbraun in einem die Figur betonenden, silberfarbenen Lurexkleid. Von Meiderich hätte arge Schwierigkeiten, müsste er sich für eine von beiden entscheiden. Plötzlich kommt von Krawuttke ein unruhiger Augenroller hinüber zu Hemmersbach, der signalisiert es mit der rechten Hand hinter seinem Ohr dem MSV, es war das verabredete Zeichen: Der Gesuchte sitzt an seinem Tisch. Langsam, ganz langsam bewegen sich die beiden Beobachter wie zufällig zu dem richtigen Tisch. Obermeier bekommt von alledem nichts mit. Er ist Spieler und er hat nur Augen für die Kugel.

„Herr Obermeier, rien ne va plus, bitte folgen Sie uns unauffällig. Machen Sie bitte kein Aufsehen."

Obermeier überlässt dem erstaunten Croupier eine Spielmarke als Trink-Geld, steckt die restlichen Chips in seine Rocktasche und erhebt sich.

Der Croupier war bislang nicht gewohnt, dass Obermeier den Spieltisch vor 24 Uhr verlässt. Schließlich handelt es sich bei dem um einen Stammgast. Die Ermittler nehmen den Verdächtigen in die Mitte und verlassen den Spielsaal, nicht ihm noch Gelegenheit zu gewähren, seine Chips an der Kasse in Euro einzutauschen. Das alles geht schweigend und unspektakulär. Erst vor der Tür gibt sich von Meiderich zu erkennen.

„Hier ist meine Dienstmarke, Sie sind Waldemar Obermeier, ich nehme Sie fest wegen des dringenden Tatverdachtes und zwar des Mordes an Herrn van der Lubbe."

„Ich kenne keinen van der Lubbe."

„Doch, den kennen Sie sehr wohl. Der hat Ihnen ein Goldzertifikat verkauft."

„Ach der ist das, das war nicht nur eines, das waren hundert. Und nun muss ich mir das ganze Geld auf der Spielbank wieder verdienen."

„Sie werden dazu leider keine Gelegenheit mehr bekommen. Wir nehmen Sie jetzt mit nach Koblenz zur Untersuchungshaft, und Sie werden in den nächsten Tagen dem Untersuchungsrichter vorgeführt."

Obermeier lässt sich kurz vor Verlassen des Kurhauses widerstandslos Handschellen anlegen und sagt sogar Kooperation mit den Polizeibehörden zu. Krawuttke deutet das als Strategie, um bei der Bemessung der zu erwartenden Strafe Pluspunkte einzubringen und fragt:

„Bevor wir Sie gleich abliefern, Herr Obermeier, kann es sein, dass wir uns schon einmal begegnet sind?"

Obermeier zögert. Dann meint er:

„Nicht, dass ich wüsste."

Hemmersbach kommentiert das nicht weiter. Der Zentralcomputer wird ihm schon die präzise Antwort geben. In Wirklichkeit liegt dieser Strafregisterauszug schon seit Stunden in der verschlossenen Schreibtisch-Schublade Hemmersbachs.

Die Zelle ist nicht komfortabel. Pritsche, Tisch, Stuhl und Waschbecken, Kloschüssel und ein eisernes Fenster zum Hof. Gitterstäbe. Er wird menschlich behandelt. Es gibt Frühstück, zwei Brötchen mit Käse, Dauerwurst, Marmelade und ein Kännchen Kaffee. Mittagessen gibt's ebenfalls, Kantinen-Essen. Am Nachmittag wird eine Blechkanne Pfefferminztee gereicht und zwei kleine Stücke Sandkuchen. Und gegen Achtzehndreißig zwei Scheiben Mischbrot mit Wurstaufschnitt. Dazu eine Flasche Mineralwasser. Er ist ja schließlich nicht im Grandhotel. Der Beamte lässt ihm sogar seine Rhein-Zeitung vom Vormittag da, denn die hat er bereits gelesen. Lange kann Obermeier nicht lesen, weil um zweiundzwanzig Uhr das Licht in seiner Zelle abgeschaltet wird.

Jetzt hat der Delinquent viel Zeit, seine Gedanken in Ordnung zu bringen. Er bastelt an seiner Strategie. Höflich bleiben und abstreiten. Die sollen das erst mal beweisen. Es war doch Nacht. Und keiner war dabei.

Dann führen ihn seine Gedanken zurück in seine Kindheit. Sein Großvater war für ihn eine Leitfigur. Der hatte immer kluge Einfälle. Einmal fragte er ihn, als der im Winter seine kahlen Bäume im Garten beschnitt.

„Warum liegt so viel Geäst auf der Erde? Du schneidest ja alles ab."
„Ja, lieber Junge, alles was ich jetzt an Holz wegtrage, kann ich im kommenden Herbst an Obst nach Hause tragen."

Bei einer anderen Gelegenheit will der kleine Bub von seinem Großvater wissen, als der ihn beim Basteln eines Drachen beobachtet hatte:

„Opa, ist das so richtig?"
„Wenn es dir gefällt, dann ist es richtig."

Geboren wird Obermeier in München, unmittelbar am Viktualienmarkt. Als Jüngling zieht es ihn gern in die belebte Innenstadt. Er mischt sich in der Fußgängerzone unter die vielen Menschen, schlendert über den Marienplatz zum Karlsplatz bis hinauf zum Hauptbahnhof. Auch die andere Richtung macht er zu seinem Revier. Über die Maximilianstraße bis zur Residenz und zur Theatinerkirche streift er über den Hofgarten und anschließend in den Englischen Garten. Hier hat er die erste Begegnung mit einem neuen Spezi aus Augsburg. Das ist der rostrote Hansi. Und der hat immer Hasch zwischen dem Futter seines Anoraks. Aber Hansi ist kein gutes Früchtchen für den Waldemar. Weil er ständig Bares braucht, kommt er auf krumme Ideen. Nur wenige Autos sind vor Hansi sicher. Er hat es auf Radios abgesehen, die er zu Geld macht. Deshalb hat Obermeier Einträge wegen Drogenbesitz und Hehlerei. Das ärgert ihn heute noch. Mit gegangen, mit gefangen.

Eines Tages ist ihm das vertraute Münchener Pflaster zu heiß. Mit Achtzehn wird er Kellner in der Drosselgasse zu Rüdesheim am Rhein. Dort macht er so richtig Schotter. Er bescheißt die ahnungslosen Touristen bei dem Wechselgeld, vor allem die Ausländer. So viel Geld muss man doch vermehren. Deshalb macht er sich in der Spielbank von Wiesbaden zunächst einmal sachkundig. Und er gewinnt gleich beim ersten Versuch. Später setzt er einige Hunderter in den Sand. Die muss er bei den Touris anschließend wieder ergattern. Er führt ein aufregendes Leben. Lange Nächte bei Wein, Weib und Gesang, mit weibischem Gezänkpalaver angetrunkener Kegeldamen und aufgebrachten Kerls im Vollrausch, die ihm schon dreimal ein blaues Auge verpasst haben, weil er sie bei dem Versuch, das Lokal auseinander zu nehmen, vor die Tür gesetzt hat.

Nachdem die Polizei in Rüdesheim am Rhein die Vorgänge aktenkundig gemacht hat, fasst Obermeier den Entschluss, das Arbeitsgebiet großräumig zu wechseln. Nach zwei Jahren ist er reif für die Insel. Nicht irgendeine Insel, nein, es muss Sylt sein. Wenn er ganz ehrlich ist, muss er sich eingestehen, am liebsten geht er dorthin, wo die Kugel rollt.

Westerland hat ein Spielcasino, direkt im Rathaus. Dort ist zwar auch das Standesamt. Aber diese Stufen hinauf zum Standesamt will er auf keinen Fall jemals erklimmen. Er fühlt sich absolut nicht als Familienmensch. Vielleicht lockere Freundschaften, aber mit der holden Weiblichkeit hat er es nicht.

Seine Devise heißt: Geld verdienen und Geld verjubeln, nette Leute kennenlernen, Sport, aber kein Fußball. Joggen ja, unterhalb der urwüchsigen Dünen die Frische der Nordsee einsaugen. Jetzt träumt er von seinem neuen Zuhause. Sansibar. Hier treffen sich die Reichen und die Schönen. Die Luft schmeckt wie Champagner, das quirlige Leben in Westerlands Friedrichstraße lockt ihn ebenso, wie der Betrieb in der parallel verlaufenden Strandstraße mit dem Café Wien. Sylt macht süchtig. Das hat auch Waldemar erfahren. Süchtig machen ihn vor allem die Preise, die er als Kellner im Sansibar kassieren darf. Das Hummersüppchen zu sieben Euro gehört zum Tagesgeschäft, wie die Currywurst mit Bratkartoffeln. Aber schon beim T-Bone Steak vom Keitumer Gallowey mit grünen Bohnen und dem Kartoffelgratin zu achtundzwanzig wird es für ihn interessant. Das sind für ihn noch kleine Fische.

Spannend wird es erst bei den feinen Herrschaften, wenn sie den 1995er Taittinger „Comtes de Champagne" Blanc de Blanc zu 130 Euro oder einen 1990er Moet & Chandon „Dom Perignon-Oenotéque zu 290 Euro ordern. Natürlich verkauft er auch einen 2003er Bassermann-Jordan Weißer Burgunder zu 24 Euro. Das Publikum ist gemischt bis sehr anspruchsvoll. Eines ist für Obermeier klar. Nirgendwo gibt es eine reichhaltigere Weinkarte, als hier an seinem neuen Arbeitsplatz. Sein Name Obermeier kommt seinem Beruf entgegen. Weil Obermeier viel zu umständlich klingt, rufen ihn die Stammgäste schlichtweg Ober. Das schmeichelt ihm sehr, denn Obermeier ist auch noch eitel.

Obermeier trauert Sylt nach. Es heißt, wer nach Sylt kommt, der kehrt nimmer wieder oder kommt ein ganzes Leben lang. Vier Jahre hat er es dort ausgehalten, dann muss er Hals über Kopf flüchten, lässt seine Habe auf seinem Zimmer, weil der Insel-Cherif hinter ihm her ist. Nur sein Bares hat er dabei in seiner Sporttasche. Er nimmt eine Taxe zur Spielbank, geht aber von dort zu Fuß zum Bahnhof Westerland und besteigt um 6:20 Uhr den Regionalexpress. Der fährt zwei Minuten später pünktlich ab. Er sitzt unbequem zwischen Berufstätigen, die zum Festland zur Arbeit fahren. Als der Zug über den Hindenburgdamm rollt, überkommt ihn ein Heimweh, Heimweh nach den Nackten und ihren Geldbörsen, mit denen sie so leichtfertig umgehen. Noch ein sehnsüchtiger Blick auf das Wattenmeer, und bald ist er in Niebüll. Nur Arbeiter steigen zu. Das ist gut so. Drei Stunden danach kommt er endlich in Hamburg-Altona auf Gleis 9 an und wechselt auf Gleis 10 in den Inter-City IC 2027. Dafür hat er sieben Minuten Aufenthalt. Das reicht, um das Hamburger Abendblatt zu kaufen. Im Intercity fährt er die 1.Wagenklasse, Nichtraucher. Das ist er sich schuldig.

Als er in´s Bordbistro wechselt, nimmt er seine Sporttasche mit. Da steckt sein ganzes Kapital drin. Seine Ankunft in Koblenz ist für 15:46 Uhr vorgesehen. Der Zug ist super pünktlich. Im Koblenzer Hauptbahnhof nimmt er sich Zeit für ein bescheidenes Essen. Danach befragt er den Taxifahrer nach einem preiswerten Hotel. Der empfiehlt ihm das Hotel Ibis in der Rizzastrasse. Es ist nicht weit. Trotzdem lässt er sich fahren. Für 49 Euro kommt er für eine Nacht unter. Obermeier wundert sich über den günstigen Preis. Koblenz ist eben kein Westerland. In der langen Nacht schläft er schlecht. Er beschließt, in der Provinz sein Glück zu versuchen. Er hat noch gute Erinnerungen an Rüdesheim. Dennoch findet er, es sei besser, dieses heiße Pflaster zu meiden. Loreley, das wär doch was. Nach dem Frühstück geht er dieses Mal zu Fuß zum Hauptbahnhof und fährt mit dem erstbesten Regional-Express nach St. Goar. War das nun der wirkliche Lebenslauf des Kellners Waldemar Obermeier?

Noch während Obermeier den Gedanken durch sein bisheriges Leben folgen kann, öffnet sich die Zellentür.

„Tach auch - bitte mitkommen zum Verhör." Obermeier erhebt sich gemächlich von seiner Pritsche, atmet tief ein und entlässt die Luft hörbar aus seinen Lungen. Er grinst den Wachmann verlegen an und folgt ihm über den langen Gang in einen spärlich eingerichteten Raum. Der diensthabende Haftrichter sitzt bereits hinter dem Tisch. Darauf liegen lediglich ein Schreib-Block und ein Kugelschreiber. Daneben ein Tonbandgerät. Von Meiderich ist ebenfalls zur Stelle.

„Bitte, nehmen Sie Platz."

Obermeier setzt sich nieder. Der Haftrichter schaltet das Bandgerät ein.

„Sie sind Waldemar Obermeier, 28 Jahre alt, von Beruf Kellner, geboren in München, ledig."

„Ja, das ist richtig."

„Ihr letzter Wohnort war St. Goar?"

„Nein, St. Goarshausen."

„Aber Sie haben in St. Goar gearbeitet und zwar im Goldenen Löwen."

„Ja, kein Problem, es gibt eine Fähre."

„Herr Obermeier, Sie stehen unter dem dringenden Tatverdacht, den Henry van der Lubbe ermordet und seine Leiche eigenhändig beerdigt zu haben."

Obermeier wird nervös. Seine Hände zittern und seine Augen verraten innere Unruhe.

„Ich kenne keinen Henry van der Lubbe."

„Doch, den kennen Sie sogar sehr gut und zwar aus Ihrer Zeit in Rüdesheim."

Dann nimmt der Beamte ein Foto aus seiner Schreibtischschublade und hält es ihm unter die Nase.

„Wer ist das?"

Obermeier zögert und sagt kleinlaut:

„Das ist doch Harry Schönborn."

„Nein, es ist van der Lubbe. Vermutlich hatte der mehrere Aliasnamen. Also, Herr Obermeier, wir haben eindeutige Beweise, dass Sie das Filmgrab geöffnet haben, die darin befindliche Stoffpuppe entnommen und den toten Schönborn, wie Sie ihn nennen, der aber in Wirklichkeit van der Lubbe heißt, in den Sarg verbracht haben. Es gibt da eine Reihe von Fingerabdrücken, die wir Ihnen zuordnen."

„Sie kennen doch meine Fingerabdrücke gar nicht."

„Doch, die haben wir an einem Aschenbecher aus dem „Goldenen Löwen" entdeckt. Sie waren so dusselig, die vorderen Kränze zu vertauschen, als Sie das Grab nach Ihrer nächtlichen Privatbeerdigung ungeschickt wieder hergerichtet haben."

Obermeier schweigt.

„Dann haben Sie den gravierenden Fehler begangen, die Puppe im Tunnel zu verstecken. Wenn Sie die im Grab gelassen hätten, dann wären wir Ihnen vermutlich nicht auf die Schliche gekommen."

Obermeiers Kinn fällt nach unten.

„Wir vermuten, das ist die Rache für den Betrug mit dem Zertifikat. Für hundert Euro ermorden Sie einen Menschen."

Obermeier wird puterrot im Gesicht.

„Es waren hundert Zertifikate."

„Mit anderen Worten, Sie haben Zehntausend hingeblättert, womöglich all Ihre Ersparnisse. Wenn das kein Motiv ist."

Obermeier bricht zusammen. Der Haftrichter lässt einen Mediziner kommen und schaltet das Tonband ab. Der Delinquent wird versorgt und in seine Zelle verlegt. Es wird still um ihn. Er spürt die Stille eines Grabes, es knistert wie leise fallender Kalk von den kahlen Wänden.

Der Untersuchungshäftling wird am nächsten Morgen noch einmal ärztlich untersucht. Er scheint sich halbwegs wieder gefangen zu haben.

Bevor der Untersuchungsrichter erscheint, kommt Krawuttke hinzu und hält dem Obermeier vor:

„Obermeier, Sie haben doch gestern erklärt, sie haben hundert Zertifikate käuflich erworben. Wie viele haben Sie noch davon?"

„Ich habe sie nicht gezählt."

„Herr Obermeier, Sie sind doch Geschäftsmann." Der nickt mit dem Kopf.

„Wie viele haben Sie mit Gewinn weiterveräußert?"

„Sind Sie vom Finanzamt?"

„Nein, ich bin von der Mordkommission, und ich will von Ihnen genau wissen, wie und wo Sie wie viele Papiere verkauft haben und zu welchem Preis."

„Die Hälfte hab´ ich mit 20 Prozent Aufschlag abgegeben."

„Mit 35 Prozent haben Sie die verscherbelt und alle auf der Fähre. Stimmt das?"

Der Delinquent denkt nach.

„Woher wissen Sie das?"

„Mein Kollege Krawuttke und ich, wir waren mit dabei."

Der Untersuchungsrichter will noch Details geklärt wissen.

„Obermeier, erzählen Sie, wie Sie ihn getötet haben, wie Sie es fertiggebracht haben, ihn unbemerkt auf den Friedhof zu schaffen und wie Sie es allein bewerkstelligt haben, das Grab und den Sarg zu öffnen, die Puppe gegen den Leichnam auszutauschen, das Grab wieder zu schließen und den gesamten Grabschmuck genau in den vorherigen Zustand zu versetzen. Bevor Sie antworten, überlegen Sie genau, in allen Einzelheiten wollen wir von Ihnen wissen, wie es passiert ist. Sie müssen doch zumindest einen Helfershelfer gehabt haben."

Obermeier kratzt sich mit der rechten Hand am Hinterkopf, ein eindeutiges Indiz, Verlegenheit.

„Fangen Sie an."

„Wir haben gemeinsam in der Privatpension der alten Dame gewohnt, der Lubbe, wie Sie ihn nennen und ich. Jeder hat ein kleines, aber nicht unbescheidenes Zimmer mit Blümchentapete. Meine Blümchen sind grün mit weiß und seine sind rosa. Rosa mag ich nicht. Dann schon lieber Maiglöckchen. Da war es eine Kleinigkeit, den aus dem Verkehr zu ziehen."

„Wie haben Sie das angestellt?"

„Als ich davon Wind bekam, dass es überhaupt kein Gold gibt, wurde mir schlagartig klar, der Lump hat mich betrogen. Ich stellte ihn zur Rede und wollte mein Geld zurück haben. Zehntausend in bar. Aber der grinste nur. Da schwoll mir der Kamm. Wir hatten einen lautstarken Streit. Aber die Alte ist schwerhörig und hat überhaupt nichts davon mitbekommen. Als er am Abend das Haus verließ, um sich am Imbissstand eine Currywurst mit viel Pommes zu holen, bin ich ihm heimlich nachgegangen. Kurz danach hat die Bude dichtgemacht. Ich versteckte mich hinter der Bude im dichten Gebüsch. Er lehnte an einem Stehtisch und wünschte der Verkäuferin noch Gute Nacht. Das war seine Henkersmahlzeit. Als die Luft sauber war, schlich ich mich von hinten an und erwürgte ihn. Ich schleppte ihn hinter den Imbissstand."

„Obermeier, Sie lügen. Wir wissen, van der Lubbe wurde nicht erdrosselt. Er trägt nämlich keinerlei Würgemerkmale. Sie haben ihn mit einem stumpfen Gegenstand am Kopf traktiert, aber er war danach nicht tot. Sie haben ihn lebendig begraben. Und dabei ist er elendig erstickt. Was war das für ein Gegenstand?"

Schweigen.

„Raus damit, ich will die ganze Wahrheit wissen!"

„Auf meiner Anrichte im Zimmer stand die Alabasterbüste von Tutanchamun, fürwahr eine Zierde für das Bücherbord. Die hab´ ich mitgenommen. Damit hab´ ich ihm dann sein kleines Denkvermögen ausgeschaltet."

„Mit anderen Worten, Sie haben Tutanchamun, den Schwiegersohn Echnatons und der Nofretete, missbraucht und haben ihn damit erschlagen. Sie glaubten, er sei tot. War er aber nicht. Die Obduktion hat eindeutig bewiesen, Sie haben weder in Notwehr gehandelt noch kommt Totschlag infrage. Für mich ist das ein heimtückischer Mord aus Rache. Ich prophezeie Ihnen, das Schwurgericht wird Ihnen lebenslang gesiebte Luft verordnen."

Nach einer Verschnaufpause:

„Ich will den genauen Tathergang wissen."

„Nun wusste ich, die Alte hat in der leer stehenden Garage eine zweirädrige Karre mit Gummirädern. Das weiß ich, weil dort auch die beiden Mülltonnen stehen. Aus meinem Zimmer holte ich den Läufer, der vor meinem Bett liegt. Darin wickelte ich ihn ein, lud ihn auf die Karre, nahm Werkzeug, Hacke und Spaten aus der Garage und schob ihn ohne Eile zu dem nahen Friedhof. Ich konnte dort nämlich von meinem Zimmer die Filmbeerdigung beobachten. Nein, ich konnte keinen Mitwisser gebrauchen. Das habe ich alles ganz allein gemacht. Ich schuftete die ganze lange Nacht. Es war Schwerstarbeit."

An dem Tisch sitzen der MSV und Hemmersbach. Beide sagen kein Wort. Sie wollen den Obermeier nicht unterbrechen. Nur der Haftrichter unterbricht gelegentlich die Aussagen und will wissen:

„Herr Obermeier, was haben Sie während Ihrer nächtlichen Aktion eigentlich gedacht? Hatten Sie keine Skrupel, schließlich haben Sie ein Menschenleben ausgelöscht."

„Ich habe überhaupt kein schlechtes Gewissen verspürt. Wenn man so gemein betrogen wird, hat man natürlich Wut, aber die wurde bei jeder Schippe ein wenig geringer."

Der Haftrichter will nun den Rest der Geschichte zu Ende hören. Er fragt:

„Also, Obermeier, Sie haben den Toten in den Sarg gelegt und die Puppe entnommen und dann?"

„Dann hab ich das Grab wieder zugeschmissen und die Blumen und Kränze wie gehabt draufgelegt. Den Lumpenkerl, also diese Filmpuppe hab ich dann im Morgengrauen in den Tunnel gefahren, und die war ebenfalls im Teppich eingerollt. Anschließend bin ich zurück in meine Pension, hab die Gummikarre und das Werkzeug wieder an den alten Platz gebracht, den Läufer wieder vor mein Bett gelegt und hab dann acht Stunden geschlafen."

„So, ich glaube das reicht für heute. Das Band wird jetzt im Sekretariat protokolliert. Sie werden Ihre Aussagen unterschreiben. Die Staatsanwaltschaft wird irgendwann die Klage zu Papier bringen. Ich stelle fest, Sie zeigen keinen Funken Reue. Das Opfer war arg- und wehrlos. Sie haben sich von hinten angeschlichen."

Von Meiderich: „Obermeier, können Sie sich überhaupt vorstellen, welche Todesängste der van der Lubbe ausgestanden haben mag, als er aus seinem Koma erwachte, sieben Fuß unter der Erde? Irgendwann lassen Sie sich aus der Gefängnisbibliothek die Erzählung von Allen Edgar Poe „Lebendig begraben" geben. Das ist ein echter Klassiker, grausiger Schauergeschichten."

Nun werden die Augen des Täters feucht. Erstickende Tränen plagen ihn und erzwingen einen Weinkrampf. Er greift nach einem Papiertaschentuch. Das Tonband wird an der Stelle abgeschaltet. Der Untersuchungsrichter bricht die Befragung ab. Er hat genug gehört. Die Gruppe erhebt sich, und der Wachmann vor der Tür nimmt den Täter in Empfang und führt ihn in seine Zelle. Dort wird er seinem Schicksal überlassen. Von Meiderich hat am Ende des Dramas nur eine Bemerkung fallen lassen:

„Bei dem Häftling handelt es sich vermutlich um einen Psychopaten. Bei uns zu Hause hätten wir gesagt, um einen, nun will ich mal sagen, es handelt sich um einen Einspänner, und das ist noch eine sehr noble Bezeichnung. Denn Einspänner haben keine kriminelle Energie. Hinzu kommt: Sein Talent hat einen Todfeind, nämlich seine eigene Mittelmäßigkeit."

Krawuttke ergänzt noch: „Damit kommt der Obermeier in die Chronik der dümmsten Ganoven." Dann zitiert er Grillparzer:

„Wenn das Unglück dem Verbrechen folgt, folgt öfter das Verbrechen dem Unglück."

Ob Obermeier tatsächlich zu den dümmsten Ganoven zählt, wie Krawuttke großmäulig behauptet, wird sich am nächsten Vormittag zeigen. Der Delinquent kommt sich vor wie Casanova, der wegen Gottlosigkeit einsaß und dem 1756 die Flucht aus den Bleikammern von Venedig gelungen ist. In Koblenz gibt es zwar keine Bleikammern, doch mit List und Tücke wird er einen ganz legalen Abgang aus dem Untersuchungsgefängnis inszenieren. Beim endgültigen Haftprüfungstermin soll Obermeier das inzwischen zu Papier gebrachte Ergebnis in allen Details lesen. Er liest bewusst sehr aufmerksam. Der Haftrichter schiebt ihm wortlos einen Kugelschreiber zu. Obermeier entdeckt auf dem Kugelschreiber einen Schriftzug: Roland-Rechtsschutz. Er lässt sich Zeit mit der Unterschrift. Der Haftrichter wird ungeduldig und sagt:

„Dort unten mit Vor- und Zuname und Datum von gestern nicht vergessen."

Obermeier schindet Zeit. Er unterschreibt nicht. Die wollen ihn doch nur weich kochen.

„Ich will zuerst meinen Anwalt sprechen. Sie haben mich auf die rettende Idee gebracht."

Er hält seinem Gegenüber den Kugelschreiber hin und zeigt auf den kleinen Schriftzug.

„Ich habe eine Rechtsschutzversicherung. Ich werde mein gestriges Geständnis widerrufen."

Der Haftrichter ist betroffen und zunächst einmal sprachlos. Nach einer Verschnaufpause poltert er los:

„Sie wollen mich wohl verarschen. Sie haben Ihre Untat unter Zeugen gestanden. Das wurde auf Band gespeichert und protokolliert. Haben Sie uns etwa die Unwahrheit gesagt?"

„Ja, ich habe euch alle beschissen."

„Und jetzt geht die bunte Märchenstunde weiter mit einer neuen Räuber-Pistole, was?"

„Genau, zunächst muss mein Anwalt herbei. Dann wird der Widerruf formuliert, und dann müssen Sie mich laufen lassen. Doch bevor Sie irgendeine neue Schweinerei mit mir vorhaben, bestehe ich darauf, meine Fingerabdrücke zu untersuchen."

„Die haben wir bereits."

Obermeier jubiliert

„Ich bin davon überzeugt, Sie unterliegen einem fatalen Irrtum."

Der Beamte errötet vor Zorn. Eine solche Dreistigkeit hat er in seiner Laufbahn noch nicht erlebt. Jetzt greift er zu seinem Telefon und ruft den von Meiderich herbei.

„Herr Obermeier macht Schwierigkeiten, besteht auf neue Fingerabdrücke und widerruft sein Geständnis."

Von Meiderich überfällt den Delinquenten mit wenig schmeichelhaften Worten.

„Obermeier, Sie sind jetzt total übergeschnappt. Eine solch üble Frechheit ist mir in meiner Laufbahn noch nicht vorgekommen. Sie sind ein Phantast, ein Lügner, ein Scharlatan. Außerdem haben Sie bereits gestanden. Und jetzt wollen Sie das alles nicht mehr wahrhaben?"

Obermeier schmunzelt und wird ganz keck:

„Und den Anwalt brauch´ ich überhaupt nicht. Sie nehmen mir jetzt gleich meine Fingerabdrücke. Und dann sind Sie am Zuge. Ab sofort sage ich zu dem Hergang kein Wort mehr."

Die neuen Fingerabdrücke sind tatsächlich nicht identisch mit denen auf den Kränzen des Filmgrabes und denen auf dem Aschenbecher aus dem „Goldenen Löwen." Das ist ein Skandal. Wenn das die Öffentlichkeit erfährt, und das wird sie erfahren durch den angekündigten Rechtsanwalt, den sie dem Untersuchungshäftling nicht vorenthalten können. Die Presse wird ein Feuer-Werk von Häme entfachen. Es stellt sich zwar heraus, die Fingerabdrücke auf den Kränzen und auf dem Glasaschenbecher stimmen überein, sind nicht identisch mit denen des Häftlings. Das Wort Ratlosigkeit erfährt eine neue Dimension.

„Meine Herren, ich will Sie nicht länger auf die Folter spannen. Ich bin nicht Waldemar Obermeier. Mein Name ist Baldur Obermeier, der Zwillings-Bruder von Waldemar. Ich bin Jurist, und einen Anwalt brauch´ ich auch nicht. Ich kenne mich aus. Und Sie haben mich am Roulett-Tisch in Bad Ems verhaftet. Da begann meine Rolle als Waldemar. Ich habe euch die wunderschöne Mordgeschichte aufgetischt. Sie müssen wissen, in einem Zwillings-Leben gibt es eine Vielzahl von Duplizitäten. Ich kenne meine Pappenheimer, weiß sie aufs Glatteis zu führen. Wir kleiden uns gleich, tragen stets die gleiche Frisur, es braucht nur einen Führerschein, ich habe für meinen Bruder schon Prüfungen bestanden, gehen füreinander sogar ins Kittchen und wechseln dort im passenden Moment die Rollen nach Belieben, während der andere die Zelle als freier Mann verlassen kann. Nein, ich bin wahrlich kein Baron Münchhausen, nur ein eineiiger Zwilling, der die Psyche seines Bruders ebenso kennt wie seine eigene. Wir haben die gleichen Wünsche und Sehnsüchte mit einem Unterschied: der eine geht gerade Wege und der andere die ungeraden Pfade. Und dennoch stehen wir füreinander ein. Sie werden mir zwar Strafvereitelung und Irreführung der Justizbehörden vorwerfen können, mit dem Mord habe ich nichts zu tun, und die Suche nach dem wahren Mörder gehört überhaupt nicht in meine Kompetenz."

Der Staatsanwalt wird hinzugezogen. Von Meiderich schildert ihm die Situation. Der lässt den Baldur Obermeier erkennungsdienlich registrieren. Vor allem legt er Wert auf dessen Foto. In Minuten wird sein Bild als Steckbrief in allen Polizeicomputern zur Fahndung ausgeschrieben.

„Gesucht wird der Zwillingsbruder dieses Mannes, der eine frappierende Ähnlichkeit mit dem hier gezeigten Mann aufweist. Der Gesuchte heißt Waldemar Obermeier und steht unter dringendem Tatverdacht, einen Mord an der Loreley verübt zu haben."

Es bleibt den Justizbehörden keine andere Wahl. Sie müssen den vermeintlichen Täter freilassen. Der Staatsanwalt macht ein betretenes Gesicht. Von Meiderich wirkt noch sprachloser als an anderen Tagen. Hemmersbach ist tieftraurig und beschämt, während Krawuttke lediglich aus dem rechten Mund-Winkel zischt:

„Da sind wir alle ganz schön in den Hintern gekniffen."

Zwischen der Festnahme im Spielkasino Bad Ems und dem gelungenen Bluff des Zwillingsbruders liegen inzwischen drei Tage, genügend Zeitvorgabe für den Flüchtigen. Die Fahndung nach dem wahren Mörder bleibt erfolglos. Weder auf Flughäfen, Eisenbahnstationen, Raststätten der Autobahnen noch in den Seehäfen wurde seine Spur entdeckt. Vermutlich hat er eine neue Identität oder eine Maskerade angenommen.

Von Meiderich sitzt in seiner Wohnung und liest Thomas Manns Buddenbrooks. Mitten in seiner anspruchsvollen Lektüre schweifen die Gedanken zu seinem Sohn Benedikt und seiner einst so geliebten Elvira Pflug. Er liest mechanisch weiter, ohne den Inhalt wirklich zu erfassen. Bis er es merkt, ist er bereits drei Seiten weiter. Das darf nicht wahr sein. Er nimmt das Lese-Zeichen und steckt es drei Seiten zurück. Nun legt er das Buch sachte zur Seite und verschränkt seine beiden Hände vor dem Gesicht. Dabei wird ihm warm ums Herz. Wie kann ein Mensch, der in seinem Beruf als kühler Stratege bezeichnet wird, plötzlich Gewissensbisse zulassen und Gefühle entwickeln. Soll er wirklich über seinen eigenen Schatten springen? Was würde passieren, wenn er doch irgendwann in den Bergen plötzlich vor der Alm stehen würde. Würde er den Buben erkennen? Und erst Elvira, würde sie ihn vom Hof jagen wie einen ungebetenen Gast, wie einen räudigen Köter? Vielleicht ist Elvira längst wieder vergeben, vergeben an einen braungebrannten, feurigen und bärtigen Bauernjungen. Vielleicht ist sie glücklich mit ihm. Ob sie manchmal noch an ihn, den Rabenvater, denkt?

Die Schuldgefühle nisten sich in seinem Inneren ein wie bei Biedermann und die Brandstifter. Sie sagen: Du bist hier der Brandstifter. Du bist dabei, zwei Leben zu zerstören. Gehe deinen Weg und sorge für Klarheit in deinem Leben und dem Leben derer, die du wirklich liebst. Niemand kann ohne Liebe leben, auch kein Josef von Meiderich. Treffe deine Entscheidung nicht zu spät. Noch ist es Zeit. Oder willst du den Rest deiner Tage ohne eine richtige Familie leben? Von Meiderich ist überrascht. So vehement hat das Gewissen noch nie zu ihm gesprochen. Was hat das zu bedeuten? Ob es eine Gedankenverbindung gibt über tausend Kilometer oder etwa eine Funk-Verbindung zwischen den Herzen? Dann spricht er laut zu sich: "Josef, jetzt wirst du romantisch." Er erschrickt vor sich selbst und vor seiner eigenen Stimme. Die Worte haben ihn in die Wirklichkeit zurückgeholt. Er erkennt, die Angelegenheit duldet keinen Aufschub mehr. In ganz kurzer Zeit wird er einen Entschluss fassen, er wird einen schweren Weg gehen, der sein Dasein grundlegend verändern wird. Er macht Bestandsaufnahme seines Lebens. Die ärmliche, aber doch glückliche Jugend im masurischen Meidenjeck mit seinen langen Wintern in eisiger Kälte zieht in Gedanken an ihm vorüber. Dann kam der schwere Weggang aus der behüteten Heimat. Speck, Fladenbrot und Gurken, mein Gottchen und die vielen Karnickelchen, die vermummten und schweigsamen Menschen auf dem weiten Land, welch ein Abschied aus seiner kleinen Welt. Wie doch die Kindheit den Menschen prägt. Er macht aus seiner Herkunft keinen Hehl. Er gesteht sich ein, auch er ist eher einsilbig und nicht gerade gesprächig wie die Rheinländer. Doch als Hauptkommissar hat er sich einen guten Namen gemacht. Er genießt Respekt bei seinen Mitarbeitern. Das Verhältnis zum Staatsanwalt ist freundschaftlich, kollegial, jedoch etwas kühl. Das muss wohl so sein. Bei Amte wird es auch nicht anders erwartet. Das gleiche gilt für den Polizeipräsidenten. Man schätzt und respektiert sich. Nur wenn der Druck in der Öffentlichkeit zunimmt, dann kommt schon mal ein deutlicher Hinweis von oben. Erfolgsdruck nennt es von Meiderich. Dann spricht man von mehr Kreativität, gepaart mit Aktivität. Manchmal hilft dann sogar Kommissar Zufall.

Aberglaube hilft nicht immer
macht die Sache manchmal schlimmer

Waldemar Obermeier macht sich´s bequem. Er sitzt in Reihe 14 und hat einen Fensterplatz erwischt. Reihe 13 gibt es leider nicht, weil die meisten Menschen abergläubisch sind. Die Lufthansamaschine LH 526 nach Santiago de Chile ist bis auf den letzten Platz besetzt. Es gibt leider keine erste Klasse mit VIP-Service. Das betrübt ihn sichtlich. Start in Frankfurt um 22:45 Uhr. Als Ankunft in Santiago ist 10:05 Uhr angegeben. Das One-way-Ticket wurde ihm von seinem Bruder am Vorabend des Kasinobesuches in Bad Ems zugesteckt. Dafür hat sein Bruder 3556,00 Euro hingeblättert plus Steuern und Gebühren 60,20 € und für den Ticket-Service 15,00 Euro. In Gedanken bastelt er an seinem Lebenslauf. Zunächst wird er zur Ruhe kommen müssen, erst mal richtig ausschlafen und die Ereignisse der letzten Tage sacken lassen. Er reist mit kleinem Gepäck und mit einem Leibgürtel, voll gestopft mit Euro und mit verschiedenen Devisen. Seine Strategie lautet: Nur nicht auffallen, nicht sofort die Euros eintauschen. Wenn schon, dann in kleinen Summen und vor allem an unterschiedlichen Stellen. Sein äußeres Erscheinungsbild wird er sofort nach der Ankunft verändern. Schon im Flughafen wird er einen Friseur aufsuchen und sich einen Kurzhaarschnitt verpassen lassen. Eine getönte Brille wird er von nun an tragen und sich ein Tattoo am linken Unterarm zulegen. Dann wird er ein preiswertes Hotel suchen, um als Tourist einen zweiwöchigen Urlaub zu verleben. In diesen beiden Wochen wird er sich auf Wohnungssuche beschränken und die Infrastruktur erkunden. Er wird Ausschau halten nach Fluchtwegen und nach geeigneten Verstecken. Seine Englisch-Kenntnisse sind ausreichend bis gut, nur sein Spanisch ist miserabel. Das muss er wesentlich verbessern.

„Salvatore Lima" steht in seinem gefälschten Pass und auch in seinem gefälschten Visum. Beide Dokumente verdankt er seinem ausgekochten Zwillingsbruder. Doch er stellt im Flieger fest, dass er überhaupt kein Visum braucht, denn dort erhält er für die Einreise eine 90 Tage gültige Touristen-Karte, die später bei der Landung von der Einreisebehörde abgestempelt wird. Später erfährt Salvatore, wie er die geschickt verlängern kann. Eine Tages-Fahrt nach Argentinien ermöglicht es, die Touristenkarte automatisch zu erneuern. Er fühlt sich sicher in Reihe vierzehn mit Fensterplatz und Blick auf die Triebwerke. Er genießt die Freiheit über den Wolken, die wie riesige Wattebäusche hin und wieder die Sicht freigeben auf den Atlantik und auf Inselgruppen. Er überdenkt seine augenblickliche Situation und gesteht sich ein, sein neues Doppelleben wird ihn mit argen Komplikationen konfrontieren. In Gedanken konstruiert er seinen neuen Lebenslauf. Er muss ihn auswendig lernen. Er ist der Sohn portugiesischer Eltern. Sein Vater hieß wie er Salvatore und seine Mutter Maria. Geboren ist Salvatore junior in Porto. Als der Junge drei Jahre wurde, sind seine Eltern nach Chile ausgewandert. Mit zehn Jahren wurde der Sohn Vollwaise durch einen schlimmen Autounfall, bei dem seine Eltern ums Leben kamen. Er wurde von seiner lieben Tante Therese nach Deutschland geholt. Seitdem lebt er in München. Nun will er als erwachsener Mann an den Ort seiner Kindheit zurückkehren, möchte die Ruhestätte seiner Eltern suchen und dort einem geordneten Beruf nachgehen. Sein Bruder weiß, sein Zwilling ist auf die Zahl dreizehn fixiert, die hat ihm schon viel Glück gebracht, Glück im Spiel. Deshalb hat er für ihn auch die Reihe dreizehn im Flieger gebucht, die es aber nicht gibt. Das ist doch ein gutes Ohmen für seine Vorhaben. Über dem Atlantik schläft er zwei volle Stunden, ohne es zu merken. Das verkürzt die lange Reisezeit. Nach dem Erwachen tastet Salvatore seinen Leibgürtel ab, nur ein Kontrollreflex wegen des Geldes. Jetzt wird Tee serviert. Er nimmt dankend an. Um seine Langeweile auszuleben, führt der Passagier mit dem falschen Pass stumme Selbstgespräche, umrahmt von der Musik der Triebwerke und vermischt mit den Vorstellungen seiner Vergangenheit. Er verspürt ein wenig Stolz auf seinen wohlhabenden und dennoch gerissenen Bruder, durch dessen Finte ihm der Betonbunker mit den Gitterstäben erspart geblieben ist. Kurz vor der Landung kommt der Flieger in ein schweres Gewitter. Der Pilot schaltet das Signal „fasten seat belt" ein. Gleich danach gerät das Flugzeug in Turbulenzen, fällt in ein Luftloch, dann noch eins und gleich danach abermals ein Rumpeln wie auf Kopfsteinpflaster. Die Menschen quittieren das mit einem Aufschrei. Die Kinder weinen. Der Pilot muss eine Warteschleife fliegen, einmal, zweimal und erst dann kann er zur Landung ansetzen. Die gelingt butterweich. Mit dem sofort einsetzenden Rollgeräusch auf der Landebahn gehen die Triebwerke auf Gegenschub. Die Maschine rollt aus, und die Passagiere applaudieren dem Piloten. Willkommen in Chile.

Salvatore Lima ist angenehm überrascht. Sein erster Eindruck von den Chilenen hat mit der Klischeevorstellung von den typischen Latinos, die ausgesprochen europäisch wirken, nichts mehr zu tun. Die Passkontrolle durchläuft der Neuankömmling problemlos. Man gibt sich korrekt, aber betont freundlich. Ein Drittel der Landesbevölkerung von rund fünfzehn Millionen Einwohnern lebt in Landeshauptstadt Santiago. Noch im Flughafen wechselt er an dem AFEX-Schalter gleich hinter der Passkontrolle US-Dollar in Peso um. Der Umrechnungskurs ist günstiger als zu Hause.

Mit Peso bezahlt er den Flughafenfriseur mit einem ordentlichen Trinkgeld. Der Kurzhaarschnitt a la Mecky steht dem Touristen ausgesprochen gut. Er wirkt damit etwas keck und unternehmungslustig. An einem Zeitungs- Stand kauft er eine Broschüre in englischer Sprache über die wichtigsten Hin- weise, Verhaltensweisen und Ausflugsziele sowie über Einkaufsgepflogen- heiten, Essen und Trinken in und über Chile. Dort erfährt er, das Land hat in seiner nördlichen Grenze zu Peru bis zum südlichen Zipfel eine Spanne von 4270 Kilometern. Das entspricht der Entfernung von Moskau bis Madrid. Das Land ist im Durchschnitt nur 180 Kilometer breit. Im Osten grenzt es an Bolivien und Argentinien, während es im Westen an den Pazifischen Ozean anstößt. Dreiviertel der Bevölkerung ist katholisch. Der Anteil der Landbevöl- kerung liegt knapp bei 15 Prozent, während der Anteil der Bevölkerung unter- halb der Armutsgrenze bei rund 17 Prozent liegt. Die wichtigsten Handels- Güter sind Kupfer, Zellstoff, Fisch, Obst und Wein. Immerhin haben es chile- nische Weinbaubetriebe schon bis in die deutschen Regale vieler Supermärkte geschafft.

Die Preise in Chile erinnern an das Schlaraffenland. Das Kilo Rindfleisch kostet ab 3,50 Euro, ein Salatkopf 0,15 Euro, das Pfund Butter 0,70 Euro und eine Metrofahrt oder Busfahrt ab 0,40 Euro und ein Liter Benzin kostet 0,60 Euro. Zunächst braucht Salvatore Lima, alias Waldemar Obermeier, ein Menü im Restaurant für 4 Euro, dazu ein Bier zu 1,20 Euro. Das gefällt dem Touristen Salvatore Lima. Er genießt die milde Luft Chiles wie einen zarten Brautschleier. Im Verdrängen seiner Untaten übt er zwar noch, doch das Neu- Land mit seinen überwältigenden Erlebnissen, der beeindruckenden, quirligen Stadt lässt ihn seine Vergangenheit alsbald vergessen. Bald wird er wieder in Kaschemmen hocken, trinken und spielen. Ja, er hat Knete gehortet. Er wird seinesgleichen finden und wieder zocken. Kreditkarten wird er leider meiden müssen. Die Abrechnungen würden seinen Aufenthaltsort verraten. Auch Te- lefonate nach Deutschland muss er unterlassen. Vermutlich werden die Er- mittlungsbehörden die Telefonleitung seines Bruders exakt überwachen. Post- Karten oder Briefe wären ebenso verräterisch. Selbst die Reise ins benach- barte Argentinien will er nicht dazu benutzen, ein kurzes Lebenszeichen zu senden. Wenn die drüben heraus bekommen, dass er in Südamerika ist, könn- ten die deutschen Botschaften informiert werden. Nein, das wird er keinesfalls riskieren. Seit Tagen verfolgt der Neuankömmling die Zeitungsberichte in der *La Nacion* über die vermuteten Goldfunde auf der Robinsoninsel Juan Fer- nandez, 670 Kilometer vor Chile im Pazifik. Dort soll ein Piratenschatz ver- graben sein. Britische Seeräuber schleppten einst 800 Tonnen Gold in das zer- klüftete Gebirge und vergruben die prall gefüllten Holzfässer mit der wert- vollen Fracht an einen noch unbekannten Ort. Dabei versenkten sie die spanischen Galeonen und ermordeten die Besatzungen. Die Briten lieferten die Beute nicht in London ab, sondern horteten das Gold für sich. Als der Schatz in seinem unterirdischen Bunkern sicher untergebracht war, gerieten sie untereinander in Streit. Je geringer die Crew der Mitwisser, umso größer die Anteile der restlichen Besitzer. Die Piraten dezimierten sich einer nach dem anderen. Am Ende blieb nur ein einziger übrig. Der notierte sein Wissen und trug es auf einer Inselkarte sorgsam ein. Seit rund zehn Jahren versuchten etliche Suchtrupps um einen amerikanischen Millionär mit Hilfe dieser ungenauen Karte, die er in einem Antiquitätenladen für zwölf Dollar erstanden hatte, den Schatz zu heben. Doch sie förderten nur Steine und Sand hervor. Waldemar Obermeier erfährt, dass der letzte der Inkakaiser, Ata Hualpa, er lebte von 1500 – 1533, von den Spaniern im Jahre 1533 überfallen, beraubt und erdrosselt wurde. Trotz einer Lösegeldzahlung von zehn Tonnen Gold brachten sie ihn um, weil sie wussten, es war noch viel mehr zu holen. All das war dem Waldemar Obermeier bekannt.

Innerlich fühlt sich Waldemar mit den Piratenseelen verwandt. Es müsste doch mit dem Teufel zugehen, wenn es ihm nicht gelingen sollte, einen kleinen Teil der Beute für sich allein abzuzweigen. Seine kriminelle Energie beflügelt ihn geradezu, detaillierte Pläne zu schmieden, wie er an die nahe Küste kommt, dort ein Boot chartert und die Hauptbucht von Juan Fernandez ansteuert. Doch es sollte anders kommen. Eine Woche danach.

Baldur Obermeier sitzt in der gleichen Maschine nach Santiago. Sein Zwillingsbruder Waldemar hat ihn angerufen, was er eigentlich vermeiden sollte.

„Hallo Baldur ich bin's."

„Bist du übergeschnappt?"

„Nein – ich bin in eine Falle geraten. Hilf mir."

„Nenne jetzt keinen Ort am Telefon!"

„Doch – du findest mich ab morgen in der Deutschen Botschaft."

„Ich bin in Sechsunddreißig Stunden da. Ende."

Baldur tüftelt noch an seiner Strategie. Zunächst will er sich sofort nach der Landung eine Glatze schneiden lassen, damit die Ähnlichkeit mit seinem Bruder nicht so augenfällig ist. Dann denkt er darüber nach, sich als Beamter des BKA auszugeben. Einen gefälschten Ausweis hat er dabei und den gefälschten Stempel ebenso. Das Glatzenfoto wird noch im Flughafengebäude im Automaten gemacht, dort eingeklebt und mit dem Dienstsiegel versehen. Sein Vokabular als Rechtsanwalt befähigt ihn, sich sicher zu bewegen. Er reist unter dem neuen Namen „Albert Eisenstein." Eisenstein wird einen schriftlichen Rückführungsauftrag vorlegen auf einem amtlichen Formular der Staatsanwaltschaft München. Ihm schwirren bei dem Gedanken haarsträubende Situationen durch seinen Kopf. Er deponiert Lösungsmöglichkeiten im Gehirn.

Den Rückflug direkt nach Hause verwirft er. Er lässt dennoch die Behörden im Glauben, man werde einen Direktflug nach Frankfurt nehmen. Dann aber lieber getarnt als Diplomat in Begleitung seines Bruders, den er als Mitarbeiter behandeln will. Der Diplomatenpass stammt aus der nämlichen Fälscher-Werkstatt. Sein Geburtsdatum hat er geändert, damit keine Verbindung mit seinem Zwillingsbruder entstehen kann. Auch wird er sorgsam darauf achten, seinen Bruder im Beisein der Botschaftsbediensteten distanziert kühl zu behandeln.

Was aber geschieht, wenn sie ihn enttarnen? Dann sind sie beide geliefert. Baldur Obermeier, alias Albert Eisenstein bekommt erhebliche Skrupel. Er hat in seinem Leben schon vieles geradegebogen, manch unerlaubte Tricks angewandt und sich dabei selbst in höchste Gefahr begeben. Die Balance auf einem schmalen Grat kann irgendwann in den Abgrund führen. Hoffentlich geht es dieses Mal gut. Irreführung der Behörden, Pass- und Urkundenfälschung, Begünstigung eines Straftäters wird ihm seine Zulassung kosten und schließlich beide hinter Gitter bringen.

Nun, da ist sein Bruder, dieses unglückliche Geschöpf aus dem gleichen Mutterleib, mit dem er seine Seele, seine Gefühle und seine Gedanken teilt, dem muss er doch aus der Patsche helfen. Lässt sich abzocken und reagiert mit Mord. Das Opfer war arglos und zudem wehrlos. Wenn er den Bruder jetzt noch einmal vor der gesiebten Luft retten kann, dann gibt es ein Leben wie Richard Kimbel. Auf der Flucht. Dann wiederum schmunzelt er innerlich über das gelungene Husarenstück in der Koblenzer Untersuchungszelle.

*

Lilo Hemmersbach hat glänzende Augen. Die Freude sitzt ganz tief in ihrem Herzen. Sie überlegt, ob sie das Glücksgefühl noch einige Tage für sich allein bewahren soll. Ihr kleines Geheimnis ist so wichtig für sie. Bald wird sie Gewissheit haben. Zwei Wochen noch warten. Was sind denn schon vierzehn Tage? Dann wird sie es ihrem Franz gestehen. Sie ist schwanger. Und wenn es ein Bub wird, dann soll der mal nicht Kriminalbeamter werden. Schon jetzt wird ihr Glücksgefühl durch Befürchtungen beeinträchtigt. Neun Monate Schwangerschaft sind kein Pappenstil. Schon heute verspürt sie eine bisher nie gekannte Gier nach sauren Gurken und nach Apfelsinen. In den letzten Tagen hat sie kiloweise Apfelsinen verspeist. Sie zerlegt sie in Scheiben, wälzt sie auf einem Dessertteller beidseitig in Zucker, bevor sie die süße Frucht in sich hineinstopft. Das gab es bei ihr noch nie. Sie weiß von ihrer Mutter, dass

Schwangere ihre Essgewohnheiten mitunter stark verändern. Vor allem sind es neue und ungeahnte Gelüste. Das kann ja heiter werden.

Hemmi erfährt es schon nach einer Woche. Lilo kann es einfach nicht mehr für sich behalten. Noch druckst sie herum.

„Mein Schatz, was hast du? Du bist so ganz anders als sonst. Ist was mit dir? Du bist doch hoffentlich nicht krank."

„Nein, ich bin nicht krank. Eine Schwangerschaft ist doch keine Krankheit."

„Bist du sicher?"

„Noch nicht, aber nächste Woche werde ich endlich Gewissheit haben."

Hemmersbach nimmt sie ganz fest in den Arm und liebkost sie zärtlich. Er küsst sie auf ihren Mund und streichelt zunächst ihren Rücken, dann fährt er mit seiner Hand über ihren Bauch, küsst ihre Augen, ihre Ohrläppchen. Sie lässt ihn widerspruchslos gewähren und hat plötzlich Tränen in ihren schönen brauen Augen. Es sind Freudentränen.

Auf dem Schreibtisch in Hemmersbachs Büro steht ab sofort ein Bild. Es zeigt seine Lilo, charmant mit einem süßen Sonntagslächeln hinter Glas in einem silberfarbenen Rahmen. Hemmersbach hat das Foto aus dem Salamanderkarton herausgefischt. Denn dort werden alle Fotos aufbewahrt. Den Fundus bezeichnet Hemmersbach als konservierte Erinnerungen ihres gemeinsamen Lebens. Er mag diese eine Aufnahme besonders, aber er denkt bereits jetzt an die Zeit der Schwangerschaft, die Lilos Figur naturgemäß umformen wird. Zuerst wird noch gar nichts zu sehen sein, dann wird sich ein kleines Bäuchlein abzeichnen, bevor ihr Leib dem Anspruch des Kindes nachgibt und die Form einer Kugel annehmen wird.

Hemmersbach freut sich auf das Baby. Er wünscht sich eine Tochter, sie sollte so hübsch werden wie Lilo. Seine Freude schlägt jetzt schon Purzel-Bäume. Er möchte es jedem auf der Straße erzählen.

„Ich werde Vater einer wundeschönen Tochter."

Lilo hingegen belächelt ihren Franz.

„Mein Schatz, du wirst dich wundern. Neugeborene kommen häufig ziemlich zerknittert auf die Welt. Und Schreihälse sind sie dann auch noch. Das wird uns manchen Schlaf kosten. Und es wird Arbeit auf uns beide zukommen. Versteife dich um Gottes Willen nicht schon auf eine Tochter. Wenn du das tust, wirst du möglicherweise enttäuscht. Ein strammes Söhnchen wäre doch auch schön. Bedenke, es kann nichts anderes herauskommen, als das, was jetzt schon drin ist. Wenn du es unbedingt vorher wissen willst, werden wir zu gegebener Zeit eine Ultraschallaufnahme machen lassen. Erst dann werden wir einen Namen aussuchen."

„Bitte nicht Lilo und auch nicht Franz."

„Etwa wie Liselotte von der Pfalz oder wie der Heilige Franziskus. Hemmersbach ist ein langer Name. Da würde sich ein einsilbiger Vorname besser eignen. Aber davon gibt es nicht viele."

„Wir sollten den zweiten Schritt nicht vor dem ersten tun. Lass uns das Thema vertagen."

Zum ersten Mal in seinem Leben fühlt sich Horst Krawuttke hintergangen. Er ist fassungslos. Denn im Handschuhfach von Maries Kadett findet er eine angebrochene Packung Kondome. Was hat das zu bedeuten? In ihrem Intim-Leben haben sie bisher so etwas nie benutzt. Sie nimmt die Pille, dann sind Kondome nach seiner Auffassung überflüssig. Bei dem Gedanken, ob da möglicherweise ein anderer Mann im Spiel sein könnte, kommt Krawuttke die Wut von seinem Magen spürbar über die Speiseröhre hoch gekrochen und verursacht Unbehagen und einen angeschwollenen Hals. Verdammt, bin ich blöd. Saublöder Bulle, lässt dir auch noch Hörner aufsetzen. Gleich danach bricht der Polizist in ihm durch. Er analysiert. Wem gehören die Gummis? Wer hat die da hinein gelegt? Was sollte damit passieren und wo? Doch nicht etwa in der kleinen Kadettschachtel. Oder doch? Es soll ja ausgefallene Sexualpraktiken geben. Will mich Marie nur eifersüchtig machen? Will sie mich auf die Probe stellen? Dabei lagen lediglich seine Bootsmütze im Kadett und eine Kassette mit Chanties. Beides wollte Krawuttke herausholen. Und da fallen ihm die Pariser in die Hände.

„Marie, Marie, auf welchem Niveau bewegst du dich?"

Der Rosenmontag ist früh in diesem Jahr. Die Narren an Rhein und Mosel persiflieren die Politik in Berlin und beleuchten das Lokalgeschehen in gekonnt dargebotenen Büttenreden. Die Fernsehanstalten strapazieren die Zuschauer und überbieten sich in den vierfach bunten Farben gelb, blau, weiß, rot mit viel tätä, tätä, tätä, tätä und den üblichen Blödeleien. Von derlei Späßchen hält ein Krawuttke in diesem Jahr nicht sonderlich viel. Er ist sauer auf seine Marie. Ob sie etwa die Kondome in den närrischen Tagen verschleißen wird? Das wäre das Ende ihrer Beziehung.

Marie ist zum Kreppelkaffee in die Altstadt gegangen und ist gegen acht zurück. Man trifft sich in Krawuttkes Appartement. Gut gelaunt und hübsch geschminkt als Cats-Darstellerin fällt sie stürmisch ihrem Horst um den Hals. Der wehrt ab und stößt sie ganz unsanft zurück.

„Was soll das mit den Kondomen?"

„Von was redest du, mein Schatz?"

„Lass den Schatz, ich habe in deinem Auto eine angebrochene Packung Pariser gefunden."

„Um Gottes Willen. Und du glaubst, die gehören mir, weil das nun mal mein Auto ist."

„Bingo, du Schnellmerkerin."

Lilo präsentiert ihm ihr strahlendes Lächeln und schüttelt leicht ihr hübsch frisiertes Köpfchen.

„Oh mein Schätzchen, du bist ja eifersüchtig. Aber ich kann dich beruhigen."

„Da bin ich aber gespannt, wie du dich herausmogelst."

„Wie gefällt dir folgendes: Mein Bruder Stefan hatte sich heute Morgen meinen Kadett ausgeliehen, weil die Batterie in seinem alten Astra vorzeitig den Geist aufgegeben hat. Mit meinem Wagen ist er ins Industriegebiet gefahren, um eine neue Batterie im Baumarkt zu kaufen. Der Schlingel ist gerade 18. Hier hast du seine Telefon-Nummer. Ruf ihn an. Aber sei nicht zu streng mit ihm. Wenn du in den Aschenbecher gesehen hättest, wären dir seine filterlosen Kippen aufgefallen. Du bist doch sonst so gründlich. Als Bulle solltest du noch eine ganze Menge dazulernen."

Krawuttke atmet erleichtert auf. Sofort entschuldigt er sich bei Marie. Er hat gelernt, Indizien sind noch lange keine Beweise.

„Es tut mir leid, Marie. Bitte, sei mir nicht böse. Ich Esel hatte tatsächlich angenommen, du würdest die tollen Tage dazu benutzen, mich zu betrügen. Verzeihe mir bitte meinen Argwohn. Bitte, komm her und gib mir einen Kuss."

Marie hat Großmut bewiesen und damit wiederum einen kleinen Sieg im Kampf der Geschlechter nach Hause gefahren. Krawuttke hat seine Marie tatsächlich unter Wert eingeschätzt.

Von Ernüchterung ereilt
wird aus Häme Stunk verteilt

Der Koblenzer Kripoboss von Meiderich hat den Fall an das BKA abgeben müssen. Das ist ihm in der Tat nicht leicht gefallen. Der wirkliche Täter Waldemar Obermeier konnte sich durch eine Finte seines Zwillings-Bruders überraschend dem Zugriff entziehen. Nun wird der Mörder über Interpol gesucht. Die Passagierlisten aller deutschen Flughäfen werden peinlichst genau durchforstet. Nirgendwo ergibt sich ein Anhaltspunkt. Jetzt kann nur Kommissar Zufall helfen. Irgendwann wird der Flüchtige einen Leichtsinnsfehler begehen, denn für von Meiderich ist der Waldemar Obermeier nur ein kleiner Ganove. Er denkt: Wo die Sonne tief steht, wirft sogar ein Zwerg noch Schatten. Und dieser Schatten ist die einzige Chance für die Gerechtigkeit.

Hemmersbach wird tiefsinnig. „Was hat die Loreley schon alles gesehen? Monströse Naziaufmärsche, dann kamen die Rockkonzerte, Opernaufführungen, eine Vielzahl erlebnishungriger Touristen und Bewunderer." Krawuttke ergänzt: „Treidelschiffe von Pferden gezogen, Kettenboote, auch Hexen genannt, Flöße als Talfahrer, die Zeit der Dampfschifffahrt. Die Loreley hat die historische Reise der Kniepscher IX erlebt, im Schlepptau das Schiff Christina mit 300 Tonnen Ruhrkohle. Es war der 4. Juni 1904 und die ersten Reise eines Schleppzuges nach Basel. Die Kniepscher IX kam zurück. Doch der Oberweseler Schiffer Johann Kirchgässer verlor sein Schiff am Brücken-Pfeiler von Hüningen und musste eine Strafe von 30 Goldmark bezahlen, weil er für diese neue Strecke kein Patent besaß."

„Mensch Krawuttke, du bist ja belesen."

„Bin ich. Nicht nur das. Nach dem Krieg kam die Motorschifffahrt mit Diesel und sogar mit Gas angetrieben. Die hatten ihr eigenes Gaswerk an Bord. Das waren protzige und bärenstarke Schlepper. Dann kamen die Nachtfahrer mit Radar bei jedem Wetter. Und zuletzt die Schubschifffahrt. Ist dies das Ende der Entwicklung? Nein, denn zum Schluss kommt auch jetzt noch das Gold."

„Du glaubst doch nicht ernsthaft, die werden bald auch das Gold in St. Goarshausen mit dem uralten Kran verladen?"

„Das wäre doch mal ein Hingucker, gepanzerte schwimmende Werttransporte mit bewaffneten Sicherheitsexperten."

„Hör endlich auf, es reicht."

„Jede Entwicklung ist ein Perpetuum mobile, sie höret niemals auf. Und noch eines habe ich inzwischen begriffen: Die Menschheit ist ein lügnerisch Geschlecht."

„Verschone mich bitte mit Shakespeare."

„Das ist nicht Shakespeare, das ist Gottfried Keller."

„Und der sagt solch kluge Sachen?"

Die Loreley erhebt sich 132 Meter über den Strom und ist aus einem weit verzweigten Flussdelta entstanden innerhalb von Vierhundert Millionen Jahren. Aus Sand und Ton wurde durch ihr Eigengewicht der heutige Schiefer gepresst. Unsere Vorfahren hatten gehörigen Respekt, wenn nicht sogar Angst vor dieser wuchtigen Felswand. Sie glaubten, es kämen Stimmen aus der Wand, Stimmen, die jedes Geräusch erwiderten (Echo). Sie nannten diesen geheimnisvollen Berg Lurenberg. Luren kommt von Lauern oder von Horchen. Die Lotsenstadt St. Goar und auch Oberwesel, die Stadt der Türme und des Weines, die in früheren Zeiten ein Drittel aller Rheinschifffahrtskapitäne stellte, sind ärmer geworden, weil die Illusionen um das vermeintliche Goldvorkommen wie Seifenblasen zerplatzt sind.

Gold hat es im Loreleyfelsen nicht gegeben. Aber die Hysterie um das vermutete Edelmetall hat einen wirtschaftlichen Boom ausgelöst. Die Hotellerie hat eine Wintersaison erlebt wie nie zuvor. Die Belegung der Hotel-Zimmer ist sogar nach der Ernüchterung noch erfreulich gut. Selbst der Campingplatz gegenüber der Loreley ist wie in der Hochsaison randvoll belegt. Die Souvenirläden machen Überstunden, und die eifrige Schnellfähre zwischen den beiden Schwesterstädten verzeichnet Passagieraufkommen wie in den allerbesten Zeiten. Der wirtschaftliche Aufschwung hat allen genutzt. Der warme Regen wird sich auch über die Goldphase hinaus als Multiplikator dem Bekanntheitsgrad des Mythos Loreley als nützlich erweisen. In den Souvenir- und Andenkenläden gibt es die hübschesten „Goldzertifikate" auf Büttenpapier mit vergoldetem Rahmen für 12,80 Euro. Der Nennwert jedoch lautet nach wie vor über 100 Euro. Die kann sich jeder Gast zu Hause als Bild an die Wand hängen. Bleibt noch nachzutragen: Der unglückliche Künstler dieser Idee hat sich die Urheberrechte nicht sichern können. Es hätte ihm auch nichts mehr genützt.

Aber wem hat der Goldrausch an der Loreley überhaupt genützt? Er hat lediglich den Menschen am Mittelrhein für kurze Zeit ein hoffnungsfrohes Glücksgefühl geschenkt, der Gastronomie und auch dem örtlichen Einzel-Handel einen noch nie dagewesenen Reibach beschert, und nicht zuletzt hat die weise Einsicht gesiegt über die Einfalt der Gemüter.

Der St. Goarer Lehrer Karl Schlau blamiert sich nach dem Golddebakel vor seiner Schulklasse. Seine Schüler verpassen ihm den neuen Spitznamen

„Schlaugold." Der alte Lotse Oskar Huberts streitet noch heute mit seiner Schwiegertochter über das vermeintliche Goldvermögen und lässt sich als „alter Goldhamster" titulieren, während der Winzer Wilhelm Weisbarth von seinen beiden Söhnen zum „Wilhelm Weisgold" umbenannt wird. Auch an dem Pfarrer Rudolf Wiese geht die Häme nicht spurlos vorüber. Man verpasst ihm als Heiligenschein eine goldene Aura und nennt ihn auch den „Koronaparrer." Nur der engagierte Sparkassenleiter Hermann Siebenmorgen bekommt persönlich keinen Beinamen. Dafür nennen die St. Goarer ihre Sparkasse jetzt „die Goldkasse."

Der ermordete van der Lubbe wird zehn Tage nach seinem gewaltsamen Tod in Koblenz ordnungsgemäß in aller Stille beigesetzt. Es konnten keine Angehörigen ermittelt werden. Das Armenbegräbnis findet unter Anteilnahme der Kripobeamten von Meiderich, Hemmersbach und Krawuttke statt. Schweigend verharren sie wie Statisten neben dem Pfarrer, bis der sein letztes Amen spricht. Danach fahren die drei Herren ins Revier zurück, stellen den Wagen ab und gehen zum Stammlokal in die Altstadt. Es ist bereits nach 16 Uhr und der MSV hat für heute Dienstschluss angeordnet. Der danach folgende Leichenschmaus fällt recht dürftig aus, denn er wird aus der eigenen Tasche bestritten. Der MSV bringt es auf den Punkt:

„Wir drei Strategen haben zumindest ein wenig Respekt bewiesen vor einem glücklosen Betrüger, der im Grunde immer nur auf der Suche gewesen ist nach der Dummheit der Menschen, der die Leichtgläubigkeit seiner Zeitgenossen ausgenutzt hat und dessen Leben so tragisch geendet ist."

Nach einer schweigsamen Denkpause fügt er hinzu:

„So hatte ich mir das Ende wirklich nicht vorgestellt."

Krawuttke hat andere Sorgen. Er hat bei Lilo noch etwas gutzumachen. Er schämt sich dafür und hat sich fest vorgenommen, sie morgen früh mit einem dicken Strauß roter Rosen zu entschädigen.

Frohnaturen sind´s mit Macken,
andre fliehen vor Attacken

Inzwischen ist Frühling am Rhein mit all seinem zarten Grün, mit zerbrechlichen Blüten und mit der wärmenden Sonne, die den Menschen am Strom ein inneres Gefühl von hoffnungsfroher Erwartung beschert. Nach der Turbulenz vom Goldfieber und den zerplatzten Träumen kehrt Ruhe ein. Der Übergang in die übliche Fremdenverkehrs-Saison ist fließend. Nur der Katzenjammer bleibt ganz verstohlen in den eigenen vier Wänden. Keiner gesteht seine Enttäuschung öffentlich ein. So sind sie, die Rheinländer. Frohnaturen sind´s mit kleinen Macken. Ihren sprichwörtlichen Humor verstehen sie als eine Art Bewusstsein der eigenen Lächerlichkeit. Der MSV hat es mit seinen eigenen Worten beschrieben:

„Brisanter als das Problem selbst ist der Umgang damit."

Eigentlich schade um den Finanzminister. Jetzt bleibt es nur bei Zweihundertfünfzig Milliarden Spielgeld. Und was ist mit dem Millionär Li? Das Auswärtige Amt hat in Japan recherchieren lassen. Das ist keine leichte Aufgabe. Es gibt im Land der aufgehenden Sonne zu viele Träger dieses Namens. Zunächst wurden die begüterten Träger dieses Namens durchleuchtet. Aber keiner von ihnen ist so reich, dass er für eine solch gewagte Transaktion infrage kommt. Unter den ganz armen Schluckern schließlich lässt sich ein noch unbekannter Schriftsteller ausmachen. Der hatte das Loreleygold thematisiert. Auf diese Weise ist der Funke von den japanischen Touristen an den Rhein gelangt. Das Loreleygold wird weiterhin ein Dornröschendasein im Land der Phantasie fristen.

Der alte Vater Rhein freilich ist unschuldig an den Geschichten, die sich rechts und links der Ufer zutragen haben. Der Rhein hat in seinem langen Leben Hochwasser und Niedrigwasser erlebt, Eisgänge vornehmlich an der Engstelle Loreley. Kriege und Befreiungen, Havarien und Untergänge von Schiffen und Booten stehen ebenso in seinem Lebenslauf wie Brückenbauten, die Menschen zueinander führen und dadurch die natürliche Grenze zum anderen Ufer aufheben. Als Schnellstrasse des Güterverkehrs steht der Rhein im Wettbewerb mit Schiene und Strasse. Seine Fluten, oftmals totgesagt, führen wieder Fische, genießbar, wieder essbar. Die Transitstrecke zwischen Basel und Rotterdam und zur Nordsee ist eine wichtige Verkehrsader, die eine funktionierende Wirtschaft unterstützt.

Prächtige Bauwerke säumen seinen Lauf. Dome, Burgen und Schlösser, Türme, Mauern und romantische Schlupfwinkel verwandeln den Rhein zur größten Filmkulisse unseres Landes, lediglich unterbrochen von Industrie-Anlagen, die in irgendeiner Form doch der Menschheit zugute kommen.

*

Der Zwillingsbruder, mit dem Aliasnamen Albert Eisenstein, besteigt nach der Landung am Flughafen ein Taxi und sagt zu dem Fahrer: „Embajada de la Republica Federal de Alemania." Der nickt nur kurz mit dem Kopf und rauscht los. Es ist ein Montag. Pech für Albert Eisenstein. Montags ist das Konsulat geschlossen. Geschäftszeiten Dienstag, Donnerstag und Freitag von 9:00 bis 12:00 und am Mittwoch von 9:00 bis 12:00 und von 14:00 bis 16:00 Uhr. Er kann zwar die Rufnummer 4632500 wählen und sein Anliegen formulieren, dann würde man ihn zurückrufen. Das unterlässt er sicherheitshalber. Auch weigert er sich, die besondere Notfallnummer zu bemühen. 09/8858600, das ist eine Mobilfunkverbindung. Eisenstein zieht es deshalb vor, eine Nacht in einem benachbarten Hotel zu verbringen. Zeit genug, die Örtlichkeit rund um die Botschaft zu erkunden. Er hat sich schlau gemacht über dieses faszinierende Land der Extreme mit fast allen Klimazonen dieser Erde. Unzählige Vulkane, im Norden die trockenste Wüste, im Süden das bei allen Seeleuten gefürchtete Kap Hoorn und dahinter die Antarktis, westlich der Pazifik mit der Osterinsel, die zu Chile zählt. Im Osten schließlich die gewaltigen Anden.

Er hat nachgelesen bei dem chilenischen Literaturpreisträger Pablo Neruda, der seine Heimat preist als „schmales Blütenblatt aus Meer und Stein und Schnee." Hoffentlich wird dieses wunderbare Land für ihn und für seinen Bruder keine Brennnessel oder Distel. Eisenstein nimmt am Abend in seinem Hotel einen Schlummertrank. Caliterra Chardonnay, ein ausdrucksvoller Tropfen. Er kennt diesen Wein bereits aus München und weiß, „Caliterra" kommt aus dem Spanischen Calidat (Qualität) und Terra (Erde). Der Weißwein mit dem Eichenholzeffekt ist ein genussreicher Trendwein mit viel Komplexität. Er genießt die ganze Flasche bis zur Neige und schläft die ganze Nacht traumlos bis zum Morgen.

Während drüben auf der nördlichen Halbkugel des Globus noch Schlafenszeit angesagt ist, hat das Botschaftspersonal in Chile gerade erst seine Plätze eingenommen. Es herrscht geordnete Betriebsamkeit. Bestückt mit einer Kollegmappe unter dem Arm, darin seine gefälschten Dokumente, auf die jetzt einige entscheidende Minuten warten, schreitet er grüßend und zielsicher an den beiden Sicherheitskräften vorbei zur Anmeldung. Dort legt er seinen Pass vor und sein Ansinnen, den hier in der Botschaft befindlichen deutschen Staatsbürger, Herrn Waldemar Obermeier nach Frankfurt zu begleiten. Man bittet ihn höflich in das Wartezimmer. Er verbeugt sich förmlich und nimmt in dem noch unbelebten Warteraum Platz. Eisenstein kommt sich beobachtet vor. Ob da irgendwo eine geheime Kamera installiert ist? Warten ist nicht seine Stärke. Unbehagen beschleicht ihn. Er will sich ablenken, betrachtet die Kunstwerke an den Wänden. Er findet sie schön, ohne jedoch die Inhalte zu registrieren. Er ist ja auch in keiner Kunstausstellung. Ob die ihn bewusst schmoren lassen? Er kommt sich vor wie bei einem Vorstellungsgespräch. Nach einer Weile erhebt er sich. Geht zum Fenster und blickt in einen gepflegten Garten. Dahinter geschäftige Menschen. Er versucht, die Nationalitäten zu erraten. Er sieht vorwiegend Chilenen. Das wundert ihn überhaupt nicht. Er unterscheidet die Menschen nach Hautfarbe, Haar-Farbe und Kleidung. Einheimische sind für ihn dunkelhäutig mit schwarzen Haaren. Die Amerikaner erkennt er an ihrem saloppen Outfit. Und den einen Deutschen hat er sofort an seiner Kleidung erkannt.

Lautlos öffnet sich hinter Eisenstein die Tür. Zwei bewaffnete Wachleute postieren sich in der Türöffnung. Dann geht alles ganz schnell. Eisenstein bemerkt erst jetzt, er ist nicht allein im Raum.

Er dreht sich um. Der Botschaftssekretär tritt auf ihn zu:

„Herr Eisenstein, es tut mir leid, der Herr Botschafter hat heute einen Außentermin, deshalb müssen Sie leider nur mit mir vorlieb nehmen."

Der freundliche Händedruck bleibt aus. Das ist für Eisenstein kein gutes Zeichen. Er ahnt bereits, während der halbstündigen Wartezeit haben sie seine Papiere überprüft.

„Nicht wahr, Herr Obermeier, Sie hatten die Absicht, uns mit gefälschten Dokumenten hinters Licht zu führen. Sie sind zwar in Chile. Aber hier befinden Sie sich auf deutschem Hoheitsgebiet. Und hier arbeiten wir genauso korrekt, wie drüben in unserem Mutterland. Wenn Sie angenommen haben, Chile sei eine Bananenrepublik, dann haben Sie sich aber mächtig getäuscht."

Baldur Obermeier ist verblüfft, öffnet den Mund, sagt aber kein einziges Wort.

„Sie sind Rechtsanwalt, dann kennen Sie Ihre Rechte, alles was Sie jetzt sagen, kann gegen Sie verwandt werden. In wenigen Minuten wird ein Spezialfahrzeug der chilenischen Polizei vorfahren. Man wird Sie in eine Arrestzelle verbringen. Dort wartet bereits Ihr Bruder Waldemar in einer getrennten Zelle auf den baldigen Rückflug nach Deutschland. In spätestens sechsunddreißig Stunden werden Sie beide dem Strafrichter in Koblenz vorgeführt."

Baldur verbirgt seine große Enttäuschung und sagt süffisant:

„Nun ist aus dem schmalen Blütenblatt aus Meer und Stein und Schnee für meinen Bruder und mich nun doch eine Distel geworden."

Der freundliche Chilene in dem Transferfahrzeug hat ein breites Grinsen aufgelegt, als er den verblüfften Deutschen aufnimmt. Baldur Obermeier besteigt den VW-Bus, nimmt neben dem Fahrer Platz. Baldur ist überrascht, dass sein Bruder Waldemar ebenfalls in dem Fahrzeug sitzt. Der Botschaftssekretär hatte doch erwähnt, er sei inhaftiert. Ein Blickkontakt genügt, muss genügen. Tür zu und ab geht die Post in Richtung Airport Santiago. Also, doch sofort zum Flughafen. Der Fahrer hat Order, die beiden „Gäste" der Flughafenpolizei zu übergeben. Die Unterhaltung zwischen dem Fahrer und den beiden Passanten ist mehr als spärlich. Baldur versucht es in Englisch:

„It's a nice day."

„Yes it is."

Dann will er von dem Chilenen wissen:

„Have you ever been in Germany? "

„Oh, never."

„Germany is an interesting country."

„I belive it."

Er glaubt ihm offenbar, dass Deutschland interessant ist. Der Verkehr ebbt allmählich ab, je weiter sich das Fahrzeug aus dem Stadtzentrum entfernt. Diese quirlige Stadt erinnert die Gebrüder Obermeier an ihre Heimatstadt München, obschon München gegen Santiago wie eine Kleinstadt wirkt. Die Peripherie scheint dem Beifahrer geeignet, zumal ein größerer parkähnlicher Grüngürtel mit viel Buschwerk ihn animiert, den Fahrer zu bitten, auf den Standstreifen zu fahren und eine Pinkelpause einzulegen, weil es ihm pressiert.

„Please Mister, I need a stop – I must any. "

Weil er nicht weiß, was pinkeln auf Englisch heißt, deutet er auf seinen Hosenschlitz. Der Fahrer grinst belustigt, fährt an den Straßenrand und sagt:

„I also."

Als er das geäußert hat und das Fahrzeug anhält, zaubert Waldemar eine Minisprühflasche aus seiner Rocktasche und sprüht dem braven Mann eine neblige Ladung „KO-Spray" mitten ins Gesicht.

„Tschsch." Der Chilene schreit auf und hält beide Hände vor seine Augen und ist schon in der nächsten Sekunde benebelt, ringt nach Luft und ist total kampfunfähig.

Die gerissenen Brüder hieven den Driver aus dem Gefährt und deponieren ihn hinter dem nächsten Gebüsch. Niemand kümmert sich um das Geschehen. Nix wie rein in den VW-Bus und weg von dem Tatort weiter in Richtung Airport. Jetzt muss alles funktionieren.

Rasch das Auto auf dem Parkdeck des Flughafens abstellen und hinunter zu den Bussen. Aha, hier geht es alsbald weiter mit der „El Rapido-Linie" nach

Mendoza-/Argentinien. Bevor sie den Bus besteigen, kauft Baldur eine Ausgabe des EL MERCURIO, um sich während der etwa sechsstündigen Reise abzulenken.

Die neuen Passagiere reisen mit kleinem Gepäck. Waldemars Gepäck besteht nur noch aus Erinnerungen. Er besitzt weder Bargeld noch Papiere. Sonst nichts. Aber sein geschickter Bruder hat in seiner Aktentasche noch „Ersatz-Papiere" und genügend Bares. Baldur präsentiert seinem Bruder noch rasch seinen famosen Trick mit der Sprühdose Atemfrisch, die er mit einem Kipp-Schalter präpariert hat.

„Schau, wenn ich hier drücke, kommt Mundspray und auf der anderen Seite kommt Nervengas. So einfach geht das."

„Brüderchen, du bist ein Genie."

Brüderchen grinst. Dann nehmen sie getrennte Plätze ein, um nicht aufzufallen. Verdammt, wann fährt denn das Ding endlich los? Beide blicken gebannt auf die riesige Normaluhr am Busbahnhof und lauschen gleichzeitig auf ein Sirenengeheul, das gottlob noch nicht zu vernehmen ist. Warum bewegt sich der verdammte Uhrzeiger so langsam? Der Bus füllt sich. Umständliche Gelassenheit bei den Neuankömmlingen. Steigende Nervosität bei den Gebrüdern. Nur noch eine Minute bis zur geplanten Abfahrtzeit. Baldur erinnert sich an die deutsche Fernsehuhr vor den Nachrichten. Das bedeutet sechsmal Hundertmeterlauf Weltrekord. Dann startet der Motor. Endlich. Aber es geht nicht sofort los. Warum nicht? Die Plätze sind doch fast alle belegt. Es vergeht noch eine lange Minute, eine ganze Minute im Zeitlupentempo.

Baldur denkt zurück an seine Jugend in München. Ihm fällt sein Schwur ein, den er damals in der Theatinerkirche am Odeonsplatz geleistet hat. Den hat er bis auf den heutigen Tag nicht vergessen. Immer hat er sich an diesen Schwur gehalten. Es geschah während einer Floßfahrt auf der rauen Isar. Waldemar und er hatten ganz schön gebechert. Und die Isar war ruppig, zu ruppig für ihn.

Im jugendlichen Überschwang ging Baldur in einer der riskanten Stromschnellen über Bord. Schwimmwesten waren verpönt, weil sie sich erwachsen vorkamen. Das war doch was für Kinder, aber nicht für gestandene junge Männer. Es war im Frühjahr und die Isar war kalt, eiskalt. Er gestikulierte mit den Armen. Nein, das waren keine Schwimmbewegungen. Er schluckte Isarbrühe, hustete heftig und bekam keinen Ton heraus. Waldemar war Schwimmer. Mit einem Kopfsprung hechtete der hinter ihm her, erwischte ihn gerade noch rechtzeitig, bevor er zum dritten Mal abzutauchen drohte.

Das wäre sein sicherer Tod gewesen. Waldemar hat ihm damals das Leben gerettet. Und deshalb versprach Baldur der Gottesmutter hoch und heilig, seinen Bruder, was immer auch geschehe, ihm jederzeit beizustehen und ihn aus jeder noch so misslichen Lebenslage zu befreien. Baldur hat seit diesem Erlebnis kaum mehr viel Alkohol im Übermaß genossen. Sein Gedächtnis hat ihn denn auch stets gewarnt. In dieser Minute hat es ihn erneut gewarnt. Und er erkennt, man kann nicht nur im Wasser ertrinken, man kann auch am Leben ertrinken.

*

Im Koblenzer Kommissariat sitzen sich Hemmersbach und Krawuttke in Hemmersbachs Büro gegenüber. Beide haben ihre Beine locker übereinander geschlagen auf der Schreibtischkante liegen. Sie machen sich gegenseitig froh. Das bestandene Goldabenteuer hat ihre Stimmung spürbar beflügelt.

„Sag Hemmersbach, wir haben doch richtig gehandelt und dennoch ist uns der Lump durch die Lappen gegangen."

„Der Doppelgänger hat uns ganz schön gelinkt."

„Dabei hat der sich natürlich strafbar gemacht. Gelinkt heißt im Gesetzestext Irreführung der Behörden."

„Aber die kommen nicht weit."

„Vielleicht kommen sie sogar ganz weit."

„Aber sie werden nicht glücklich dabei."

„Gottes Mühlen mahlen manchmal langsam."

Da geht die Tür auf und der MSV schneit herein. Kein Wort zur legeren Sitzhaltung. In der Hand hält er ein Stück Papier. Es ist ein Fax.

„Meine Herren, bleiben Sie locker. Zunächst ist es mir ein Bedürfnis, Ihnen beiden meine Anerkennung auszusprechen. Es ist gelungen, die Akte Loreley-Gold erfolgreich abzuschließen, wenn auch der eigentliche Täter offensichtlich die Landesgrenze verlassen hat. Und nun zu diesem Fax. Es enthält ein reizvolles Angebot an Sie. Wenn Sie dazu bereit sind, dürfen Sie demnächst die Rolle von zwei Dorfschimanskis spielen. Das wird Ihnen nicht allzu schwer fallen. Sie müssen lediglich sich selbst spielen. Das wird Ihnen gewiss trefflich gelingen. Die Produktionsgesellschaft von Edgar Reitz bietet Ihnen eine kleine Nebenrolle in seinem neuesten Film an. Der Titel: „Goldrausch an der Loreley."

Nach einer kurzen Denkpause präsentiert der MSV ein E-Mail von den chilenischen Sicherheitsbehörden. Dort wurde ein deutscher Staatsbürger mit falschem Pass in einer illegalen Spielhölle aufgegriffen. Er trägt auf dem linken Unterarm die Tätowierung mit den Umrissen der Insel Sylt. Auf einer zweitägigen Busreise in den Süden des fremden Landes hoffte der Neuling, deutsche Landsleute anzutreffen. Er hat davon erfahren, dass dort deutsche Städte und Siedlungen existieren. Ein deutscher Entwicklungshelfer hat ihn an dem Tattoo als Landsmann erkannt, weil er selbst während seines früheren Aufenthaltes in Deutschland einen solchen Aufkleber auf seinem VW-Golf aufgeklebt hatte. Dieser Entwicklungshelfer war Kontaktmann der Ausländer-Behörde und später auch Zeuge der Festnahme. Das BKA betreibt nun ein Auslieferungsersuchen, damit Waldemar Obermeier endlich der Prozess gemacht werden kann. Von Meiderich spricht ganz leise und bedächtig sein letztes Kredo: „Ich hab´s schon einmal gesagt, und ich werde mich jetzt wiederholen. Der Obermeier ist, will mal sagen, ist ein Einfallspinsel, ein Einspänner. Wenn er sich nicht gerade die Insel Sylt als Tätowierung ausgewählt hätte und dafür ein nacktes Mädchen, meinetwegen auf der Venuskugel sitzend, er könnte noch lange Jahre bequem am Strand von Valparaiso in Freiheit leben."

Horst Krawuttke kann sich nicht zurückhalten, kehrt seinen Klugscheißer raus und meint:

„Gier frisst Hirn."

Josef von Meiderich erhebt sich forsch von seinem Lehnstuhl. Er knöpft seinen Anzugknopf zu und hat einen strahlenden Blick, als ob er die frohe Botschaft aus der Bibel verkünden wollte:

„Meine Herren, nehmen Sie bitte zur Kenntnis, ich werde nächste Woche einen dreiwöchigen Urlaub in den Dolomiten antreten und dort mein Privat-Leben aufarbeiten. Hemmersbach, Sie werden mich im Amte vertreten. Und noch eines merken Sie sich, das gilt sowohl für den Täter als auch für Ihre Arbeit: Jedes Talent hat einen Todfeind, und der heißt Mittelmäßigkeit."

Der Triumph des Josef von Meiderich bleibt noch aus. Es wird nichts mit der raschen Überstellung des Übeltäters, morgen nicht, auch übermorgen nicht. Drei Tage danach trifft eine weitere E-Mail vom Deutschen Konsulat in Santiago ein. Und da war von Meiderich bereits in Urlaub.

„Die festgesetzten Brüder Obermeier haben auf dem Weg zum Airport den Fahrer überfallen und sind mit dem Fahrzeug geflüchtet. Die chilenischen Behörden fahnden nach den Flüchtigen. Das Fahrzeug wurde unweit des Flughafens gefunden. Der Fahrer ist inzwischen wieder wohlauf. Halten Sie auf dem Laufenden."

Bringt sein Leben auf die Reihe
Hofft, dass jemand ihm verzeihe

Von Meiderich ist gut gelaunt. Es liegt an seiner Urlaubsstimmung. Sein alter Daimler hat soeben bei Waldesch die A 61 in Richtung Ludwigshafen erreicht. Wo kommen nur die vielen Laster her? Bei der Abfahrt Pfalzfeld/St. Goar muss er an die Loreley denken. Wie mag es den Menschen nach dem verpatzten Goldspektakel ergehen? Ob sie wohl sehr niedergeschlagen oder gar traurig sind? Dann sagt er sich, die Rheinländer sind im Grunde leichtlebig. Sie werden das schon verkraften. Einige von ihnen hatten einen erheblichen finanziellen Nutzen von der Goldhysterie.

Die Gastronomie und die Andenkenläden, der Campingplatz, selbst der örtliche Handel, das Übernachtungsgewerbe und der Fährbetrieb haben davon profitiert. Sie alle haben Spurenelemente vom Römerblut in ihren Adern, die südländischen Elemente macht sie zu Sanguinikern. Herr von Meiderich, Ihr Urteilsvermögen ist wohl auch in vorgerückter Urlaubsstimmung. Sie machen es sich aber einfach. Nicht alle Rheinländer bevorzugen Handkäs mit Musik oder Weck, Wurscht und Woi. So spricht sein eigenes Ich zu ihm.

Dann relativiert er seine Meinung. Von allen Landsmannschaften rangieren die Rheinländer doch gleich hinter den Masuren. Aber das wird den Masuren nicht viel nützen. Und den Menschen am Rhein ist es eh schnurzegal. Hier im Tal der Loreley betrachtet sich von Meiderich lediglich als Rufer in der Wüste.

Erst in Höhe von Stromberg bemerkt er, dass er zu sehr bei seinen eigenen Gedanken verweilt hat. Er muss mehr auf den Verkehr achten. Ja, das ist doch die Gegend, in der ein Schinderhannes einst sein Unwesen trieb. Der hatte wenigstens sein Julchen an seiner Seite. Und was hat er? Nichts! Aber er ist ja auf dem Weg zu seinem Julchen, zu Elvira. Jetzt gibt es kein Zurück mehr für ihn.

Sein Fahrzeug gehorcht dem rechten Fuß, es geht flott auf der linken Spur hinunter ins Nahetal, vorbei an Rebhängen und hinein nach Rheinhessen. Alzey, dann Worms mit dem Wonnegau, vorbei an der Kaiserstadt Speyer, über die Rheinbrücke und danach immer weiter nach Süden

Noch weiß er nicht, ob es ein Happyend mit oder ohne Tränen geben wird. Falls sein Vorhaben glücklich verläuft, müssen sie sehr viel miteinander reden und die Vergangenheit aufarbeiten.

Natürlich ist er auch auf eine Abfuhr gefasst. Sein Polizistenhirn ist für einen solchen Ausgang realistisch genug. Dann hat er es sich aber selbst zuzuschreiben.

Der Frühling präsentiert sich aus dem Bilderbuch. Sonne pur für Mensch und Tier. Das beflügelt auch den hoffnungsvollen Josef Meiderich. Die Fahrbahn ist trocken. Er kommt rasch voran. Über Karlsruhe und Ulm peilt er die Raststätte *Allgäuer Tor West* an. Er betankt sicherheitshalber den Daimler an der Agip-Super-Säule. Anschließend betritt er die Raststätte, die auf ihn einen gepflegten Eindruck macht. Er wählt Putengeschnetzeltes mit Reis, trinkt ein Mineralwasser und bemerkt erst jetzt, sein Handy ist überhaupt nicht eingeschaltet. Das sollte er gefälligst tun. Er gibt seine PIN ein und schon meldet sich das nützliche Ding: Ein Anruf bei Abwesenheit. Er wählt die Mailbox. Erstaunt erkennt er Hemmersbachs Stimme:

„Chef, entschuldigen Sie, ich muss Sie im Urlaub stören. Nein, Sie müssen nicht zurückkommen. Aber ich bin sicher, Sie würden mir Vorhaltungen machen, wenn ich Sie nicht sofort unterrichten würde. Es geht um die schlimmen Brüder Obermeier. Wenn Sie Gelegenheit haben, rufen Sie doch bitte im Revier an. Ich glaub, es ist eine gute Nachricht, auch für Sie."

Der MSV schüttelt den Kopf. Warum sagt er nicht, was los ist? Ich weiß doch von den chilenischen Behörden, dass die den Kellner geschnappt haben. Das ist doch nicht neu. Bevor er zurückruft, besänftigt er zunächst mal seinen Hunger. Ich lasse doch mein Essen nicht kalt werden. Und hier bei dem Betrieb werde ich den Teufel tun und auch noch telefonieren. Das ist überhaupt eine Unsitte mit den Handys. Er bemerkt gar nicht, wie er bestrebt ist, den Teller nun etwas hastiger zu leeren. Er ist jetzt doch neugierig, was seine Nummer eins zu vermelden hat. Zurück zum Parkplatz. Sein Wagen ist von der Mittagssonne aufgeheizt. Er lässt alle Fenster für kurze Zeit runterfahren, damit die aufgewärmte Warmluft entweichen kann. Dann schließt er sie und betätigt die Tastatur seines Mobiltelefons.

„Hemmersbach"

„Wie oft soll ich Ihnen eigentlich noch sagen, Sie sollen sich mit Kriminalkommissariat Koblenz melden."

„Ei Chef, ich hab´ doch Ihre Rufnummer auf dem Display gesehen."

„Also, dann gut, was gibt es zu berichten?"

„Sie wissen, den Waldemar Obermeier haben die geschnappt."

„Ja, und?"

„Und sein gewiefter Bruder ist ihm mit gefälschten Papieren fix nachgereist nach Santiago. Dort wollte er ebenfalls mit falschen Unterlagen den Waldemar nach Hause holen."

„Und dabei haben die den auch erwischt?"

„Haben sie. Aber während der Abschiebefahrt von der Botschaft zum Flughafen hat der andere Zwilling den Fahrer des Wagens mit einem Kampfspray unschädlich gemacht und ist mit dem Fahrzeug geflüchtet."

„Das ist ja unglaublich brutal."

„Dann haben sich die beiden in einen der zahlreichen Fernbusse gesetzt und wollten nach Argentinien flüchten. Die Busgesellschaft heißt El Rapido und das Reiseziel sollte Mendoza sein."

„Und sind sie dort eingetroffen?"

„Jetzt kommt die gute Nachricht. Sie wurden an der Grenze zum Nachbarland Argentinien von der Chilenischen Polizei in Empfang genommen. Sie wollten wirklich nach Mendoza. Jetzt sitzen beide in einem Sicherheitstrakt in Santiago."

„Na bravo. Und woher kommt die erlösende Nachricht?"

„Per Fax direkt von der Deutschen Botschaft."

„Deshalb muss ich doch nicht zurück nach Koblenz."

„Nein, um Gottes Willen. Machen Sie bitte Ihren verdienten Urlaub."

„Wird gemacht – gibt es sonst noch Neuigkeiten?"

„Nur Routinearbeit."

„Ich freue mich jetzt auf meine Ankunft in Südtirol und wünsche mir keine weitere Störung."

„Viele Grüße vom Deutschen Eck. Und kommen Sie gut erholt zurück."

„Danke und Tschüs."

Ein nachdenklicher aber dennoch gutgelaunter von Meiderich lächelt mit seinem Konterfei im Rückspiegel. Also haben wir es gemeinsam doch geschafft. Im Grunde hab ich alles erreicht, was ich anpacke. Und ich werde auch meine Liebe zurückerobern, wenn, ja wenn dort im Herzen von Elvira noch ein Fünkchen glüht. Falls sie allerdings mit ihrer jetzigen Situation glücklich und zufrieden ist, wird er sie auch nicht bedrängen. Dann hat er verloren. Das wäre für ihn fatal. Er verliert nicht gern. Aber wer tut das schon? Auf jeden Fall will er mit ihr reden. Der Koblenzer Kripochef fährt über München, Rosenheim und Innsbruck. Über den Brenner geht es nach Bozen. Dort geht´s links ab. Jetzt sind es nur noch 24 Kilometer hinauf ins Rosengarten-Latemar-Gebiet. Nova Ponente bleibt rechts liegen. Jetzt noch Nova Levante und dann steht er vor dem Ortsschild Welschnoven. Er steigt aus, will sich die Füße vertreten. 1280 Meter über dem Meer. Das ist beachtlich. Die Bergluft spendet Kühle. Kein Wunder bei dieser Höhe. Er schaut sich um und fragt auf der Straße einen Einheimischen nach dem besagten Hof.

„Zwoaeinhalb do rauf."

„Zweieinhalb Stunden?"

„Na, Kilomeder."

„Vielen Dank."

Der Hof liegt sonnendurchflutet am Hang. Ein Bild wie eine Ansichtskarte. Das weiße Gehöft wird umrahmt von satten grünen Wiesen. Im Hintergrund

Berggipfel. Darüber weiße Wolken, wie eine Theaterkulisse. Ist dies das Ziel seiner langen Reise? Der Gast wünscht es sich so sehr. Langsam rollt der Daimler auf den Parkplatz. Unsicherheit nistet sich bei dem Ankömmling ein. Er befürchtet eine Abfuhr. Noch kann er zurück. Er hat Herzklopfen wie ein Pennäler. Aber dann denkt er an seine Träume.

„Grüß Gott"

Hinter ihm steht ein blendend aussehender älterer Mann, weißes Haar, ledergegerbte braune Gesichtshaut. Von Meiderich ist überrascht. Er registriert das rotkarierte Hemd und eine Lederschürze. Der Mann streckt ihm seine runzelige Hand zum Gruß entgegen. Sein fester Händedruck wird begleitet von einem: "Herzlich willkommen." Dabei sehen ihn zwei freundliche Äuglein lächelnd an. Der ältere Mann mit dem gepflegten Weisshaar trägt eine Charivari, wie sie bei bayerischen Männertrachten vorkommt.

„Tschuldigung, haben Sie noch ein Zimmer frei?"

„Im Grunde schoo, wie lang möchtens bleiben?"

„Ich möchte eigentlich drei Wochen bei Ihnen wohnen, aber das hängt noch von verschiedenen Umständen ab."

„Kommens doch erst mal rein zu einem Schnapserl. Dann reden wir weiter." Spricht`s und geht voraus über den Kiesweg. Von Meiderich folgt ihm ins Haus. Die Wirtsstube macht einen gepflegten Eindruck. Aha, da scheint ein weibliches Wesen für Gastlichkeit und auch für Ordnung zu sorgen. Auf den Tischen stehen Wiesenblumen. Die Tischdecken sind bordeauxrot und adrett gebügelt. Dann kommt der Mann mit zwei Stamperl und sagt:

„Bitt schön, nehmens Platz. Prost Enzian."

„Danke für den freundlichen Empfang. Prosit."

Sie setzen sich an einen Vierertisch und trinken den Enzian ex. Der Gast muss husten.

„Auf einem Bein steht niemand. Der Willkommensdrink geht heuer aufs Haus."

Damit gießt er die Gläser nach. Von Meiderich möchte abwinken, weil er einen klaren Kopf behalten möchte. Sein Gegenüber bemerkt die Absicht und sagt beschwichtigend:

„Das ist reine Natur meiner Heimat, die tut auch dem Stadtmenschen gut."

„Verzeihen Sie, ich habe mich noch gar nicht vorgestellt, mein Name ist von Meiderich, Josef von Meiderich."

„Bei uns heißt der Josef *Sepp*."

„Und ich komme heute aus Koblenz."

„Hatten Sie eine gute Reise?"

„Ja, die hatte ich. Es war zwar viel Verkehr. Und Hunger hab ich auch."

„Kein Problem. Elvira, meine Köchin wird Ihnen schoo was zaubern."

Bei dem Namen Elvira wird dem neu ernannten Sepp ganz wohlig warm ums Herz. Das kommt weniger vom Enzian als von der Gewissheit, dass Elvira tatsächlich im Hause ist. Jetzt wird sich das Schicksal für oder gegen den Liebhaber entscheiden. Noch, bevor von Meiderich seine Bedenken ordnet, geht die Tür stürmisch auf und ein quirliger Junge hüpft in die Wirtsstube.

„Opa Wendelin, schau mal, i hab a Vogeljunges draus im Stall gfunde."

„Zeig her. Mei Good, des is ausm Nest gfalle. Do wird sich sei Muata aba Sorge mache."

„Gell Opa, du bringts zruck."

„Jo mei Buab, des mach i glei. Aber zuerscht sagst dem Herrn do mal guaden Dag." Der Junge gibt dem Opa Wendelin seinen Fund und wendet sich sofort dem neuen Gast zu, reicht ihm die Hand und macht einen Diener. Von Meiderich ist entzückt. Er möchte die kleine Hand am liebsten gar nicht mehr loslassen. Dann aber sagt er zu ihm:

„Ich bin der Sepp. Und wie heißt du?"

„I bin der Benedikt und schoo acht Johr."

„Und in welche Klasse gehst du?"

„I komm schoo in die dritte Klasse."

Von den beiden unbemerkt steht Elvira in der offenen Tür und sagt lächelnd:

„Ich find das ebenfalls Klasse, dass wir einen ganz fremden Gast haben."

Von Meiderich erhebt sich. Beide gehen aufeinander zu und begrüßen sich herzlich wie zwei alte Bekannte. Niemand spricht ein Wort. Sie schauen sich nur an, jeder sieht nur die Augen des anderen und möchte in diesen Augen, in den Fenstern der Seele lesen. Jetzt werden ihre schönen rehbraunen Augen feucht, sie tastet nach dem Taschentuch. Auch bei ihm kommt Rührung hoch. Er schluckt vor Rührung. Dann umarmen sie sich lange. Beide schluchzen.

Benedikt steht staunend daneben und ist sprachlos über diese Begrüßung. Dann kommt es aus ihm heraus:

„Mama, kennst du den Sepp?"

Beide lösen sich aus der Umarmung. Jetzt muss Elvira ihrem Sohn eine plausible Erklärung abgeben.

„Dieser Mann ist der, von dem ich dir schon so oft erzählt habe. Der Mann aus der Stadt, der Polizist aus Koblenz, der die Bösewichte jagt."

„Dann bist du ja mein Papa, der Kriminale."

„Ja, mein Sohn, ich bin tatsächlich dein Vater und ich bin Kriminalhaupt-Kommissar."

„Jo mei, der Herr Kommissar, " kommt es aus dem Flur kommend dem Opa Wendelin über die Lippen. Er hat die letzten Worte mitbekommen und hat sogleich wieder eine passende Idee, wie man das Wiedersehen gebührend begleiten sollte. Es muss heut eine Flasche von dem Bardolino Rosso Classico herbei, den berühmtesten Rotwein vom Gardasee, der nicht gar so schwer im Alkohol ist und doch kräftig im Geschmack ist und nach dunklen Beeren und Gewürzen duftet.

„Gut gemeint, lieber Wendelin-Opa. Das werden wir auch gerne nachholen. Aber zunächst möchte ich doch mein Gepäck aus dem Wagen holen. Darf ich denn ganze drei Wochen bleiben?"

Benedikt antwortet zuerst:

„Nicht länger?"

„Nein, mein Junge, ich muss leider noch viele Verbrecher hinter Gitter bringen."

„Machst du das auch so wie in den Fernsehkrimis?"

„Nicht ganz so spektakulär."

„Was ist spektakulär?"

„Das ist besonders reißerisch, auffallend laut und übertrieben, eben ein richtiges Spektakel."

„Hast du deine Kanone dabei?"

„Gott bewahre, nein. Meine Dienstwaffe liegt sicher in meinem Büro unter Verschluss. Ich bin heut als Privatmann hier und überhaupt nicht im Dienst."

„Hast du denn schon damit geschossen?"

„Ja, aber nur auf dem Schießstand zu Übungszwecken."

„Wenn ich groß bin, will ich auch Polizist werden."

Elvira und der alte Wendelin verfolgen die Unterhaltung zwischen Vater und Sohn mit gemischten Gefühlen. Etwas Stolz ist dabei und etwas Sorge. Von Meiderich bemerkt es sofort an ihren Blicken, an ihren Gesten. Er beschwichtigt sie mit der Bemerkung:

„Bisher musste ich noch nie auf einen Menschen schießen. Meine Waffe ist lediglich ein Mittel zur eigenen Verteidigung, zum Beispiel in Notwehr bei einem direkten Angriff auf mein Leben oder auf das Leben eines anderen Menschen. Aber auch dann darf ich niemanden totschießen. Deshalb üben wir auf dem Schießstand gezielte Schüsse auf Arme oder Beine und zwar üben wir das nur auf Pappkameraden, ähnlich wie an den Schiessbuden auf der Kirmes auf bewegliche Hasen oder Wildschweine aus Pappe."

Dabei geht er mit seinem Zeigefinger von links nach rechts und macht: „Peng." Der Sohnemann macht die gleiche Bewegung mit seinem kleinen Zeigefinger sagt dabei: „Peng peng."

„Nun aber zu deinem Aufenthalt. Ich freue mich natürlich sehr, dass es dich zu uns hinauf getrieben hat. Ja, du kannst bleiben und wir reden später miteinand." Dann gehen alle die wenigen Schritte zu dem Daimler. Elvira möchte gleich zwei Koffer schleppen.

„Stopp, das kommt überhaupt nicht in Frage, die sind zu schwer für dich."

„Was glaubst du, was ich alles ohne dich geschleppt habe. Ich bin eine starke Frau."

„Und eine noch hübschere dazu. Aber bitte überlass das mir. Wenn du möchtest, kannst du mir gleich beim Auspacken helfen."

„Einverstanden."

Elvira nimmt aber dann doch das Handgepäck und geht voraus, was normalerweise unschicklich ist. Aber der Josef kennt sich im Haus noch nicht aus. Was ihm jedoch nicht entgeht, das sind zwei gut geformte Beine und schlanke Fesseln. Im Zimmer angekommen, stellen beide das Gepäck auf den Boden. Sie gehen aufeinander zu.

„Warum hast du dich nicht gemeldet?" Und nach einer kleinen Pause:

„Bedeute ich dir so wenig? Und dein Sohn hat doch ein Recht darauf, seinen Vater kennen zu lernen. Ich kann es einfach nicht begreifen. Warum nur, warum? In Gedanken bin ich immer bei dir gewesen. Hast du das nicht bemerkt? Warum also. Gib mir eine plausible Antwort darauf!"

Josef von Meiderich macht ein nachdenkliches Gesicht. Er nimmt tief Luft. Dann kommt es aus ihm heraus:

„Ich will dir die Situation erklären: Der wirkliche Grund für meine Zurückhaltung war, ich wollte dich mit dem Kind schützen."

„Wie denn das?"

„Ich wurde bedroht."

„Von wem?"

„Von einem Betrüger, den ich hinter Schloss und Riegel gebracht hatte."

„Und was hat das mit mir zu tun?"

„Er hat uns in Münster zusammen gesehen. Er wollte dich umbringen, wo immer du dich aufhältst. Er wollte mich leiden sehen, wollte mir das Liebste, was ich habe, zerstören."

„Und wenn er dir gefolgt ist, wenn er frei ist, dann sind wir alle in Gefahr."

„Nein, das sind wir nicht. Er ist inzwischen tot. Man hat ihn lebendig begraben."

Elvira schlägt die Hände vor ihr schönes Gesicht und schüttelt ihren Kopf. Dann bricht es aus ihr heraus:

„Dann hast auch du die ganze Zeit an uns gedacht? Das kann ich nicht glauben. Du hast doch nicht als Mönch gelebt. Gab es nie eine andere Frau in deinem Leben?"

„Nein, gab es nicht. Ich war immer einsam. Mit meinen Fällen im Präsidium, mit ungelösten Akten auf meinem Schreibtisch. Und da gibt es noch meine Bücher und die Musik. Du kennst meine Vorliebe für die Klassik."

Dabei lässt er seine Arme sinken. Sie tritt auf ihn zu, ergreift seine Hände und schmiegt sich an ihn. Sie umarmen sich schweigend. Zuerst berühren sich ihre Wangen, dann ihre Lippen. Elvira löst sich und schnauft, geht einen Schritt zurück und blickt den Josef von oben bis unten an. Die Wiedersehens-Freude ist ihr ins Gesicht geschrieben.

„Wie ist es nur möglich?"

Dann küsst sie ihn erneut, um aber sofort wieder loszulassen.

„Die Koffer – sonst ist alles zerknittert."

„Ich bin schon glücklich, dass unsere Seelen noch nicht zerknittert sind."

„Das sind sie nicht, aber gelitten haben sie schon."

„Recht hast du, meine Liebe, gelitten ist der treffende Ausdruck dafür. Aber wir haben drei volle Wochen Gelegenheit, Ordnung in unsere Beziehung zu bringen."

„Komm, lasst uns die Koffer auspacken. Dann geh ich in die Küche, du musst doch einen Bärenhunger haben."

„Zuerst hab ich noch eine kleine Überraschung für dich, meine Liebe."

„Nanu."

„Hier, die Überraschung ist wirklich klein."

Josef greift in seine linke Rocktasche und entnimmt ihr ein kleines in Geschenkpapier eingewickeltes Päckchen, das mit einem goldenen Schleifchen verziert ist. Wortlos überreicht er es ihr. Elvira ist entzückt und nimmt es lächelnd entgegen.

„Bitte gleich öffnen."

Elviras Augen strahlen.

„Ich danke dir Josef."

„Nun mach es erst mal auf. Du weißt ja gar nicht, was es ist."

Umständlich löst Elvira die Verpackung. Dann öffnet sie den Deckel, entnimmt die blaue quadratische und flauschige Filzabdeckung und entdeckt einen goldenen Ring mit einem darin eingelassenen funkelnden Diamanten.

„Es ist ein Einkaräter."

Sie steckt den Ring sofort an ihren linken Ringfinger. Es ist ihr erster Ring. Sofort umarmt sie ihren Josef und küsst ihn innig.

„Genug mein Schatz, jetzt hab´ ich noch eine größere Kleinigkeit für unseren Benedikt."

„Ja sag mal, bist du der Weihnachtsmann?"

„Ja, ein Weihnachtsmann im Frühling."

Dann steht Benedikt im Türrahmen. Er hat draußen gelauscht und hat seinen Namen gehört.

„Komm her mein Sohn, hier hab ich was für dich."

Damit überreicht er ihm aus dem Koffer ein viel größeres Päckchen. Benedikt bedankt sich brav mit einem Diener. Dann nimmt er sein Geschenk und öffnet den Karton ganz fix.

„Oh, ein richtiges Polizeiauto mit Blaulicht. Danke Sepp."

„Ei Bub, wie kannst du denn zu deinem Vater Sepp sagen, das darf doch nur der Opa."

„Lass ihn doch, ich bin froh, dass er mich nicht Depp nennt. Sepp ist schon in Ordnung. Und dieses Polizeiauto hat ein Schwungrad. Wenn du mit dem über den Boden fährst, läuft es alleine und gleichzeitig leuchtet das Blaulicht. Komm her, ich mach es dir vor."

Während der Bub sich dem Spielzeug widmet, huscht Elvira in ihre Küche. Sie ruft dem Sepp und dem Opa Wendelin aus der Küche zu: „Habts bitte noch etwas Geduld, ich zaubere euch ein schmackhaft Mahl. Der Wendelin kann derweil den Roten öffnen."

„Zauberin mach du dein Werk, wir sind noch nicht verhungert."

Der Bardolino funkelt im letzten Sonnenstrahl, der grad eben noch durchs Fenster fällt. Die beiden Männer sitzen sich gegenüber. Schweigend greifen sie gleichzeitig zum bauchigen Rotweinglas, halten es gegen das Licht, prüfen den Inhalt mit ihren Nasen und schwenken den Inhalt leicht, damit sich der Duft entfalten möge.

„Hmm – ein schönes Tröpfchen."

„In der Tat – Wendelin. Eine gute Wahl."

„Prosit."

„Nun Sepp, erzähl mir mal die Geschichte von dem Mann, den sie lebendig begraben haben. Ich hab vorhin nur Wortfetzen mitbekommen."

„Das ist eine lange Geschichte. Aber ich will sie mit meinen Worten möglichst bildhaft erzählen. Es gab im Winter eine Schlägerei an der Loreley, eine regelrechte Massenkeilerei mit einigen Verletzten. Ich schickte meine beiden Experten dorthin, die Schutzpolizei vom örtlichen Revier war ebenfalls präsent, das Rote Kreuz und die Feuerwehr. Warum das alles? Es wurde Gold gefunden in dem Loreleyfelsen."

„Das ist ja filmreif."

„Du sagst es, tatsächlich war zu der Zeit ein Filmteam am Ufer des Rheins. Dort wurde eine Leiche von Schlauchbooten aus mit Suchscheinwerfern und langen Stangen aus dem Wasser gefischt. Es war noch dunkel. Der Tag graute erst. Aber es war keine richtige Leiche, sondern eine Wachspuppe, eine Film-Leiche. Die wurde mit einem Leichenwagen in einem Sarg abtransportiert. Meine Leute waren neugierig und sind hinterher gefahren. Und was soll ich dir sagen, die fuhren tatsächlich zum Friedhof. Dort war bereits ein frisches Grab ausgehoben. Dann haben sie den Sarg beigesetzt mit einem Pfarrer und Mess-Dienern. Die ganze Szenerie wurde von dem mitgereisten Filmteam aufgenommen. Das Grab wurde dann zugeschüttet und echte Kränze mit Schleifen draufgelegt."

„Das ist ja richtig spektakulär."

„Es kommt noch besser. Während die Verletzten ihre Wunden lecken, bietet ein Betrüger in einem Hotel Anteilscheine für das Loreleygold an und verkauft an leichtgläubige Bürger mehr als Fünfhundert Zertifikate zu je hundert Euro. In Wirklichkeit erhalten die gutgläubigen Leute nur ein Stück wertvolles Papier, das aussieht wie eine Aktie. Aber das erfahren die Familienväter erst viel später. Einige Tage danach wird im Loreleytunnel eine Puppe entdeckt, nämlich jenen Dummy, wie er von meinen Leuten genannt wird. Wie ist das möglich? Den schleppen sie zu mir ins Präsidium. Ich gab ihnen den Auftrag, am nächsten Morgen in aller Herrgottsfrüh das Grab zu öffnen."

„Gab es zwei solcher Puppen?"

„Natürlich nicht. Es lag eine echte Leiche im Sarg. Es hatte sich herumgesprochen, dass es überhaupt kein Gold gibt. Irgendjemand muss den Verkäufer der Anteilscheine, denn um den handelte es sich, umgebracht haben. Jetzt gingen meine Leute brav von Haus zu Haus. Aber sie fanden nichts heraus. Doch sie brachten mir einen der Kränze mit einer goldenen Schleife mit fürs Labor. Und weil sie am Abend müde und hungrig waren, gingen sie in ein bestimmtes Hotel, um etwas zwischen die Rippen zu bekommen. Der Kellner kam ihnen verdächtig vor. Sie nahmen heimlich einen Glasaschen-Becher mit ins Labor und verglichen die Fingerabdrücke. Und die waren identisch mit denen auf dem Kranz. Wie wir heute wissen, ist das ein schönes Früchtchen mit einem langen Vorstrafenregister. Er hatte ein Motiv, denn er allein hatte einhundert solcher Anteilscheine erworben. Von der Wirtin haben wir erfahren, dass er immer am 13. zur Spielbank geht. Dort haben wir ihn zu dritt beschattet und mitgenommen aufs Revier. Zuerst hat er gestanden. Am nächsten Tag jedoch hat er sein Geständnis widerrufen. Er konnte beweisen, dass es gar nicht seine eigenen Fingerabdrücke sind, und wir mussten ihn laufen lassen. Er war nicht der Täter, nur der Zwillingsbruder des Täters. Während wir ihn verhörten, saß der andere in einer Maschine nach Santiago."

„So meine Herren, gleich wird das Essen aufgetragen."

Elvira kommt mit den Tellern und Bestecken in die Wirtsstube und deckt den Tisch.

„Habt ihr euch gut unterhalten?"

„Ja, wir sind gerade in Santiago. Der Sepp erzählt gerade seine spannende Geschichte von einer Puppe, die beerdigt wird und später durch eine echte Leiche ausgetauscht wurde. Und der Täter flüchtet nach Santiago."

„Und dort ist er noch immer und macht sich ein schönes Leben?"

„Nein, er ist zwar noch dort, aber er wurde aufgegriffen und sollte nach Deutschland abgeschoben werden. Jetzt kommt's. Nun, der Täter hat einen

Zwillingsbruder, einen richtigen Doppelgänger. Den rief der Täter zu Hause in Deutschland an. Der machte sich ebenfalls auf den Weg nach Chile. Alles natürlich mit gefälschten Papieren. Der gab sich in der Botschaft als Beauftragter der Münchner Kripo aus und wollte seinen Bruder in die Heimat bringen. Aber den chilenischen Behörden ist der Bluff aufgefallen. Und jetzt wurden beide in einem Spezialfahrzeug zum Flughafen gebracht. Auf dem Weg dorthin musste der zweite Zwilling mal Pipi machen und bat den Fahrer um eine kurze Pause an einem Parkgelände mit Buschwerk. Der gute Mann gewährte den Stopp, ging aber sicherheitshalber mit nach draußen. Während der Prozedur griff der Zwilling in seine Rocktasche, entnahm ihr eine kleine Sprühflasche mit Mundspray und verpasste dem Fahrer eine Ladung Kampf-Gas mittten ins Gesicht. Der ging sofort zu Boden. Die Gebrüder flüchteten mit dem Dienstwagen in Richtung Flughafen. Dort parkten sie das Auto ordnungsgemäß, gingen dann jedoch zum Busbahnhof und bestiegen dort eine Linie, die nach Argentinien führt."

„Und da laufen sie jetzt in Arrentinen frei rum", wirft der kleine Benedikt ein, der bisher schweigend und staunend hinzugekommen ist.

„Das heißt Argentinien und die laufen nicht frei rum. Sie wurden an der Grenze geschnappt und warten jetzt beide auf den Rücktransport nach Köln."

Aus der Küche schwebt ein appetitanregender Bratenduft in den Raum. Elvira bemerkt, es ist an der Zeit, das Essen aufzutragen. Schon schwebt sie mit einer Schüssel dampfender Knödel in den Raum. Dann erscheint sie erneut mit einer Terrine Wildgoulasch, dem sie einen kräftigen Schuss Rot-Wein beigegeben hat. Der Opa Wendelin öffnet die nächste Flasche von dem Roten und gießt ein. So sitzen sie einträchtig zu Tisch. Benedikt spricht das Tischgebet:

„Komm Herr Jesus, sei unser Gast und segne, was du uns bescheret hast. Amen."

Dann wird es still im Raum, bis auf die vertrauten Klappergeräusche von Messer und Gabel auf dem Essgeschirr. Anerkennende Bemerkungen des neuen Gastes zaubern bei Elvira ein dankbares Lächeln hervor.

Die Gespräche ranken sich um den geschilderten Kriminalfall, der ja gottlob mit der Festnahme des Haupttäters und seines Fluchthelfers, des Zwillings-Bruders jetzt abgeschlossen werden kann.

Nach dem Abräumen des Essgeschirrs hilft der Sepp seiner Elvira in der Küche beim Spülen. Danach wollen sie sich die Beine vertreten.

„Sepp, ich will dir gleich ein Naturschauspiel besonderer Art zeigen, den Rosengarten in der Abendsonne." Sie schlendern Hand in Hand, während Elvira erklärt:

„Also, der Opa Wendelin ist gar kein richtiger Opa. In Ermangelung eines richtigen Großvaters hat der Junge ihn als Opa *adoptiert* Er ist seit zwanzig Jahren Witwer. Seine Frau ist jung gestorben. Er hat mich mit dem Buben aufgenommen, ist ein anständiger und ehrlicher Kerl und behandelt mich wie eine Tochter."

Während des Gesprächs schaut von Meiderich ihr unablässig in ihr Gesicht, bis sie sagt:

„Sieh dir das mal an."

Von Meiderich bewundert das leuchtend rotorange Gebilde des Rosengarten-Massivs. Er findet es unglaublich unwirklich, wie das Felsmassiv reflektierend in der Abendsonne strahlt.

„Wenn ich nicht wüsste, dass hier die Natur mit künstlerischer Hand den Pinsel führt, ich würde sagen, das ist eine Kitschpostkarte."

„Was du so abwertend als Kitschpostkarte bezeichnest, verkaufe ich in unserer Gaststube an die Touristen."

„Genau die werde ich auch kaufen und an meine Kollegen nach Koblenz schicken. Da werden die Augen machen."

Eine Woche danach trifft im Koblenzer Kommissariat eine farbenprächtige Ansichtskarte vom Rosengarten ein.

„Liebe Kollegen, diese Aussicht genieße ich täglich von meinem Domizil in den Dolomiten. Ich liebe die Berge und alles, was drum herum lebt, blüht und gedeiht. Es ist ein ganz anderes Leben. Das könnte auch einem Josef von Meiderich gefallen."

Die Karte wird von Krawuttke an die Pinnwand in seinem Büro gesteckt und als dann vergessen. Eine Woche danach spielt diese Karte erneut eine ganz entscheidende Rolle, ohne von den Kriminalbeamten Hemmersbach und Krawuttke bemerkt zu werden. Viel später reift bei Franz Hemmersbach die böse Erkenntnis, damit einen fatalen Fehler begangen zu haben, ein Fehler mit Folgen, der seine berufliche Karriere hätte zum Scheitern verurteilen können. Aber wie kann eine unschuldige Ansichtskarte überhaupt Schaden anrichten? Sie kann.

Sie kann eine große Liebe zerstören und weitere Menschenleben fordern. Kriminelle Gelüste lechzen nach Rache. Das Böse ist allgegenwärtig, sogar in der unberührten Natur.

Ist der Kerker noch so sicher
Irgendwo gibt es Entwicher

Die flüchtigen Brüder sitzen erneut im Koblenzer Präsidium. Dieses Mal jedoch aus Sicherheitsgründen in Handschellen. Sie warten mit betroffenen Gesichtern auf unbequemen Holzstühlen in Krawuttkes Büro und warten auf den Haftrichter. Eine vergitterte *Grüne Minna* hat sie am Flughafen Köln-Wahn in Empfang genommen und geradewegs nach Koblenz transportiert. Waldemar Obermeier macht einen niedergeschlagenen Eindruck und stiert vor sich hin. Sein Bruder Baldur ist hellwach. Seine Augen gehen unablässig suchend durch den Raum. Die Tür zu von Meiderichs Büro steht offen. Krawuttke erhebt sich von seinem bequemen Schreibtischstuhl, geht rasch ins Büro seines Chefs, um die Akte zu holen. In dem Augenblick dreht sich Baldur um und entdeckt an der Wand die Ansichtskarte vom Rosengarten. Als der Krawuttke zurückkommt, fragt er:

„Entschuldigen Sie, Herr Oberkommissar, ist Ihr Vorgesetzter auch anwesend?"

„Nein, der ist in Urlaub."

Der Haftrichter erscheint und lässt Waldemars Fingerabdrücke nehmen, damit zweifelsfrei nachgewiesen werden kann, dass der den van der Lubbe erschlagen hat. Jetzt stimmen die Abdrücke überein. Waldemars Schicksal ist besiegelt. Er kommt auf der Stelle in seine Zelle und wartet dort auf seinen Prozess. Der Abschied von seinem Bruder beschränkt sich wortlos auf einen Blickkontakt. Waldemar bekommt feuchte Augen. Er kennt seinen Bruder sehr genau und weiß, diesen Blick zu deuten.

Baldur Obermeier besteht nun darauf, ihn von den Handschellen zu befreien. Schließlich ist er kein Schwerverbrecher. Er fährt jetzt schwere Geschütze auf. Als Rechtsanwalt kennt er seine Rechte. Er setzt sein ganzes Vokabular und juristische Winkelzüge ein, redet den Haftrichter schwindelig, spricht von Unschuldsvermutung und zitiert Aktenzeichen von ähnlich gelagerten Musterprozessen. Dann haut er ihm den § 258 StGB um die Ohren: „nemo tenetur se ipsum accusare" (Niemand ist gehalten, sich selbst anzuklagen). „Der Absatz 6 des Strafvereitelungs-Paragraphen besagt, wer die Tat zugunsten eines Angehörigen begeht, ist straffrei." Dem Haftrichter bleibt keine andere Wahl, dem Baldur Obermeier die Handfesseln abzunehmen und, da er einen festen Wohnsitz hat, ihn auf freien Fuß zu setzen. Allerdings hat er ihm in Aussicht gestellt, er müsse sich wegen des § 267 Urkundenfälschung und § 276 Verschaffen von falschen amtlichen Ausweisen noch verantworten.

Der Rechtsanwalt Baldur Obermeier verabschiedet sich überhöflich, jedoch ohne Handschlag von seinem Gegenüber und wünscht ihm noch einen erfolgreichen Tag. Auf dem Rückweg von Koblenz nach München verfolgt er einen Plan, einen teuflisch guten. Im IC nimmt er im Speisewagen Platz, bestellt eine kleine Flasche Pinot Grigio und ein Mineralwasser, dazu das Tagesmenü. Ziel seiner Überlegungen ist die süße Rache an dem Hauptkommissar von Meiderich. Der ist für ihn verantwortlich für die Verhaftung seines Bruders Waldemar. Dafür soll er büßen. Das hat er sich geschworen. Es ist ihm zwar klar, er begibt sich damit in ein neues Abenteuer und in das Risiko einer erneuten Festnahme. Aber das beschissene Leben ist ohnehin ein Teufelsritt. Er muss es nur intelligent angehen. Zwei Fakten sind ihm bekannt. Erstens ist von Meiderich in Urlaub. Und zweitens vermutet er ihn im Rosengartengebiet. Denn eine solche Ansichtskarte steckt als einzige Karte an der Pinnwand von Krawuttkes Büro. Also folgert er, von Meiderich ist am Rosengarten. So einfach ist das. Er stellt sich vor, wie er ihn sucht, ihn vielleicht als einsamen Wanderer entdeckt, wenn er auf einem Berggrat steht und das Panorama bewundert. Und unter ihm tut sich eine Steilwand auf. Oder er entdeckt ihn in einer einsamen Schutzhütte im Gebirge. Und da stehen Gerätschaften herum, zum Beispiel eine Heugabel oder ein Pickel. Keine Zeugen, eine sichere Sache. Oder ein einziger schallgedämpfter Schuss aus der Pistole. Peng und abhauen.

Er könnte auch eine andere Strategie anwenden. Wenn er die Adressen seiner Angehörigen ausfindig machen wird, könnte er denen eine Todesanzeige mit dem Namen des Hauptkommissars zuschicken. „Plötzlich und unerwartet...." Das zermürbt mörderisch. Er stellt sich den Schrecken bildhaft vor, wenn der Brief mit dem schwarzen Rand geöffnet wird und da steht schwarz auf weiß der Name „Josef von Meiderich", darunter: „Hauptkommissar, der nach Gottes Ratschluss in Ausübung seines Berufes von dieser Erde abberufen wurde."

Plötzlich meldet sich eine andere Ecke im Gehirn des Baldur Obermeier. Halt ein, mein Freund, du entwickelst jetzt kriminelle Energie. Der bemerkt den Einwand und bekommt Gewissensbisse. Zum Glück kommt gerade der Speisewagenkellner und serviert ihm dampfende Spätzle mit Wildgoulasch. Sofort bekommt er den Kopf frei. Jetzt ist der Magen dran. Zur Abwechslung rauscht der InterCity jetzt durch den Tunnel bei St. Goar und gibt sogleich den Blick frei auf den Loreleyfelsen. Majestätisch anzusehen, fast unschuldig beharrend, als ob er sagen wollte: „Ich kann doch nichts dafür, ich bin nur ein schlichtes Felsgebilde." Ja, das ist es. Die Menschen sind es, die der Loreley geheime mystische Kräfte zuordnen. Fantasie und Wunschdenken projizierten sie in den Koloss aus Schiefergestein.

Dichterfürsten und Komponisten haben seit jeher den Mythos begründet. Das erkennt nun auch Baldur Obermeier, während sein IC im Bettecktunnel verschwindet und sogleich auch den Kammerecktunnel durchläuft. Der Blick auf den Rhein lässt ihn nicht los. Jetzt hat er ein Auge auf die sieben Jungfrauen, jene Felsformation in der Mitte des Stromes, die der Schifffahrt eine Fahrwasserteilung aufnötigt. Alsbald grüßt Oberwesel, die Stadt der Türme und des Weines mit seinen siebzehn Türmen und der alten Stadtmauer, einer Wehrbefestigung aus dem Mittelalter, die zum großen Teil begehbar ist. Zwei wuchtige gotische Kirchen, im Süden die schlanke Liebfrauenkirche und im Westen auf dem Martinshügel die namensgleiche Martinskirche, deren Kirchenschiff schlichtweg an den Glockenturm aus der ehemaligen Stadtbefestigung angebaut ist. Die Kontrapunkte beider Kirchen werden nur übertroffen von der Schönburg hoch auf dem Bergrücken über der Liebfrauenkirche.

Dann haftet sein Blick auf dem Pfalzgrafenstein, einer Wasserburg mitten im Strom bei Kaub. Hier ging Marschall Blücher in der Neujahrsnacht 1814 mit seinen Truppen über den Rhein, wobei er Napoleons Truppen in die Flucht schlug. Obermeier fällt Victor Hugos Tagebuch einer Rheinreise ein, der schrieb: „Ein steinernes Schiff, ewig auf dem Rheine schwimmend, ewig angesichts der Pfalzgrafenstadt vor Anker liegend." Die Menschen von heute haben ihr eine Beleuchtungsanlage versprochen, damit sie auch nachts Zeugnis ablegen möge von ihrer Schönheit und Grazie. Obermeier wundert sich über seinen Sinneswandel. Zunächst Rachegelüste wie einst bei den raubeinigen Raubrittern am Rhein und nun Sentimentalität angesichts solcher Zeit-Zeugen.

Wie im Zeitraffer registriert er Burg Stahleck über Bacharach, die Heimburg bei Niederheimbach, danach Burg Sooneck und gleich danach die Burgen Reichenstein und Rheinstein bei Trechtingshausen. Drüben auf der rechten Rheinseite gleitet Assmannshausen vorüber, gefolgt vom berüchtigten Binger Loch, das manchem Schiffer Herzklopfen abverlangte, bis das Fahr-Wasser endlich in der Neuzeit großzügig verbreitert wurde. Letzte Station der romantischen Highlights ist der Binger Mäuseturm, benannt nach der Sage um den hartherzigen Bischof Hatto, der als Strafe von den Mäusen gefressen wurde, weil er der hungernden Bevölkerung der Stadt Bingen seine riesigen Vorräte verweigert hat. Drüben schließlich über Rüdesheim, dem Tor zum Rheingau, grüßt das Niederwalddenkmal. Von seinem Bruder Waldemar, der eine weniger rühmliche Zeit in Rüdesheim verbracht hat, weiß Baldur Einzelheiten zur Geschichte des berühmten Denkmals. Es erinnert an den Sieg über Frankreich im Jahre 1870/71 und an die Gründung des Deutschen Kaiserreichs. Das Denkmal wurde 1883 feierlich eingeweiht.

Das 38 Meter hohe Monument gilt als stolzes Sinnbild des Zusammenschlusses der deutschen Stämme. Die fast elf Meter hohe und 32 Tonnen schwere Figur der Germania erhebt mit der rechten Hand die wiedererworbene Kaiserkrone.

Der Kellner räumt das Geschirr ab und Obermeier ordert ein Kännchen Kaffee. Danach vertieft er sich in die *Frankfurter Allgemeine*. Genug Lesestoff bis München, das er um 17:33 Uhr erreichen wird. Nach der Ankunft besteigt er ein Taxi und lässt sich nach Hause fahren. Dort wechselt er die Kleidung und rüstet sich für eine kurze Urlaubsreise in die Tiroler Bergwelt. Er geht früh zu Bett, damit er am nächsten Morgen ausgeschlafen seinen neuen Plan in Angriff nehmen kann.

Balduin reist am nächsten Morgen mit seinem zweisitzigen Sportwagen nach Südtirol. Er hofft, den Hauptkommissar dort zu finden, will sehen, was der von Meiderich zu sagen hat. Er grast alle Bergdörfer ab, von denen man den Rosengarten sehen kann. Er geht in Kneipen und Kirchen, wandert auf ausgetretenen Pfaden. Nichts. Nach einer Woche will er schon aufgeben. Doch dann entdeckt er die gesuchte Person. Noch hält er gebührenden Abstand zu der Zielperson. Obermeier hat sich eine Maskerade zugelegt. Damit kann er sicher sein, der Meiderich wird ihn hier weder vermuten noch erkennen. Der kümmert sich nur um seine Frau und vermutlich um seine Familie. Er hat jetzt doch Skrupel, wird schwach und schreckt endlich vor einem Mord zurück. Nein, das ist er nun doch nicht wert. Aber seinen Zorn kann er damit nicht besänftigen. Jetzt inszeniert er die alternative neue Schweinerei mit der Todes-Anzeige. Er setzt sich in eine Kneipe, bestellt ein Glas Rotwein und ergreift eine Tageszeitung. Doch er interessiert sich nicht für das Weltgeschehen, noch für das Lokale, auch nicht für den Sport. Nein, er liest alle Todesanzeigen aufmerksam durch, sucht einen für ihn geeigneten Text und wandelt ihn ab auf seine Bedürfnisse. Er notiert seinen Text auf einem Zettel, trinkt seinen Wein aus, zahlt und verlässt das Gasthaus mit einem freundlichen Grüß Gott. Drunten im Tal findet er eine Schnelldruckerei. Die druckt ihm zwanzig Kondolenzbriefe mit den entsprechenden Briefumschlägen, bezahlt bar und verschwindet.

Zehn Tage vergehen. Von Meiderich hat sein Urlaubsdomizil leider verlassen müssen. Sein Urlaub ist vorbei, viel zu schnell, wie jeder Urlaub. Gut gelaunt und ausgeruht nimmt er seinen Dienst auf.

„Guten Morgen, meine Herren."

„Oh, der Chef ist wieder im Lande. Guten Morgen."

„Alles in Butter?"

„Alles in Butter!"

Er reicht Hemmersbach und Krawuttke die Hände, hat allerbeste Laune und ist mit sich und der Welt zufrieden. Nein, die Fälle auf seinem Schreibtisch sind heute zweitrangig.

„Nichts ist so wichtig, dass es jetzt und sofort erledigt werden müsste."

Wie doch ein Urlaub einen Menschen verändern kann. Hemmersbach und Krawuttke kennen ihren Vorgesetzten kaum wieder. Das ist ja eine ganz neue Qualität. Was ist nur mit diesem Menschen in den drei Wochen geschehen? Dann rückt Hemmersbach mit seiner Vermutung heraus:

„Chef, bitte schimpfen Sie jetzt nicht mit mir, aber ich glaube, Sie sind verliebt."

„Sieht man mir das an?"

„Man sieht es und man merkt es."

„Sie haben den Nagel auf den Kopf getroffen. Sie sind doch ein guter Polizeipsychologe. Ja es stimmt. Oder stört Sie das etwa?"

„Nein, im Gegenteil, wir freuen uns für Sie."

Schwarzer Rand auf weiß Papier
das zerreißt ein Herze schier

Elvira schenkt dem Postboten einen Enzian ein, während der seine Briefe und Kataloge wie immer auf dem Tresen deponiert. Er kippt seinen Gratis-Schnaps in einem Zug über seine Gurgel und ist schon im Nu verschwunden. Sie denkt, na, dem pressiert´s heut aber. Die übliche Post hat für sie keine Eile. Rechnungen und Reklame haben´s nicht so dringend. Also ordnet sie zuerst das Buffet, stellt die Gläser akkurat in den Schrank und geht dann mit dem Leder über die Theke.

Jetzt wendet sie sich der Post zu. Sie nimmt den kleinen Stapel in die Hand. Doch ein Brief fällt zu Boden. Oh Gott, das ist ja ein Trauerbrief. Sie denkt noch, wer hat denn das Zeitliche gesegnet? Es hat doch gar nicht geläutet im Dorf. Sie öffnet das verschlossene Couvert und wird blass, muss sich sofort setzen. Ohne die Augen von dem Text zu wenden, greift sie mit der linken Hand nach einem Stuhl. Sie liest unter Tränen folgenden Text:

In Ausübung seines Berufes ist heute in treuer Pflichterfüllung seines Amtes unser langjähriger Mitarbeiter und Vorgesetzter, Herr

Josef von Meiderich
Kriminalhauptkommissar

im Alter von 48 Jahren viel zu früh für immer von uns gegangen.
Er wurde das Opfer dunkler Mächte.
Herr von Meiderich war ein aufrechter Charakter, ein geschätzter Kollege und ein gewissenhafter Leiter der Mordkommission.
Wir verlieren in ihm nicht nur einen fähigen Beamten sondern auch einen Freund.
Wir sind betroffen und sprechen den Angehörigen unser tief empfundenes Mitgefühl aus. Das Kollegium wird ihm ein ehrendes Andenken bewahren.

Der Polizeipräsident   Der Personalratsvorsitzende

Elvira stößt einen lang anhaltenden Schrei aus ihrem Leib. Es schüttelt ihren Körper. Ihre Kiefer schlagen hörbar aufeinander. Ihr Körper bebt. Die Knie schlottern. Opa Wendelin lässt im Schuppen nebenan die Axt fallen und eilt in die Wirtsstube. Da ist was passiert, ist sein erster Gedanke.

Mit raschen Schritten rennt er ins Haus. Er trifft auf ein Häuflein Elend, zusammen gekauert auf dem Stuhl sitzend schluchzt Elvira und hält ein Stück Papier ihren Händen. Sie hält es wortlos dem Wendelin hin. Der überfliegt den Inhalt. Schüttelt den Kopf und wird auch ganz blass im Gesicht. Mit der rechten Hand streicht er über Elviras Kopf. Sie sucht Halt an dem alten Mann. Dann blickt sie zu ihm auf.

„Jetzt hab ich ihn ein zweites Mal verloren."

„Um Gottes Willen, wie ist denn das passiert?"

„Das darf einfach nicht wahr sein."

„Wir müssen jetzt einen klaren Kopf bewahren. Es ist nur ein Stück Papier. Wir brauchen nähere Einzelheiten. Wo ist seine Visitenkarte?"

„Droben in meiner Kammer unter der Madonna."

Wendelin war noch nie so schnell im ersten Stock, stürmt in Elviras Zimmer und steht vor der Skulptur. „Wie konntest du das zulassen?" Die Figur mit dem Kind auf dem Arm schweigt.

„Du konntest den Jesus nit retten, wie kannst du denn den Sepp beschützen. Verzeih mir den Frevel."

Wendelin hebt die Madonna vorsichtig hoch, greift nach der Visitenkarte und hastet wieder polternd nach unten.

„Hier ist sie."

„Wenn der Junge das erfährt, wird er sehr traurig sein. Das können wir doch nicht verheimlichen. Nein, das dürfen wir nicht tun. Der Bub ist so stolz auf seinen Vater. Aber das Glück ist ein windig Element, man kann es nicht fassen."

„Elvira, du und der Bub, ihr seid bei mir. Und ich werde so lange ich leb, euer Beistand und Beschützer sein. Ich kann dir zwar den liebenden Mann nicht ersetzen und dem Buben nur ein treusorgender Opa sein, so wie es bisher war. Wenn ich eines Tages abberufen werd, wird dir alles gehören, dafür werd ich sorge."

„Das ist lieb von dir, Wendelin."

„Soll ich mal in Koblenz anrufe?"

„Ja, bittschön. Tu das. Ich kann das jetzt mit meiner verheulten Stimme nicht. Mich versteht doch keiner."

Wendelin geht bedächtig zum Telefon. Was wird ihn am anderen Ende der Leitung erwarten? Wie ist es nur passiert? Wo und unter welchen Umständen? Wann ist die Beerdigung? Dann nimmt er den Hörer in die Hand und wählt. Elvira hält noch immer den Trauerbrief in der Hand und liest zum wiederholten Male mit verheulten Augen wie durch einen dünnen Schleier die Todesnachricht. Die Verbindung scheint zustande zu kommen. Es tutet. Einmal, zweimal, dreimal.

„Kriminalkommissariat Krawuttke.“

„Tschuldigung, hier is der Sepp aus Südtirol.“

„Sind Sie sicher, dass Sie bei uns richtig sind?“

„I glaub schoo.“

„Ich glaub eher, Sie haben sich verwählt. Sie sind hier bei der Polizei.“

„Nein, mein Herr. I bin der Wirt von dem Meiderich Sepp.“

Bei dem Wort Meiderich fällt auch dem Krawuttke der Groschen. Vermutlich hat sein Chef in seinem Urlaubsort eine Reisetasche oder den Regenschirm vergessen.

„Moment, ich verbinde.“

Es dauert einen Moment. Er sagt zu Elvira.

„Er verbindet.“

„Tschuldigung, hier ist der Sepp aus Südtirol.“

„Sepp, bist du das? Ist was passiert? Ist was mit der Elvira oder dem Jungen?“

„Jesses Sepp, du lebscht!?“

„Und wie!“

„Elvira, er lebt – er lebt – er lebt.“

Elvira springt wie elektrisiert auf und hastet zu Opa Wendelin, nimmt ihm den Hörer aus der Hand und putzt sich mit dem Zipfel ihrer Schürze die Tränen aus dem Gesicht.

„Jetzt hör mal genau zu, Sepp, ach ich bin ja so froh, dass du lebscht. Heut´ ist ein Kondolenzbrief mit der Post gekommen. Darin wird dein Tod bezeugt. Ich bin ja so aufgeregt.“

Dann liest sie ihm den ganzen Text vor, während von Meiderich aufmerksam zuhört. Nach einem langen Seufzer sagt Elvira:

„Und ich hatte schon gedacht, Glück sei wie nasse Seife, man kann sie nur schlecht festhalten.“

„Halte die nasse Seife nur ganz fest, ich versichere dir, mir geht es bestens. Selbst meine Mitarbeiter haben es mir auf den Kopf zugesagt, dass ich verliebt bin. Ja ich liebe dich, Elvira und unseren Buben auch. So und jetzt beruhige dich erst mal. Diesen verflixten Brief steckst du mit dem Briefumschlag in einen größeres Couvert und schickst es zu meinen Händen ans Präsidium. Die Adresse ist dir bekannt. Sie steht auf meiner Karte. Den müssen wir untersuchen. Vermutlich ist das ein Racheakt von einem Bösewicht. Und merk dir eines: Totgesagte leben länger.“

Noch während von Meiderich spricht, nickt Elvira mehrfach mit ihrem Kopf. Wendelin steht neben ihr und bekräftigt es ebenfalls mit einem Kopfnicken.

„Auf den Schreck in der Morgenstund muss ein Schnapserl her.“

Sagt´s, wendet sich um und gießt ungefragt zwei Gläser ein.

„So mein lieber Josef, pass gut auf dich auf, ich liebe dich so sehr, wir dürfen dich nicht verlieren. Der Sepp hat uns schon zwei Kurze spendiert. Den genießen wir jetzt auf dein Wohl. Tschüs und behüt dich Gott, mein Lieber."

Opa Wendelin nimmt den Brief, steckt ihn wieder in den Umschlag, kramt aus der Schublade eine größere Briefhülle, steckt das Couvert hinein, klebt es mit seiner Zunge zu und beschriftet es fein säuberlich mit der Koblenzer Adresse.

„So, den bring ich sogleich zum Postkasterl, damit er heut noch weggeht. Und am besten sagen wir dem Benedikt gar nix, wenn er aus der Schul´ kommt. Das würd ihn nur unnötig aufregen."

Als dann der Benedikt singend mit seinem Schulranzen auf dem Rücken zur Tür hereinpoltert, nimmt ihn seine Mutter besonders herzlich in die Arme.

„Was is los? Schoo is de Papa weg, da hängst an mie."

„S´ ist nur wegen der Sehnsucht, du bist doch a Stück von ihm. Lass gut sein, Bub. Deine Mutter is halt e bisserl narrisch."

In Gedanken ist Elvira nur noch bei ihrem Josef. Mein Gott, wäre das schlimm, wenn dem tatsächlich was zugestoßen wäre. Ich war ja so glücklich, als er vor mir stand, als er mich anrührte. Er elektrisierte mich geradezu. Nach all den Entbehrungen der letzten Jahre fühle ich, wir werden zusammen finden und glücklich miteinander alt werden. In dieser Nacht träumt sie sogar von ihm. Sie träumt von den bösen Mächten, die ihm nachstellen, doch er kann ihren Pfeilen immer wieder ausweichen. Den letzten Pfeil allerdings hat er übersehen. Da wirft sich Elvira dazwischen und fängt den Pfeil ab. So groß ist ihre Liebe. Und weil ihre Liebe so groß ist, hat der Pfeil Großmut bewiesen und hat sie nicht verletzt.

Dieser Traum geht ihr am nächsten Tag nicht aus dem Kopf. Er war ja so plastisch, so wirklichkeitsnah. Sie muss sich zwingen, an etwas anderes zu denken. Zum Glück kommen neue Gäste in die Gaststube. Das lenkt sie ab.

Drei Tage danach liegt die Todesanzeige auf von Meiderichs Tisch. Er liest den Text aufmerksam, schüttelt den Kopf und geht damit ins Labor.

„Ihr Experten, ich hab´ hier meine Todesanzeige. Schaut euch die mal an und macht mir bitte ein daktyloskopisches Gutachten. Vielleicht gelingt euch eine Speichelprobe unter der Briefmarke. Denn ich will wissen, ob Finger-Abdrucke oder eine DNA-Analyse möglich sind. Sagt mir bitte Bescheid."

„We do our best."

Noch, bevor die Spezialisten ihre Ergebnisse erhalten, liegt ein weiteres Exemplar auf von Meiderichs Schreibtisch. Als der erneut im Labor erscheint, wehren die Kollegen ab:

„Bitte nicht drängeln, Chef. Gut Ding will Weile haben."

„Ich hab doch überhaupt nichts gesagt. Allein aus meiner Anwesenheit könnt ihr doch nicht folgern, ich wollte euch zur Eile drängen. Nein, meine Herren, ich bringe Fließbandarbeit. Hier ist das nächste Exemplar."

Kaum ist von Meiderich wieder an seinem Schreibtisch, da ruft die Rhein-Zeitung an. Er meldet sich mit seinem Namen und ist irritiert und verwundert über den Anrufer, weil der seine Sprache nicht findet und nur gequält nuschelt.

„Sie sind wohl perplex, weil Sie mit einem Toten reden."

„Sie haben es erfasst. Sie müssen das bitte verstehen, ich halte Ihre Todes-Nachricht in der Hand. Aber Sie leben. Da stimmt doch sicher was nicht."

„Hätten Sie es lieber anders herum?"

„Nein, Gott bewahre, ich wollte Ihnen nur einen Dreispalter mit Foto in unserem Blatt widmen. Das unterlasse ich natürlich. Aber Sie werden als Kriminalhauptkommissar dem Spuk sicher ein Ende bereiten."

„Ich bin bereits dabei. Bitte lassen Sie mir die Nachricht am besten durch einen Kurier sofort zukommen und zwar ohne Umwege und zu meinen Händen."

Der Redakteur wünscht noch einen schönen Tag und legt auf. Von Meiderich braut sich einen starken Espresso. Drei Würfelzucker müssen sein. Er rührt eine Weile gedankenverloren darin herum und schlürf hörbar sein Gebräu.

Er denkt vor sich hin, wird den Verdacht nicht los, dass der eine Zwillingsbruder Obermeier, der Winkeladvokat damit zutun haben könnte. Der betreibt eine böse Zermürbungstaktik aus Rache für seinen inhaftierten Bruder. Wenn er den überführen kann, dann zitiert er den wieder vor den Kadi. Urkundenfälschung, Passvergehen, Vereitelung einer Straftat und grober Unfug mit Bedrohung werden hoffentlich ausreichen, ihn aus dem Verkehr zu ziehen. Aber es könnte auch ein anderer Delinquent sein, den er im Laufe der Jahre hinter Gitter gebracht hat.

Vielleicht steckt ein Komplott mehrerer Knackis dahinter, die über Hintermänner in der Freiheit den Text haben drucken lassen. In Gedanken geht er die Liste von schweren Jungs durch. Bankraub-Willy hat einschließlich der Geiselnahme und schwerer Körperverletzung noch acht Jahre.

Der Brandstifter aus der Eifel, der billigend in Kauf genommen hat, zwei Menschen in die Gefahr des Todes zu bringen, hat noch fünf Jahre zu brummen. Und der Erpresser aus dem Westerwald sitzt noch drei Jahre, weil er Widerstand gegen die Staatsgewalt geleistet hat. Dann haben wir den Drogen-Dealer, der sich sogar ein Dienstsiegel vom Schreibtisch eines Polizeibeamten unter den Nagel gerissen hat, der sitzt noch vier Jahre in der JVA in Wittlich ein. Es will dem Hauptkommissar einfach nicht einleuchten, dass einer von denen gerade jetzt aus der Zelle einen Komplott gegen ihn kolportiert. Er möchte mit Elvira und dem Jungen ein neues Leben beginnen, irgendwo, weg von der Stadt, hinaus aufs Land, in die Eifel oder auf den Hunsrück. Es könnte sogar die Tiroler Bergwelt sein.

Er hätte nie erwartet, jemals so niedergeschlagen zu sein, wie gerade jetzt. Von Meiderich geht an jenem Tag betrübt in seine Wohnung. Er kramt in einer Schublade und stößt auf den alten Schuhkarton mit den alten Schwarz-Weißfotos. Neben den fast vergilbten Bildern findet er Postkarten und alte Schriftstücke, die irgendwann einmal eine Bedeutung hatten.

Ganz unten in der Schachtel findet er ein amtliches Papier, das er schon fast vergessen glaubte. Es dokumentiert einen dunklen Fleck in seinem Leben. Es ist ein Strafbefehl vom Amtsgericht Duisburg aus seiner Meidericher Zeit. Er liest:

Die Staatsanwaltschaft beschuldigt Sie, in der Essen-Steeler-Strasse am Soundsovielten durch drei selbständige Handlungen

1.)   in den Geschäftsräumen eines anderen verweilt zu haben,

2.)   obwohl der Berechtigte Sie aufgefordert hatte, sich zu entfernen,

3.)   indem Sie gegen 15 Uhr im Scharfen Eck verblieben, obwohl Sie

die Zeugin Margot Rinke und in deren Auftrag auch der Zeuge Gork mehrfach aufforderten, das Lokal zu verlassen. Schließlich mussten Sie mit körperlicher Gewalt hieraus entfernt werden, vorsätzlich einen anderen körperlich an der Gesundheit beschädigt zu haben, indem Sie vor dem Lokal mit einem Stein gegen den Zeugen Gork warfen und diesen unterhalb des rechten Auges trafen. Gork erlitt eine Schramme.

Widerrechtlich in die Geschäftsräume eines anderen eingedrungen zu sein und tateinheitlich damit einen anderen beleidigt zu haben, indem Sie nach dem Vorfall zu 2) erneut die Räume des Lokals im Scharfen Eck gegen den Willen der Zeugin Margot Rinke betraten und hierbei auch noch abfällige Redens-arten über die Eheleute Rinke tätigten. Unter anderem sagten Sie, dass Sie über diese Eheleute nur noch „Pfui, Pfui, Pfui" sagen würden Rinke hat hin-sichtlich der Beleidigung und des Hausfriedensbruchs rechtzeitig Strafantrag gestellt (Bl.4), hinsichtlich der Körperverletzung zum Nachteil Gork erfolgt die Verfolgung im besonderen öffentlichen Interesse.

Als Beweismittel hat sie bezeichnet:

I. Ihre Angaben – Bl.7-.

II. Zeugnis: Margot Rinke, Essen-Steeler-Strasse, Duisburg, Blatt 2, PM Teschke, Polizeikommissariat Duisburg, Robert Gork, Kanalstr. 5 Duisburg.

III. Beiakten 7 Ms 47StA. Duisburg

Auf Antrag der Staatsanwaltschaft wird deshalb gegen Sie eine Geldstrafe zu 1) 90,00 DM, hilfsweise 6 Tage Gefängnis, zu 2) 180 DM, hilfsweise 12 Tage Gefängnis, zu 3) 150 DM, in Worten einhundertfünfzig Deutsche Mark und für den Fall, dass diese nicht beigetrieben werden kann, eine Gefängnisstrafe von 10 Tagen (und zwar für je 15,00 DM ein Tag Gefängnis) festgesetzt. Zugleich werden Ihnen die Kosten des Verfahrens auferlegt.[2]

Von Meiderich überlegt, ob es neben seinem Fehlverhalten Elvira gegenüber und dieser unter Alkoholgenuss entstandenen Kneipenaffäre noch weitere Übeltaten in seinem Lebenslauf gegeben hat. Nein, es gibt keine. Und es wird auch keine geben. Dessen ist er sicher. Nur ein Glück, dass dieser Straf-Befehl bei seinem Eintritt in den Staatsdienst nicht aufgefallen ist. Die Geld-Buße hatte er damals sofort gezahlt. Aber sein Gewissen ist wie eine Festplatte im Computer. Jetzt nimmt er den Wisch und zerreißt ihn in Stücke und ab in den Papierkorb. Dann spricht er zu sich: „Du bist eben doch kein strahlender Held, bist auch nur ein Durchschnittsmensch mit klitzekleinen Makken."

Der Mann mit den kleinen Macken geht früh zu Bett, denkt vor dem Einschlafen an seine geliebte Elvira und an seinen Sohn Benedikt, für den er immer noch als väterlicher Held gilt. Möge Gott ihm sein kindliches Vertrauen bewahren.

In der Nacht hat er einen Traum. Er rechnet aus, wie lange seine schweren Jungs noch hinter Gitter sitzen. Das sind noch wenigstens fünf Jahre. Dann will er sich vorzeitig pensionieren lassen. Ein Haus im Grünen erscheint ganz plastisch vor ihm, er heißt jetzt Meidenjeck, und sein Sohn ist erwachsen. Elvira hat silberne Haare, sein eigenes Haar ist weiß. Aber das stört ihn nicht.

In diesen Tagen telefonieren Elvira und von Meiderich täglich miteinander. Sie reden über ihre Zukunftspläne, über eine baldige Heirat, damit sie eine richtige Familie werden. Sie lachen und scherzen, tauschen liebevolle Worte, ohne ihren gemeinsamen Sohn Benedikt auszulassen.

„Ach Gott, ich muss jetzt aufhören, da sind zwei Autos vorgefahren, Gäste aus Bozen und einer aus München."

„Elvira - kannst du das Kennzeichen von dem Münchner Fahrzeug erkennen?"

„Ja, momenterl, das ist M – KL 11, aber warum fragst du?"

„Nichts besonderes, nur so. Bis später mein Schatz. Grüß mir den Wendelin und gib dem Benedikt einen dicken Kuss vom mir!"

Eine Stunde danach läutet das Telefon auf der Alm. Der Wendelin nimmt den Hörer ab.

„Wendelin, hier spricht der Sepp. Hör genau zu, was ich dir jetzt sage: Der mit dem Münchener Sportwagen, ist der Gast im Haus?"

„Ja, warum?"

„Das ist ein von Interpol gesuchter Verbrecher. Versprich mir, dass du Elvira und den Jungen nicht aus den Augen verlierst. Der hat auch die Todesnachricht verbreitet. Wir haben die Speichelprobe unter der Briefmarke untersucht und mit einer Haarprobe verglichen. Vorsicht, das ist ein gewiefter Bursche. Der schreckt vor nichts zurück."

„Jesses Sepp, du machschd mir Angschd."

„Ich hab´ die Carabinieri verständigt. Die werden ihn heut noch abholen. Am besten serviert ihr ihm ein fürstliches Mahl, damit er seinen Platz nicht verlässt. Er muss sich wohlfühlen und in Sicherheit glauben. Fang mit ihm ein Gespräch an, erzähl ihm wundersame und spannende Geschichten aus der Bergwelt. Verstehst du, du musst Zeit gewinnen, bis die Carabinieri eintreffen. Und sage bitte Elvira Bescheid und kümmere du dich ebenso intensiv mit dem Buben."

Ein Schock durchfährt den alten Wendelin, als er in die Wirtsstube zurückkehrt. Er wird Zeuge einer lockeren Unterhaltung zwischen dem neuen Gast und dem Buben.

„Mein Papa ist Polizist."

„Karabinieri?"

„Nicht hier – am Deutschen Eck."

„In Koblenz, also kein Italiener?"

„Nein, er ist Hauptkommissar und ein richtiger Held."

„Wo gefällt es dir denn besser, hier in den Bergen oder in Koblenz?"

„Was ist denn das Deutsche Eck?"

„Wo die Mosel in den Rhein mündet, genau an der Ecke steht ein großes Reiterstandbild mit dem Kaiser Wilhelm. Der sitzt dort auf einem eisernen Pferd. Und da arbeitet auch dein Vater."

„Toll. Das möchte ich auch mal sehen."

Der kahlköpfige Gast mit dem freundlichen Lächeln und dem leicht ergrauten Kinnbart hat offenbar keine Skrupel, in dem Jungen Neugierde zu wecken. Aber da trägt Elvira das Essen auf und bittet ihren Buben, den Herrn jetzt nicht zu stören.

„Geh derweil in die Küche, Benedikt."

„Aber ich will unbedingt mal das eiserne Pferd sehen mit dem Kaiser Wilhelm drauf."

„Wenn es deine Mutter erlaubt, nehm ich dich mit, ich fahre morgen nach Koblenz. Dann kannst du deinen Vater besuchen."

„Au ja, das wär affengeil."

„Ab in die Küche, du Schlingel und stör´ den Herrn nicht beim Essen."

„Oh, Frau Wirtin, das ist ja ein wahres Sonntagsmenü, Fleischsuppe mit Markklösschen gab´s bei Muttern nur sonntags."

„Und hinterher kommt Rinderbraten mit Sauce, Petersilienkartoffeln und junges Wirsinggemüse. Recht guten Appetit."

Elvira lächelt dabei freundlich und verschwindet wieder in der Küche. Dort wartet bereits der Wendelin, der durch das Küchenfenster den Zufahrtsweg im Auge behält.

„Wendelin, wenn der Duweißtschon fertig ist, bringst ihm die Rotweincreme und setzt dich zu ihm, damit er nicht verschwindet."

Der Kahlkopf macht sich über den üppigen Braten her. Die Extraportion schmeckt ihm köstlich. Selten so gut gegessen, denkt er. Und dieser Frau hat er einen riesigen Schecken eingejagt mit der Todesanzeige. Jetzt will er auch noch ihren kleinen Sohn entführen. Den ersten freundschaftlichen Kontakt hat er bereits bei Benedikt eingefädelt. Das Kind ist zutraulich. Dieser Umstand kommt seinem Ansinnen entgegen. Jetzt muss er nur noch sein Vertrauen gewinnen.

Seine nächste Eskalationsstufe wird Kidnapping sein. Die Entführung des Knaben wird eine einfache Übung werden. Dann folgt eine Lösegeldforderung. Beim Dessert, einer wunderbaren Rotweincreme, kommt er auf die Idee, Blut fließen zu lassen, wenn der gescheite Herr Hauptkommissar seine Forderungen missachtet. Mitten in seine Überlegungen gesellt sich Opa Wendelin zu Baldur Obermeier an den Tisch.

„Na, hat´s dem Herrn geschmeckt?"

„Ein wahres Gedicht. Ich war soeben in Gedanken zu Hause in Mutters guter Stube. Da gab´s auch solchen Gaumenschmaus. Man muss eben dem Leib gutes antun, damit die Seele Lust hat, darinnen zu wohnen."

„Das ist ein treffender Spruch, den muss ich mir merken."

„Was ich Sie noch fragen möchte, Herr Wirt, Sie müssen doch ein glücklicher Mensch sein, wo Sie doch ganz nah beim lieben Gott wohnen, hier oben mit den Gipfeln auf Du und Du, so naturverbunden und fern von der Hektik im Unterland."

Und während er es sagt, denkt er über sein gespaltenes Gehirn: Auch du wirst noch ein Waterloo erleben.

„Ja, i bin halt mit mir und der Welt zufriede."

„Das sieht man Ihnen auch an, gesunde Luft, naturnahe Ernährung, die Stille der Bergwelt, das sind Voraussetzungen für Ihre innere Ausgeglichenheit und ein langes Leben."

Die Tür von draußen wird unsanft aufgestoßen. Drei uniformierte Karabinieri stehen plötzlich in der Wirtsstube. Die Gäste blicken erschrocken drein. Alle Gespräche verstummen. Die drei Uniformierten blicken sich suchend um. Der alte Wendelin zeigt schmunzelnd und schweigend mit seinem rechten Zeigefinger auf sein Gegenüber. Ehe Obermeier seine Fassung wiedererlangt, klicken Handschellen. Der Wortführer zieht den Haftbefehl aus seiner Rocktasche und hält ihn dem Obermeier unter die Nase.

„Aufstehen und mitkommen zur Wache. Vorher Zeche bezahlen."

„Aber bitte meine Herren, wie soll ich das machen mit den Eisen an meinen Händen?"

„Kein Problem, wo steckt ihre Geldbörse?"

„Links innen im Jackett."

Ganz vorsichtig tastet der Polizist in die Innentasche und entnimmt ihr die Brieftasche. Vor den Augen des Verhafteten fingert er einen Hundert-Euro-Schein hervor. Elvira ist hinzugekommen, stellt eine Quittung aus. Der Beamte kontrolliert den Wechselvorgang, steckt Quittung und Wechselgeld zurück in die Brieftasche und schiebt diese behutsam zurück in die Rockinnentasche.

„Abmarsch!"

Elvira verfolgt den Abgang durchs Fenster. Einer der Karabinieri lässt sich Obermeiers Wagenschlüssel geben. Obermeier steigt etwas umständlich in das Dienstfahrzeug. Dann verlassen beide Wagen den Parkplatz, bis sie immer kleiner werdend, den Hang hinunter rollen und hinter dem Bergrücken verschwinden.

„Meine Herrschaften, als kleine Entschädigung für den Schrecken darf ich Sie jetzt zu einem Glas Sekt einladen."

Bevor sie das tut, umarmt sie den Wendelin. Der löst sich zuerst, weil er die Gäste nicht länger warten lassen möchte. Während Wendelin den Korken knallen lässt und der Reihe nach eingießt, erklärt Elvira den Gästen die Situation.

„Sie müssen wissen, dieser Mensch ist kein guter. Er hat einiges auf dem Kerbholz. Sein Zwillingsbruder ist ein Mörder und sitzt bereits hinter Gittern. Jetzt wollte der andere sich an dem Vater meines Buben rächen. Durch eine dumme Ansichtskarte vom Rosengarten kam er nämlich auf die Spur zu uns, weil mein Mann seinen Urlaub mit uns verbracht hat. Über sein Autokennzeichen wurde er identifiziert. Nun wird auch er seine gerechte Strafe bekommen. Darauf wollen wir trinken. Sehr zum Wohl."

Elvira eilt zum Telefon und sagt ihrem Liebsten, was sich zugetragen hat.

„Josef, sie haben ihn in Handschellen abgeführt. Damit hat der nicht gerechnet. Er hat seine Rechnung bezahlt. Und der Bub hat überhaupt nichts mitbekommen. Der war zu der Zeit in meinem Zimmer und hat mit dem Polizeiauto gespielt."

„Das ist ja eine gute Nachricht. Das habt ihr ganz großartig gemacht. Du entwickelst dich prächtig zur Polizistenfrau. Ich komme am Wochenende zu euch. Dann werden wir unsere Hochzeit besprechen. Ich liebe dich!"

Doch dann wird das schon greifbare Glück des Josef von Meiderich jäh unterbrochen. Mit baldiger Hochzeit wird's nichts. Ein zweiter Mord an der Loreley fordert seinen uneingeschränkten Einsatz und hat somit all seine privaten Pläne zunächst einmal zunichte gemacht.

Kerbholz

Der Bug schiebt eine dicke, weiße Gischt
Der Rhein fließt mitten durchs Gedicht.

„Ich hätt` es mir nicht träumen lassen, jemals einen Frachter zu besitzen, der mit seinen beiden Dieselmotoren 2000 Tonnen beladen gegen den Strom läuft. Dampfboote haben damals das liebliche Rheintal zugequalmt wie einst die weißen Passagierschiffe „Drachenfels" und „Frauenlob", „Cäcilie", „Bismarck", „Ernst-Ludwig" oder der „Kaiser-Wilhelm I." mit seinen beiden Schornsteinen. Die hab´ ich als Kind noch erlebt. Lang schon sind die in ihrem Schrotthimmel, haben längst ausgedient, ihr Geld verdient mit fröhlichen Touristen. Für die war´s noch ein Abenteuer, gemächlich von Städtchen zu Städtchen zu tuckern, von Land beiderseits des Rheins begleitet von fauchenden Dampfrössern der Eisenbahnen. Ja, die Winzer haben´s hingenommen, den russschwarzen Qualm der Dampflokomotiven und den der Dampfschiff-Fahrt; sie haben sogar darauf geschworen, der Qualm würde die Trauben an ihren Rebhängen vor Frost schützen. Das gehört heute in die Nostalgie-Schublade wie der Krieg. Wenn ich mir vorstelle, ich müsste in meinem Ruderhaus stehen und nur durch schmale Schlitze das Fahrwasser beobachten, weil rings herum ein Schutzwall aus Sandsteinen gemauert war gegen Maschinengewehr-Beschuss feindlicher Tiefflieger, das würde heute niemand mehr auf sich nehmen. Da staunt ihr wohl. Aber das war so. Mein eigener Vater hat das noch erlebt. Freiwillig eingesperrt hinter einer schwimmenden Mauer, und du kannst dich nicht wehren. Und ausweichen kannst du auch nicht. Ein Gutes hatte dieser Umstand aber doch. Er wurde als Schiffsführer vom Militär freigestellt, weil er Erz transportierte für Krupp und für Krauss-Maffei. Die haben daraus Kanonen gebaut und Panzer."

Schiffsführer August Schmitt nimmt einen erlösenden Schluck von dem köstlichen Riesling aus seinem Römerglas, schnauft tief durch, wie nach einer Erleichterung, weil diese Begebenheit der Vergangenheit anheim gefallen ist, setzt sein Glas auf den Pantrytisch seiner Bordküche und sieht mit vorgeneigtem Gesicht sein Gegenüber bedeutungsvoll an und spricht:

„Dann ist es doch passiert. Mein Vater war Rudergänger auf dem Räderboot *Bergrat Kleine* und lag in Bingen unterhalb der Steiger vor Anker. Am Himmel standen bunte Christbäume, die in der Nacht die Szenerie des Bomben-Angriffs auf den Eisenbahnknotenpunkt Bingerbrück erhellten. Dann eröffneten die Alliierten ihr Bombardement. Die Mannschaft, insgesamt zwölf Schiffer, zwei Maschinisten und zwei Matrosen, die Heizer und der Menagemann, war zur Hälfte an Land im Bunker, und mein Vater, der Schmelzer, der Maschinenmeister, der erste Steuermann und der Kapitän flüchteten in den

Holznachen und ruderten zu Tal. Kaum hatten sie ihren Dampfer fluchtartig verlassen, schlug eine Bombe in ihr Räderboot. Die Flüchtenden wurden in ihrer Nuss-Schale durchgeschüttelt, aber sie haben die Explosion heil überstanden, strebten dem Binger Loch zu und schossen geschwind am Binger Mäuseturm vorbei durch die Stromschnelle, nur weg von dem Höllengetümmel. Gegen Morgengrauen trafen sie in Oberwesel ein, sie waren alle schwarz wie die Neger und heilfroh über die gelungene Flucht in allerletzter Minute."

August Schmitt gießt seinem Gast nach, wobei der abwehrend seine Hand über das Weinglas hält und spricht bedeutungsvoll: „Herr Kommissar, das waren noch echte Helden. Ja, ja, das waren noch andere Zeiten. Die halbe Rheinflotte ging in den Keller, versenkt durch Treibminen und Bomben und durchsiebt von Maschinengewehrgarben. Die Verluste an Menschen und an Material waren unvorstellbar. Wir haben heute andere Probleme."

„Welche Probleme haben Sie?"

„Die Konkurrenz ist zu groß. Rotweißblau und schwarzgoldrot, also Holland und Belgien stehen mit uns in einem ruinösen Wettbewerb. Und dann gibt es noch die Schweizer und die Franzosen. Gehen Sie mal auf den Kanal 10,[1] Sie glauben gar nicht, dass wir hier in Deutschland sind. Selbst Polen und Tschechen unterbieten uns. Das ist fürwahr kein Zuckerlecken. Als ich die „Albatros II" in Rotterdam gebraucht erworben hatte, habe ich sie mit einem hohen Aufwand rundum renovieren lassen. Hier, nehmen Sie mal dieses Fotoalbum, da können Sie deutlich sehen, wie sie vorher aussah und was ich mit einem gewaltigen finanziellen Kraftakt daraus gemacht habe. Die ist jetzt fast wie neu."

Kriminalinspektor Franz Hemmersbach betrachtet die Fotos. Gesamtansicht leer, Gesamtansicht beladen mit vollem Flaggenschmuck. Detailansichten im Maschinenraum, die Wohnung mit Küche, Schlafzimmer, Dusche, Toilette, das Ruderhaus mit allen Instrumenten, Echolot und Radar vom Feinsten, dann das Ankerspill am Bug und dem Mastbaum an Steuerbord und Backbord[2], den Kran auf dem Achterdeck für seinen Golf, damit er auch an Land mobil ist.

Unaufgefordert legt August Schmitt seine Schiffspapiere, sein Patent von Rotterdam bis Basel, für die Donau und für die Mosel vor. Hemmersbach wundert sich über die Eilfertigkeit des Schiffers. Warum präsentiert der ihm die Papiere? Ob der vielleicht ein schlechtes Gewissen hat? Hemmersbach überfliegt die Dokumente und schiebt sie ihm wortlos über den Tisch zurück.

---

[1] UKW-Sprechfunk von Schiff zu Schiff

[2] steuerbord rechts, backbord links in Fahrtrichtung

Nun will Hemmersbach doch endlich auf den eigentlichen Zweck seines Besuches kommen. Dabei zieht er das Notizbuch aus seiner Rocktasche und einen billigen auffällig bunten Kugelschreiber. Er fragt:
„Herr Schmitt, Sie haben einen Zwangsaufenthalt hier in Oberwesel. Wie ist es dazu gekommen?"

August Schmitt berichtet dem Kommissar, wie er von Rheinhausen kommend mit seinem Motorschiff den Loreleyfelsen ansteuert. Es ist noch Nacht, Morgengrauen. Der leichte Nebel tanzt wie ein zerrissener Gardinenstoff dicht über der Wasseroberfläche. Zu dieser frühen Stunde nutzt er sein Radar als Navigationshilfe. Zudem zeigt die Signaltafel gegenüber dem Loreleyfelsen drei waagerecht angeordnete weiße Lichtbalken. Er weiß, er hat auf der gefährlichen Gebirgsstrecke bis Oberwesel keine Talfahrt zu erwarten. Er reibt sich die Müdigkeit aus den Augen. Die Nachtfahrt ist kein Kinderspiel für den 58-jährigen Schiffseigner. Wenn er erst den Mittelrhein hinter sich hat, ist`s taghell. Hinter dem Binger Loch wird's einfacher. Dann lässt er seine Frau mal ne Stunde an die Haspel[3]. Natürlich bleibt er dann im Ruderhaus für alle Fälle. Aber er wird sich zwei Mützen Schlaf gönnen auf der gepolsterten Bankkiste. Die beiden Diesel schnurren im Gleichmaß. Seit die Maschinen in Duisburg überholt wurden, gibt es keine Probleme. Diesel sind eben verlässlich. Die „Festbeleuchtung", so nennt er die Fahrlichter, an Steuerbord rechts grün und an Backbord rot links in Fahrtrichtung, versieht den Dienst ebenfalls zuverlässig. Er muss sein Gefährt fordern, weil er gerade hier im unangenehmsten Teilstück des Gebirges Engpässe mit sieben Felsen in der Fahr-Rinne, Sandbänke und Querströmungen, ja sogar Fahrwasserteilung beachten muss. Er sieht die Szene vor seinem „Inneren Auge." Kaum wagt er seine Lider zu schließen, weil er befürchtet, der Ablauf würde abgebrochen wie der Fernseher durch den Ausknopf. Er will Ordnung in seinen Gedanken herstellen, will nur die geplanten, gelungenen Szenen an die Oberfläche fördern. Doch immer schwirren ihm Bruchstücke durch den Sinn, die ihn warnen, keinen Fehler zu begehen. Normale Fehler sind entschuldbar. In diesem Fall jedoch ist jeder Fehler verhängnisvoll.

Nur weg hier. Schließlich hat er noch seinen Termin einzuhalten. Zielhafen ist Ludwigshafen. Chemie und so. Und das ist dringend. Time is money. Sein Echolot zeigt 13 Meter, 11, dann 8 und sofort wieder 12 Meter tiefe Wasser-Löcher oder Schluchten an, kreisende Neere, die einem kleinen Boot durchaus gefährlich werden können. Mit dem Loreleyfelsen im Rücken geht's hart steuerbords ums Bankeck. Schmitt wird unruhig. Nervosität beschleicht ihn.

---

[3] Steuerrad

„Das Rote da auf dem Felsen, das ist keine Tonne. Da liegt was", spricht August Schmitt. „Ich nehme Fahrt raus. Und als ich näher kam, so auf gleicher Höhe, bemerkte ich, das ist eine leblose Frau. Ich wechselte den Funk-Kanal von 10 und ging auf Kanal 18 zur Revierzentrale."

„Revierzentrale Oberwesel für MS Albatros II zu Berg."

„Revierzentrale hört."

„Albatros II auf Bergfahrt bei Stromkilometer 552,7. Ich sehe eine leblose Person auf den Jungfrauen liegen, auf der ersten."

„Revierzentrale verstanden. Wir verständigen den Wasserschutz in St. Goar. Gehen Sie in Höhe der Wernerkapelle vor Anker."

„Wat en Scheiß. Tschuldigung."

„Herr Kommissar, dat war vor zwei Stunden. Die blauen Jungens fuchteln noch immer an der Jungfrau rum, und ich bewundere nur den goldenen Hahn auf dem Zwiebeltürmchen der Wernerkapelle. Dat is dat einzig Glänzende an dem beschissenen Tag."

Franz Hemmersbach ist neugierig. Es gibt nur wenige Kategorien von Menschen, die so neugierig sind: Zeitungsleute, Friseure und Kriminale. Hemmersbach interessiert sich für jedes Detail. Das ist berufsbedingt, muss sein, auch wenn das dem Verdächtigen nicht gefällt. Jeder zählt nun mal zu den Verdächtigen, der mittelbar oder unmittelbar mit dem Opfer in Verbindung stand. Und weil der Schiffsführer die Leiche entdeckt hat, muss er sich eben auch unangenehme Fragen gefallen lassen. Dafür wird Hemmersbach bezahlt. Der Kommissar geht ans Fenster und blickt auf den goldenen Hahn auf der Wernerkapelle.

„Der ist in der Tat glänzend, wie neu."

„Der ist neu, ganz neu, den hab´ich bisher noch nie gesehen."

„Wann genau haben Sie die Leiche entdeckt?"

„Dat war so um halb sechs."

„Haben Sie Zeugen?"

„Hertha, sag mal dem Herrn Kommissar, wo du um halb sechs warst."

„Da lag ich in der Koje, im Tiefschlaf."

„Die Zeiten haben sich aber geändert, früher standen die Schifferfrauen in voller Montur mit dem Handkoffer zwischen der Loreley und dem Binger Loch auf dem Ruderhaus. Frau Schmitt, haben Sie wirklich geschlafen?"

„Tief und fest."

„Nun gut. Haben Sie eine Ahnung, wie die Person auf den Felsen gekommen ist?"

August Schmitt schüttelt den Kopf.

„Also, nein."

„Glauben Sie, die wurde angeschwemmt?"

„Eher nicht, die lag ja obendrauf."

„Es sei denn, sie hätte sich gestern Abend festgehakt bei fallendem Wasserstand, denn wir haben derzeit niedrige Pegel bei dieser Trockenzeit."

„Das lässt sich leicht feststellen."

„Die Wasserschutzpolizei kommt gerade an der Insel Tauberwerth und geht bei Ihnen auf Seite, dann erfahren wir mehr."

„Ich gehe mal raus aufs Gangbord und nehme das Boot an."

Schiffsführer Schmitt erfährt überhaupt nichts. Hemmersbach hat den Eindruck, der Schmitt redet zu viel und sagt zu wenig. Die Wapo[4] nimmt Hemmersbach an Bord und gibt dem Skipper das Zeichen zum Ankerlichten, damit der seine Fahrt fortsetzen kann. Das Dienstboot läuft den Oberweseler Hafen an. Dort wartet bereits Hemmersbachs Kollege Horst Krawuttke. Der macht einen nervösen Eindruck, geht unablässig auf und ab, guckt laufend auf seine Armbanduhr. Schließlich ist es seine erste Wasserleiche.

Das blaue Dienstboot steuert den Steg der Oberweseler Sportbootfreunde gegenüber der Sandverladestelle an und wird mit gekonnten Handgriffen an den Klampen vertäut. Rechts, links und halber Schlag,[5] Zug und fest. Die Beamten heben die leblose Frau, die auf einer Plane liegt, auf den Bootssteg. Dort wird sie mit der Plastikplane dezent abgedeckt. Nur ein roter Stöckel-Schuh lugt unter dem Bündel hervor. Während die Wapo noch einmal zu dem Felsen fährt, um nach möglichen Spuren zu suchen, warten Hemmersbach und Krawuttke auf die Experten der Gerichtsmedizin.

Die beiden Mediziner sind sich in ihrer Auffassung einig. „Junge Frau, um die zwanzig, blond, schlank, gepflegte Erscheinung, keine äußeren Verletzungen. Die blonde Tote ist schön, viel zu schön für eine Leiche. Wie sich viel später herausstellt, ist es die amtierende „Loreley", Repräsentantin der Stadt St. Goarshausen und Aushängeschild für die Touristik, ja für den sagenumwobenen Felsen, den nicht nur geborene Romantiker verehren. Was an anderen Orten am Rhein in der gesamten Weinregion die Weinkönigin bedeutet, verkörpert die „Loreley" in St. Goarshausen, im Schatten des Loreleyfelsens.

Allgemeines Entsetzen in dem beschaulichen St. Goarshausen. Ein schauderhafter Schrecken rührt jeden an. Fassungslosigkeit lähmt jegliche Aktivität. Der Koblenzer Ermittler Hemmersbach sitzt mit seinem Kollegen Krawuttke buchstäblich vor einem Nichts. Sie müssen systematisch vorgehen. Wer ist die Tote wirklich? Die Eltern müssen herbei. Was ist die Todesursache? Ertrunken, erdrosselt, oder sonstige Gewalteinwirkung? Waren Drogen im Spiel? Der Fundort im Rhein lässt nicht unbedingt auf den Tatort

---

[4] Wasserschutzpolizei

[5] Einfacher Schifferknoten

schließen. Wie sieht das Umfeld aus? Freunde, Neider, Feinde, Eifersucht, Liebschaften, Kontakte, ein persönliches Telefonverzeichnis, Tagebuch oder Handynummern, Bildungsstand, Führerschein, Sportbootschein, Konfession, politisches Engagement? Wer kann Auskunft geben über die Tagesabläufe? Gibt es überhaupt Tatzeugen? Es ist ihr Beruf, all diesen Fragen nachzugehen.

Hemmi, so wird Hemmersbach von seinen Kollegen genannt, legt eine Liste der möglichen Verdächtigen an. Die Tote ist zweiundzwanzig Jahre alt, von Beruf Bankangestellte in Koblenz. Große Bestürzung im Bankinstitut. Zwölf Kolleginnen und Kollegen notiert Hemmi mit Namen, Anschriften und Telefonnummern. Der Bekanntenkreis besteht aus dem Freund der Toten, Michael Ackermann, dem Ex-Freund Johannes Wickert, sechs Kegelschwestern und der Amtsvorgängerin der Loreley, Eva Backes. Damit sind schon mal einundzwanzig Gespräche zu führen. Hinzu kommen der Schiffsführer der „Albatros II" und seine Frau. Eigentlich kennt er den Albatros nur als Sturmvogel der südlichen Meere. Nun aber ist der Albatros zum traurigen Rabenvogel mutiert, zum Unglücksraben und zum Unheilverkünder. Hemmi merkt sofort, mit seiner Zettelwirtschaft in dem Fall Loreley kommt er nicht weiter. Er eröffnet eine Exceldatei in seinem Computer, richtet Rubriken ein mit „wer, was, wann, wo, warum." Die müssen jetzt mit Leben erfüllt werden. Mitten drin schreit das Diensttelefon. Hemmi hebt ab:

„Hemmersbach."

Er vernimmt einen schon bekannten Seufzer.

„Von Meiderich."

„Ja, Chef?"

„Das Obduktionsergebnis von der Loreley liegt vor. Eine Einstichstelle am Hals unter den Haaren. Giftspritze. Die Bilder sind noch im Fixierbad. Wann besuchen Sie die Eltern? Die müssen herbei, um die Tote zu identifizieren. Kein Sexualdelikt, keine Drogen und so. Mageninhalt sauber, vor allem kein Rheinwasser. Wie gehen Sie vor?"

„Kollege Krawuttke und ich haben uns bei den Eltern telefonisch angemeldet. Die Eltern sind am Boden zerstört. Die örtliche Polizei hat sie verständigt. Das macht uns die Aufgabe erträglicher. Morgen um zehn werden wir dort sein. Die Befragung der Angehörigen könnte uns nützliche Hinweise geben, denen wir dann nachgehen werden."

„Halten Sie mich auf dem Laufenden."

Dann macht es knacks in der Leitung. Hemmi ruft in Richtung offner Tür zum Nebenzimmer:

„Krawuttke, der MSV hat angerufen. Wir haben morgen um zehn Termin in St. Goarshausen bei den Eltern der Toten. Bitte gedeckte Krawatte anlegen." Aus dem Nebenraum kontert eine Stimme:
„Jawoll Sir, Krawuttke mit Krawatte. Abfahrt um neun?"
„Abfahrt um neun."
Hemmersbach auf dem Fahrersitz und Krawuttke auf dem Beifahrersitz fahren über die Pfaffendorfer Brücke und biegen danach rechts ab, um zur B 42 zu gelangen. Sie sitzen wortlos nebeneinander. Erst weit hinter Lahnstein äußert sich Hemmersbach:
„Wenn wir den Täter gemeinsam dingfest machen, dann geb ich einen aus.
„Das ist ein Wort."
„Dann nix wie hin."
Dann wieder Schweigen. Gerade will Hemmi die Geschichte von den beiden Fabrikschloten auf dem Bergrücken über Braubach erzählen, wo heute noch die Weinberge beheizt werden, als ein entgegenkommender Daimler einen Sattelschlepper überholt und Hemmi zur Notbremsung zwingt.
„Hat man jemals einen solchen Arsch am Steuer gesehen", brüllt Hemmersbach. Beide blicken instinktiv in die Rückspiegel.
Hemmersbach entziffert den ersten Teil des Kennzeichen uns sagt: „DU" und Krawuttke hat den zweiten Teil „SA."
Krawuttke flachst:
„Es fehlt nur noch ein „U", dann würde es in der Tat DU – SAU heißen."
„Lassen wir ihn sausen, diesen Arsch. Schrecksekunden gehören zu unserem Beruf." Und nach einer kurzen Verschnaufpause fragt Krawuttke:
„Gibt es wirklich beheizte Weinberge?"
„Gibt es nicht. War nur ein Gag. Die Schlote gehörten früher mal zum Silberbergwerk. Und nun Schluss damit. Wir sind schließlich in einer ernsthaften Mission unterwegs."
Das Hotel Römerhof ist ein wuchtiges Anwesen. Wilder Wein bedeckt die Fassade. Der Wind bewegt die grünroten Blätter wie eine Laolawelle. Auf dem Hotelparkplatz stehen keine Fahrzeuge. Die beiden Kripobeamten sehen sich schweigsam an. Dann nimmt Hemmi den Zündschlüssel an sich. Die Eingangstür ist verschlossen. Ein weißes Schild gibt Auskunft. „Wegen Trauerfall geschlossen." Krawuttke klingelt. Hans Reinhardt öffnet und bittet die Beamten herein.
„Hemmersbach ist mein Name, das ist mein Kollege Krawuttke. Wir sind angemeldet." Der Form halber zeigt Hemmersbach seinen Ausweis, den Herr Reinhardt unbeachtet übersieht.
„Mein Beileid, schlimme Sache", stammelt Hemmersbach. Krawuttke gibt ebenfalls seine Hand dem betroffenen Vater und sagt:

„Sehr schlimme Sache, herzliches Beileid auch meinerseits."

Man trifft sich im Frühstücksraum. Frau Reinhardt sitzt wie ein Häuflein Elend mit verweinten Augen mit dem Rücken zur Wand an einem Tisch und reicht den Besuchern schweigend ihre Hand. Dann bricht es aus ihr heraus: „Warum nur musste sie sterben? Sie war unsere ganze Hoffnung, ein fröhliches, braves Kind, strebsam, fleißig und lebensfroh. Warum konnte ich nicht an ihrer Stelle sterben?"

„Deshalb sind wir zu Ihnen gekommen, um genau dieser Frage nachzugehen."

Hemmersbach wird dienstlich.

„Wann haben Sie Ihre Tochter zuletzt gesehen?"

Krawuttke zückt sein Notizbuch und notiert.

„Vorgestern früh fuhr sie froh gelaunt zur Arbeit."

Krawuttke will es ganz genau wissen.

„Also, am Donnerstagvormittag, dem 12. Wann bitte hat sie das Haus verlassen?"

„Das war um sieben Uhr, nein, es war zehn Minuten vor sieben", antwortet Hans Reinhardt.

„Im Radio wurden gerade die Wasserstandsmeldungen durchgegeben."

Hemmersbach hakt nach.

„Und Sie beide waren im Haus?"

Beide nicken und wischen sich mit Taschentüchern die Tränen aus den Augen.

„Frau Reinhardt, Herr Reinhardt, ich muss Sie bitten, Ihre Tochter in Koblenz zu identifizieren."

Dabei überreicht er seine Visitenkarte.

„Geht das morgen um elf Uhr im Präsidium? Die Adresse steht drauf, Zimmer ebenfalls."

„Morgen ist Sonntag."

„Ja, morgen ist Sonntag, aber es muss sein. Vielleicht bringen Sie uns eine Liste mit den Namen und Adressen aller Bekannten, aller Freundinnen und Freunde, mit denen Ihre Tochter Umgang hatte. Also, möglichst alle Kontakte, auch wenn es aus Ihrer Sicht unlogisch erscheint. Wir brauchen Anhalts-Punkte."

Nachdem Hans und Gretel Reinhardt am Sonntag den schweren Gang zur Gerichtsmedizin und zum Präsidium hinter sich gebracht haben, um ihre Tochter zweifelsfrei zu identifizieren, macht sich Hemmi über die von den Eltern mitgebrachte Liste her. Bei der Verabschiedung der Reinhardts will Gretel Reinhardt doch noch eines loswerden:

„Herr Kommissar, liegt unsere Laura nicht wie ein Engel da?"

„Ja, das tut sie, wie ein Engel."

„Sie sollten vielleicht doch mal mit ihrem Freund Michael Ackermann sprechen. Der gehört ja schon fast zur Familie."

„Auch das werden wir tun."

„Und auch mit dem Exfreund Joachim Wickert."

„Ja, Frau Reinhardt, und die Eva Backes, die Amtsvorgängerin in der Rolle
der Loreley, möchten wir ebenfalls befragen."

Hans Reinhardt schaltet sich ein:

„Der Micha war ja strikt dagegen, dass Laura das Amt überhaupt angenommen hat. Seine Eifersucht ist sehr ausgeprägt. Aber das Kind wollte doch unbedingt „Loreley" werden. Wäre ja auch vorteilhaft für unseren Hotelbetrieb
gewesen."

Beim Hinausgehen sagt Hemmersbach noch beiläufig:

„Die Beisetzung können Sie für Dienstag ansetzen."

Bei dem Wort Beisetzung fangen die beiden Eltern wieder zu weinen an. Sie
benutzen Taschentücher, um ihre feuchten Augen zu wischen und verlassen
wortlos das Präsidium.

Michael Ackermann ist ein Mann von vierundzwanzig Jahren, gut aussehend,
brünettes halblanges Haar mit Scheitel rechts und einer Tolle bis zur Stirn.
Insgesamt verkörpert er eine gepflegte Erscheinung. Seine Augen sind feucht
und traurig, als er vor Kommissar Hemmersbach in dessen Büro vor dem schäbigen Schreibtisch sitzt. Er wirkt nervös. Spielt mit dem rechten Zeigefinger in
seiner Tolle.

„Darf ich rauchen?"

„Ja, bitte."

Er fingert eine Packung Marlboro aus seiner Jackentasche. Hemmersbach gibt
ihm Feuer und zündet sich ebenfalls einen Glimmstängel an. Der inhaliert den
Rauch tief in sich hinein und bläst ihn mit einem vernehmbaren Schnaufer
wieder aus.

„Sie sind also, Sie waren mit der Laura befreundet."

„Fast verlobt."

„Wie alt sind Sie, Herr Ackermann?"

„Vierundzwanzig, in drei Monaten werde ich fünfundzwanzig."

„Ihre Adresse haben wir. Aber was machen Sie beruflich?"

„Ich bin beim Wasser-und Schifffahrtsamt beschäftigt."

„Und was genau machen Sie dort?"

„Ich sitze in Oberwesel in der Revierzentrale am Leinpfad direkt am Rein-
Ufer."

„Dann haben Sie Schichtdienst. Auch nachts?"

„Das ist korrekt."

„Ich muss Sie das fragen: Wo waren Sie am Donnerstag, 12. Juni? Wie sah Ihr Tagesablauf aus? Wann haben Sie die Laura zuletzt lebend gesehen? Bitte der Reihe nach!"

„Ich kann alles belegen. Wir haben uns am Mittwochabend in den Rhein-Anlagen vor St. Goarshausen zuletzt gesehen, auf einer Parkbank mit Blick über den Rhein und auf St. Goar mit der angestrahlten Festung Rheinfels. Das ist eigentlich ein ideales Plätzchen für Verliebte."

„Sie hatten eine gemeinsame Zukunft geplant?"

„Ja, das hatten wir."

„Aber Sie hatten sich gestritten!"

„Woher wissen Sie das?"

„Junger Mann, ich stelle hier die Fragen."

„Ja, ich war gegen das Ehrenamt, das ihre Freizeit eingeengt hatte. Ich mochte sie nicht so oft entbehren."

„Wie äußerte sich das?"

„Wir liebten uns, und ich hatte was dagegen, wenn sie in der Öffentlichkeit an wildfremde Fuzzis, an feiste Säcke und geile Hengste Küsschen verteilte."

„Kann man sagen, Sie waren eifersüchtig?"

„Ich bin es heute noch."

„Sie ist tot."

„Ja, sie ist tot. Aber in meinem Herzen lebt sie weiter, und Gnade demjenigen, der sie auf dem Gewissen hat."

„Gemach, Herr Ackermann, Sie wollen mir doch nicht meinen Job abspenstig machen. Keine Alleingänge. Könnte es nicht auch sein, dass Ihre überzogene Eifersucht ein Motiv ist?"

„Das ist doch nicht Ihr Ernst."

Michael Ackermann scheint als Täter nicht in Frage zu kommen, obschon er krankhaft eifersüchtig auf jede Mannsperson ist. Dennoch glaubt Hemmi dem Michael, lässt es ihn jedoch nicht wissen.

Ein Motiv hat auch Joachim Wickert, war mit Laura zwei Jahre liiert. Er soll einmal im Zorn geäußert haben, wenn er sie nicht haben könne, dann würde sie auch kein anderer bekommen. Mit dieser Bemerkung will er den Wickert festnageln. Aber Mord? Es kommt zu Widersprüchen. Hemmi wird ganz schön ruppig.

„Kann es nicht auch sein, dass Sie von Geldnot und von Eifersucht geplagt sind? Geld ist immer ein Motiv, und Eifersucht verdoppelt den Verdacht. Wenn dann noch schwelende Rachegelüste im Spiel sind, dann wird der Staatsanwalt hellwach. Der wird Sie unter Umständen in der Verhandlung vereidigen lassen. Und wenn Sie dort nicht wahrheitsgetreu aussagen oder gar einen Meineid begehen, wartet ein Jahr gesiebte Luft auf Sie."

Joachim Wickert wird unsicher. Es bilden sich Schweißperlen auf seiner Stirn. Er kratzt sich mit dem rechten Zeigefinger hinter dem Ohr, ein Zeichen seiner Verlegenheit. Zudem versucht er, dem Blick des Kommissars auszuweichen. Hemmi bohrt weiter.

„Laura hatte zwei Tage vor ihrem gewaltsamen Tod ein geheimes Treffen mit Ihnen auf der Hafenmole des Loreleyhafens, ganz vorne auf der Spitze, wo die Bronzestatue der Loreley steht. Dafür gibt es Zeugen."

„Wer will uns gesehen haben?"

„Ich stelle hier die Fragen. Und wehe Ihnen, wenn Sie lügen. Wir wissen, dass Sie dort gewesen sind. Ging es um Geld oder um Liebe?"

Keine Reaktion.

„Wenn Sie es mir nicht sagen wollen, werde ich Sie vor den Untersuchungsrichter zerren. Und da werden Sie auspacken. Ging es um Geld?"

„Ja verdammt, es ging um Geld, um Zwanzigtausend Euro. Laura ist, war doch bei der Bank. Ich brauchte den Kredit."

„Wofür?"

„Einfach so."

„Einfach sooo? Für wen halten Sie mich eigentlich? Ich will Ihnen mal was sagen: Ich werde Ihre finanzielle Situation unter die Lupe nehmen. Hier geht es um Mord. Oder glauben Sie, das Bankgeheimnis gilt noch bei Mord und Totschlag?"

„Nein, ist ja gut."

„Also, raus damit!"

„Ich hatte die zwanzig Mille gebraucht für mein Sportboot, eine Nimbus 2600, aus zweiter Hand, gekauft an der Mosel beim Händler. Das Boot liegt im Hunthafen."

„Aha – und damit kann man auch zu den *Sieben Jungfrauen* fahren."

„Nein – ja doch kann man das. Aber damit habe ich nichts zu tun."

Hemmersbach greift zu seinem Handy und wählt eine Nummer. Er sieht dabei zum Himmel, der sich anschickt, regenschwere Wolken vor die wenigen noch blauen Lücken zu schieben, wodurch sich der Nachmittag drohend verfinstert. Schwarze Krähen segeln kreisend über dem Hafenbecken. Hemmersbach denkt an Aasgeier.

„Ja, Hemmersbach hier. Schick doch mal den Spurensucher in den Hunthafen bei Fellen. Dort liegt eine Nimbus 2600 mit dem Namen."

Er stockt und schaut fragend zu Wickert. Der ergänzt:

„Sonja."

„Also, du suchst das Boot Sonja und nimmst Fingerabdrücke, Faserspuren, volles Programm. Wann bekomm ich die Ergebnisse?"

Hemmersbach nickt mit dem Kopf, nachdem ihm der Zeitpunkt genannt wurde und beendet das Telefonat.

„Halten Sie sich zu meiner Verfügung. Bleiben Sie mit Ihrem Handy auf Empfang. Noch eine letzte Frage, Herr Wickert. Wie alt sind Sie und was machen Sie beruflich?"

„Ich werde am nächsten Dienstag zweiundzwanzig und bin beim Statistischen Landesamt in Bad Ems beschäftigt."

„Am Dienstag wird Laura beerdigt."

„Oh Gott."

Damit verabschiedet sich Hemmersbach und geht grußlos zu seinem Dienst-Wagen. Die Eva Backes ist Hemmersbachs nächste Adresse. Sie bietet ebenfalls ein Motiv. Jetzt, wo Laura als Loreley nicht mehr zur Verfügung steht, darf sie das Amt noch ein Jahr lang übernehmen. Das hat sie sich zwar immer gewünscht, aber sicher nicht um den Preis eines Mordes.

„Frau Backes, wie beurteilen Sie Ihr Verhältnis zu Laura?"

„Wir waren befreundet."

„Eng?"

„Nein, nicht eng, eher locker. Wenn ich ehrlich bin, ich mochte sie nicht besonders. Sie verkörperte eher den Strebertyp, den Erfolgsmenschen, Karriere, ich dagegen bin eher mehr häuslich orientiert. Unsere Vorstellungen von einem erfüllten Leben gehen da auseinander. Für mich ist Familie mehr als Beruf. Ich zähle eher zu den Stubenhockern, während Laura ein Mensch der Öffentlichkeit darstellte. Nein, unsere Kontakte waren eher kühl."

„Was machen Sie außer Stubenhocken sonst noch?"

„Sie meinen beruflich?"

„Genau das!"

„Ich bin Reiseverkehrskauffrau in Lahnstein."

„Und das vereinbart sich mit Ihrem Sitzfleisch?"

„Wie man´s nimmt. Ich verkaufe Freizeit, Erholung, Urlaub, Sonne und Badevergnügen. Es soll ja auch Metzger geben, die kein Fleisch essen."

Am Sonntagabend treffen sich Michael Ackermann, Joachim Wickert und Eva Backes im Hof der Straußwirtschaft am Rheinufer. Im Schutz einer alten Linde sitzen sie auf grob gezimmerten Holzbänken an einem blank gescheuerten Holztisch im Innenhof, trinken Schorle und sprechen über ihre Erlebnisse im Zusammenhang mit Laura. Sie alle sind bedrückt. Jeder von ihnen scheint verdächtig. Sie sprechen offen über das erste Verhör durch den Kripobeamten. Man isst Handkäs mit Musik[7] und eine Scheibe Bauernbrot mit knuspriger Kruste. Alle beteuern glaubhaft, wahrlich nichts mit dem Mord zu-

---

[7] mit Zwiebel, Oel und Essig

tun zu haben. Ja, sie schwören sich sogar gegenseitig, nur die reine Wahrheit gesagt zu haben. Das diffuse Licht der untergehenden Sonne verzaubert den Innenhof, bevor auf dem Beton fette Regentropfen als dicke Kleckse zerplatzen. Da braut sich was zusammen. Ein heftiger Gewitterguss lässt eilige Betriebsamkeit aufkommen. Die Goldfische in dem nahen Teich berührt das nicht. Auch die träge Landschildkröte in der Ecke bleibt unbeeindruckt. Das hellgrüne Dach der Linde bietet keinen Schutz. Fluchtartiger Aufbruch mit dem Teller in der Hand. Blitz und gleichzeitiger Donnerschlag jagt die Gruppe in die ausgebaute Scheune. Hier sitzen Nachbarn. Als sie dort eintreffen, verstummen die Gespräche an den Nachbartischen. Jeder weiß, diese Clique gehört zum Stadtgespräch. Es ist still wie in einer leeren Kirche. Aber nur kurzzeitig, denn der Wein macht einfach gesprächig. Flüstern wie im Beicht-Stuhl. Es wird getuschelt über Laura und ihren Lebenswandel. Da hocken sie beisammen, zwei streitbare Galane und eine Konkurrentin. Wer von denen hat Dreck am Stecken? Ja, der Krug geht so lange zum Brunnen, bis er zerbricht. Das Glück ist zerbrechlich wie ein Champagnerglas, und Eifersucht ist eine tickende Bombe. Die Alte von der schwebte schon immer einen Meter über dem Boden, wollte einen Kometen machen aus der Tochter, Filmstar, Fernsehgröße, Aushängeschild für den gesamten Mittelrhein, vielleicht sogar Schönheitskönigin. Die spinnt doch, die Alte. Jetzt hat sie die Quittung. Die Laura soll ja in der Bank den Kerls den Kopf verdreht haben. Würde mich nicht wundern, wenn der Übeltäter hinter dem Bankschalter zu suchen wäre, vielleicht sogar ein verheirateter Mann. Soll ja alles schon vorgekommen sein. Gehässig? Ich bin doch nicht gehässig, man spricht doch nur aus, was man denkt. Gedanken sind schließlich zollfrei.

Kriminalhauptkommissar von Meiderich runzelt die Stirn. Er blättert auffällig schweigsam in der Loreley-Akte. Seine Gedanken kreisen um einen ungelösten Mordfall. Er ist unzufrieden mit sich und der Welt. Er kennt zwar das Erfolgsgefühl nach einem gelösten Fall, wie zuletzt nach dem Goldrausch an der Loreley. Damals schlich sich ebenfalls Resignation bei ihm ein. Er wollte sogar seinen Dienst quittieren, wollte fortan mit seiner geliebten Elvira und mit dem Jungen ein friedvolles Leben auf dem Lande verbringen, weg von jeglichem Erfolgsdruck, weg von der Rund-um-die-Uhr-Präsenz im Namen des Volkes. Er registriert sehr wohl die Anspielungen seines strebsamen Mitarbeiters Hemmersbach, der ihm die vorzeitige Pensionierung schmackhaft machen möchte. Da hat er doch nur ein einziges Mal eine Bemerkung fallen lassen, dass er darüber nachgedacht hat, sich vorzeitig zurückzuziehen, und schon spricht ihn der Personalratsvorsitzende darauf an. Man darf doch tatsächlich nicht einmal laut denken. Diese Plaudertasche Hemmersbach ist wohl scharf auf seinen Posten. Einerseits ist von Meiderich daran gelegen, dem

Hemmersbach die Suppe zu versalzen, im äußersten Fall wird er sich von seiner Nummer eins trennen nach dem Motto: *Wer nicht mit der Zeit geht, der geht mit der Zeit.* Andererseits würde ihm ein vorzeitiges Ausscheiden schon entgegenkommen. Dieses Thema will von Meiderich nicht hier und heute entscheiden. Solche Schritte müssen gut überlegt sein. Schließlich ist das ja auch ein wirtschaftliches Thema. Es sei denn, er findet zu der ohnehin spärlichen Frühpension ein Zubrot, zum Beispiel als Privatdetektiv. Dabei könnte er seine bisherige Erfahrung einbringen und brauchte kein neues Know-how erlernen. Aber dann kommt er vom Regen in die Traufe. Ja, die Traufe kann ein Sammelbecken von Tränen werden, von listigen Nachstellungen und Bedrohungen, von Jagen und gejagt werden. Er verwirft diesen Plan auf der Stelle. Er wird sich genug Zeit lassen. Irgendwann wird sich eine Möglichkeit auftun, nebenbei noch einige Euro bei freier Zeiteinteilung zu verdienen. Ein Josef von Meiderich lässt sich auf kein neues unkalkulierbares Risiko ein.

Josef von Meiderich ist mit dem blaublütigen Prädikat in seinem Namen nicht ganz glücklich. Sein masurisches Heimatdorf Meidenjeck mit seinen niedrigen Hütten und Ställen wurde er an der Schwelle zum Erwachsenen-Alter überdrüssig. Alle Bewohner hießen Meidenjeckis, ach mein Gottchen, einfach strukturiert und bettelarm. Durch einen Schreibfehler eines, will mal sagen, unausgeschlafenen Standesbesamten geriet das Wörtchen „von" in seine Papiere. Später, nach seiner Ankunft im Westen ließ er seinen Familien-Namen eindeutschen. Der Duisburger Beamte hingegen war preußisch korrekt, ließ sich zwar auf eine Namensänderung in die jetzige Version „Meiderich" ein, wollte aber partout nicht auf das schmückende „von" verzichten. Nun, in Gottes Namen adelt es den Hauptkommissar. Manchmal denkt er zurück an das bescheidene Elternhaus, an Speck und Fladenbrot, an Eier und Gurken, an Karnickel und Gänse und an die eisigen Winter mit dem Leben rings um den einzigen Ofen, dessen offene Tür behagliches Licht spendete.

Hemmersbach macht einen Blitzbesuch im Koblenzer Bankinstitut. Er zeigt brav seine Legitimation und lässt sich von dem Filialleiter eine Liste vorlegen mit den Namen der Kunden, zu denen Laura am Donnerstag, 12. Juni Kontakt hatte. Die Liste ist kurz. Es sind lediglich drei Namen, wobei Hemmi bei dem einem Namen stutzig wird, sich jedoch nicht dazu äußert.

„Gibt es zu diesen Namen auch Adressen?"

„Wie meinen Sie das?"

„Hab ich mich so undeutlich ausgedrückt?"

„Nööö."

Hemmersbach reicht den Zettel zurück und wartet, bis der Filialleiter die Anschriften ergänzt hat.

„Sie haben mir geholfen – danke. Machen Sie weiterhin gute Geschäfte. Ich komme auf Sie zurück."

Hemmersbach ist kurz angebunden. Er hat es eilig. Denn da steht ein ihm bekannter Name auf der Liste.

Der Brief ist anonym, ohne Absender, ohne Unterschrift. Der Poststempel lautet: Briefzentrum Duisburg. „An Polisei Koplenz, such den Kerphols." Von Meiderich stutzt. Nanu, das riecht nach Ostmaffia. Von Meiderich stiert lange auf die Botschaft, lange und wortlos. In seinem Gehirn spielt sich eine unglaubliche Geschichte ab. Was hat jemand aus Duisburg mit einem Mordfall an der Loreley zu tun?

„Kollege Hemmersbach, kommen Sie bitte mal in mein Büro."

„Sofort Chef."

Hemmersbach lässt alles liegen und erscheint unverzüglich bei seinem Vorgesetzten. Der hält ihm den Brief unter die Nase.

„Was halten Sie davon?"

„Chef, unsere Strategie ist falsch!"

„Na, dann bin ich aber gespannt, haben Sie etwa schon die Lösung?"

„Fragen Sie mal anders herum. Nicht wer hat was auf dem Kerbholz, sondern wo ist das Kerbholz?"

„Chef, ich bitte um den Fahrbefehl. Vorher ruf´ ich die Revierzentrale in Oberwesel an und lass mir den derzeitigen Standort von MS Albatros II geben. Da ist mir was aufgefallen. Ich fahre morgen ganz früh los, dann bin ich zur Beerdigung rechtzeitig zurück."

Hemmi rast noch vor Tag über die A 61 nach Mannheim. Aber da findet er das Schiff nicht. Albatros II liegt drüben in Ludwigshafen, unweit der BASF. Er geht zum Schiff.

„Hallo Skipper."

Hemmersbach gibt sich jovial.

„Bitte an Bord kommen zu dürfen."

Das klingt recht verbindlich und wiegt den Schiffsführer in Sicherheit. Man begrüßt sich per Handschlag. Schmitt geht über das Gangbord voraus nach achtern in den Wohnbereich.

„Grüß Gott Frau Schmitt, wir kennen uns bereits, Hemmersbach mein Name, Kripo Koblenz."

„Ja, Sie waren letzte Woche an Bord, wo mein Mann die Frau auf dem Felsen entdeckt hat."

„Woher wissen Sie denn, dass das eine Frau ist?"

„Mein Mann hat das gesagt, der hat sie schließlich entdeckt."

„Schon gut, Frau Schmitt. Deshalb bin ich doch gar nicht hier. Ich möchte Sie bitten, mir noch einmal das Fotoalbum zu zeigen. Darf ich die Bilder noch einmal sehen?"

Hertha Schmitt schien irritiert und verändert schlagartig ihre Gesichtsfarbe, hat sich aber im nächsten Augenblick wieder im Griff. August Schmitt greift stumm in eine Holzlade und gibt Hemmersbach das Album. Der nimmt es an sich und fragt:

„Können Sie es für eine Weile entbehren? Wir brauchen die Bilder für unsere Dokumentation."

„Wenn es Ihnen weiterhilft, gerne. Darf ich Sie zu einer Tasse Kaffee einladen?"

Hemmersbach lehnt höflich ab, weil er am Nachmittag wieder in St. Goarshausen sein muss wegen der Beisetzung der Laura Reinhardt. Wie das bei Kriminalbeamten im Fernsehen üblich ist, hat auch Hemmersbach noch eine allerletzte Bemerkung an die Hertha Schmitt, bevor er die Kajüte verlässt:

„Hat ihr Mann Ihnen eigentlich verraten, dass Sie der Laura ähnlich sehen? Sie könnte eine Schwester von Ihnen sein!"

Was Hemmersbach verschwiegen hat, das sind die Fingerabdrücke von den beiden Schmitts auf dem Fotoalbum. Und da ist noch ein bestimmtes Bild enthalten, das den Kriminalkommissar besonders interessiert. Vielleicht ist dies der Schlüssel zur Lösung des Falles.

Hemmersbach gibt seinem Dienstwagen Dampf unter die Haube.

Es ist ein sonniger Tag, die Fahrbahn ist brottrocken. Auf der A 61 fordert er sein Auto über das Tempolimit von 130 kmh, damit er die Beerdigung nicht verpasst. Bei der Ausfahrt Laudert geht er ab und erreicht über Wiebelsheim und Oberwesel unter dem Torbogen der Ringmauer mit der Figur des Doppelheiligen Nepomuk und Nikolaus die B 9 in Richtung St. Goar.

Das ist kürzer und gradliniger. Gott sei Dank erreicht er die Fähre in St. Goar. Damit setzt er über nach St. Goarshausen.

Der Oberkommissar Hemmersbach verlässt während der Überfahrt kurz sein Fahrzeug und blickt mit einer gewissen Hochachtung auf den reibungslos funktionierenden Schiffsverkehr, auf die Bergfahrer und auf die Talfahrt, deren Fahrroute von der Autofähre gekonnt gekreuzt werden, ohne erkennbares Ausweichmanöver und ohne Drosseln der Motoren. Respekt, Respekt. Das muss also auch ein August Schmitt beherrschen.

Die Autofähre setzt millimetergenau an der schrägen Rampe an. Die beiden Festmachereisen fallen exakt in die vorgesehenen Haken. Dann hebt sich die Schranke, und die ersten Fahrzeuge rollen an Land, wobei sie geordnet im Reißverschlussverfahren aus der Dreierreihe herausgewinkt werden. Hemmersbach biegt auf der B 42 links ab in Richtung Friedhof. Friedhöfe erzeugen bei Franz Hemmersbach schon immer ein flaues Magengefühl. Er besucht sie nur, wenn er moralisch dazu verpflichtet wird. Ein einziges Mal in seinem Leben hat er einen Friedhof freiwillig aufgesucht. Es war an einem trüben Abend am letzten Mittwoch.

Die Luft war noch lau, und schwere Regenwolken zogen von Westen heran. Er wollte sich nicht zu lange aufhalten, weil es gewiss früher dunkel würde. Er interessierte sich für das Lebensalter der Toten. Friedhöfe geben nämlich Auskunft über die verflossene Lebensqualität ihrer Einlieger. Als Faustregel gilt: Werden die Leute alt, gilt die Gegend als lebenswert. Sterben die Menschen früh, müssen strukturbedingte Negativmerkmale dafür verantwortlich sein und die Region gilt als bedenklich. Er war allein. Plötzlich hatte er das Gefühl im Nacken, als ob ihn jemand beobachtete. Ruckartig drehte er sich um und erblickte einen dunkel gekleideten schlanken Mann, der seinen Filzhut tief ins Gesicht gezogen hatte. Der Mann stand bewegungslos drei Reihen hinter ihm. Sucht der ein bestimmtes Grab?

Hemmersbach wollte sich vergewissern, ob noch andere Besucher zu sehen waren. Deshalb wandte er sich ab. Aber außer dem Fremden war sonst niemand zu sehen. Als er sich wieder umdrehte, war der Unbekannte verschwunden. Sonderbar. Er geht gedankenverloren zum nahen Parkplatz und fährt ebenso gedankenlos nach Hause. Als er dort eintrifft, wundert er sich, wie er dort hingekommen ist. Er kann sich weder an ein Verkehrsschild noch an eine Ampel erinnern.

Gräber haben so etwas Endgültiges, einen Hauch von Ewigkeit, wie in Stein gemeißelte Monumente. Sie erzählen Geschichten vom Leben, von der Liebe und von dem Tod, sind Orte der Besinnung und der inneren Zwiesprache. Mitunter erinnern sie an die eigene Vergänglichkeit, an den Sinn des Lebens und an den Unsinn von Streben und der Hetze des Alltags.

Noch während er solchen Gedanken nachhängt, wird ihm klar, er muss ja wieder einen Friedhof besuchen, morgen wird die Loreley beerdigt. Aber da kann er solch tief greifende Überlegungen nicht anstellen. Dann muss er seine Augen offen halten für den aktuellen Fall auf seinem Schreibtisch.

Schön wie Schneewittchen in goldenem Sarg
Die Hoffnung entschlafen – birgt Kummer und Arg

Auf dem Friedhof herrscht Hochbetrieb. Hemmersbach schreitet bewusst gemächlich vom Parkplatz auf den Gottesacker und steuert auf den Pulk des Publikums zu. Er ist allein und fühlt sich auch allein, sein einziger Begleiter ist sein eigener Schatten. Am Rande der Menschentraube entdeckt er seinen Kollegen Krawuttke, drückt ihm wortlos die Hand und nickt mit dem Kopf zum Zeichen, dass er seine Mission in Ludwigshafen erfolgreich beendet hat. Die beiden Kommissare haben weniger Augen und Ohren für das Geschehen am Grab, weder für die frommen und tröstenden Worte des Priesters noch für das Schluchzen und Weinen der Angehörigen. Auch die Grabreden des örtlichen Bürgermeisters und des Filialleiters der Koblenzer Bank werden nur als Wort-Hülsen verstanden. Ihre Aufmerksamkeit gilt ausschließlich den Besuchern in der hintersten Reihe. Wenn der Täter hier ist, dann mischt er sich nicht in die Masse der Menschen. Ein Mörder hält sich immer einen Fluchtweg offen. Sie entdecken bekannte Gesichter, die Eva Backes mit einem roten Rosenstrauß in der Hand, natürlich auch die gebrochenen Eltern Hans und Gretel Reinhardt, den Michael Ackermann und den Joachim Wickert und, oh Wunder, ihren Vorgesetzten Josef von Meiderich, den sie MSV nennen, wenn er es nicht hört. Es ist eine eiserne Regel in der Kriminalistik, dass es den Täter häufig genug an den Tatort zurückführt. Der Friedhof ist zwar nicht der Tatort. Dennoch wäre es denkbar, ihn hier vorzufinden, ohne ihn zu kennen. Oft sind Täter eitel und weiden sich an einem solchen Ereignis. Schaut her Leute, das alles habe ich für euch inszeniert.

Die Beamten merken sich die Gesichter, ernste Gesichter, verkniffene Minen, teilnahmslose Gestalten. Nein, es scheinen alles brave Bürger zu sein. Hemmersbach gibt Krawuttke ein Daumensignal. Darauf verlässt der vorzeitig den Friedhof und geht unauffällig zum Parkplatz. Dort sucht er die Kennzeichen der parkenden Fahrzeuge. Die meisten tragen EMS für Bad Ems, einige KO für Koblenz, SIM für den Rhein-Hunsrück-Kreis mit Sitz in Simmern, MZ für Mainz WI für Wiesbaden. Insgeheim hat er auf ein Duisburger Kennzeichen gehofft. Aber Fehlanzeige. Kommissar Zufall war heute wohl nicht im Dienst. Er will den Duisburger Kollegen mit dem Ruhrortslang noch mal anrufen. Der soll ihm mal alle Benzbesitzer mit dem Kennzeichen DU-SA auflisten. Wenn dann noch einer mit der Farbe silbermetallic darunter ist, dann ist ihm wohler zumute. Denn der dortige Kollege hatte ihm gestern bereits einen interessanten Hinweis geliefert. Hemmersbach ist sich seiner Sache sicher. Er verfolgt die richtige Spur und wird dem MSV endlich beweisen, was eine Harke ist. Das Frachtschiff ist in Duisburg gemeldet. Der Schiffer hat dort seinen Wohnsitz. Dann hat der noch die Leiche entdeckt. Und der anonyme Brief kommt ebenfalls aus Duisburg. Wenn jetzt noch der Halter des besagten Mercedes ermittelt wird, fügt sich das Puzzle zu einem klaren Bild. Alle Wege führen nach Duisburg. Hoffentlich nehmen die Duisburger Kollegen ihm den Fall nicht ab.

Die Beisetzung hat keine neuen Erkenntnisse gebracht. Sie gehört schlicht zum Pflichtprogramm der Ermittler. Ein flüchtiger Blick noch zum Filmgrab des letzten Falles überzeugt sie, das Grab ist inzwischen abgeräumt und eingeebnet und wird erst nach Jahren wieder genutzt, wenn Gras über die leidige Geschichte gewachsen ist.

Es sägt ein Mensch in dem Revier
Ein Stuhlbein an, doch hat es vier.

Der dienstbeflissene Oberkommissar Franz Hemmersbach hat sich einen Plan ausgedacht, einen nicht ganz astreinen, weil er den Erfolg seiner Ermittlung auf sein eigenes Konto verbuchen möchte. Er verschanzt sich in seinem Büro und brütet über der Akte Loreley. Dabei hat er festgestellt, es gibt im Fotoalbum des Schiffers Schmitt eine Aufnahme von den beiden vorderen Schwingbalken, mit denen man Lasten „verholen" kann. Ihn interessiert jetzt allem der Backbordbalken. Dort ist ein Kerbholz sichtbar. Und wie steht in dem anonymen Schreiben aus Duisburg? „Such den Kerpholz." Der Schiffs-Eigner Schmitt stammt aus Duisburg und er war Kunde der Koblenzer Bank. Das ist doch die Lösung.

Hemmersbach schaltet einen Duisburger Kollegen ein. Der verkörpert, was sein schnoddriges Vokabular betrifft, einen typischen Schimanskiverschnitt. Hemmersbach faxt dem Duisburger Kollegen das anonyme Papier „Such den Kerpholz." Der sieht sich das belustigt an, ruft zurück und lacht schallend in die Telefonmuschel, dass Hemmersbach den Hörer auf Abstand hält.

„Jott zum Gruß, Kolleje, hörma, dat is doch ne Verarsche, bewusst auf Ostmafja jedrimmt, kenn ick doch."

„Wieso, kennste den?" Hemmi duzt ihn einfach.

„Keen echta Mafjosi tippt so'n Stuss, nee Kumpel, so nich." Hemmersbach ist sprachlos. Der Duisburger lässt ihn auch gar nicht zu Wort kommen.

„Also, dat sinn Vabrecha. Die lejen ne falsche Fährte, alles jetürkt. Die ham deutsches Blut, sind im Revier schon aufjefalle, dat hat sich nur noch nich bis zum Deutschen Eck rumjesproche. Weisse, die müsse nämlich dat Revier tausche. Hasse Internet? Dann jeste mal rein inne Kiste, ich jeb dir dat Aktenzeiche per E-Mail und dann siehste mal, wat dat für Kadette sin. Mach et jut."

Hemmersbach erfährt im Internet von einem Duo Meister und Gsell. Die betreiben Inkassodienste. Meister ist der Chef, Gsell der Assistent. Sie treiben Schulden ein. Mit Gummiknüppel, Elektro-Schocker und Tränengas aus der Sprühdose. Bei Erfolg kassieren sie zehn Prozent. Deshalb geben sie sich nicht mit kleinen Fischen zufrieden. Zunächst observieren sie ihre Kunden. Dann kommt die unmissverständliche Drohung. Sie verbreiten Angst. In schwierigen Fällen werden sie handgreiflich. Gewalt ist ihre allerletzte und brutalste Eskalationsstufe. In ihren gediegenen Nadelstreifenanzügen von *Boss* und noblem Schuhwerk von *Bally Swiss* hinterlassen sie auf den ersten Blick einen durchaus seriösen Eindruck. Der silberfarbene *Benz* mit Klimaanlage, getönten Panzerscheiben und Navigationssystem wird sonst nur von hochkarätigen Politikern oder Wirtschaftsbossen gefahren. Es versteht sich von selbst, Meister und Gsell haben ein eingebautes Autotelefon und Funk an Bord. Ihre Order lautet: Achtzigtausend Euro müssen eingetrieben werden. Bei der Erfolgs-Prämie von achttausend können sie einen Monat leben. Derzeit haben sie einen dicken Fisch an der Angel.

Der Schiffer der Albatros II hat Schulden, hohe Schulden. Die Werft in Duisburg hetzt ihm einen östlichen Schlägertrupp auf den Hals, dem er sich bisher noch glimpflich entziehen konnte. In seiner Not erinnert er sich an das Kreditinstitut in Koblenz, das ihm vor Jahren schon einmal aus der Patsche geholfen hat mit Hunderttausend Mark. Die hat er pünktlich getilgt. Auf der letzten Reise hat er deshalb am Koblenzer Moselufer festgemacht und hat sich in Schale geworfen. Die junge, hübsche Sachbearbeiterin heißt Reinhardt, eine auffallend blonde Schönheit und sehr verbindlich. Ohne Umschweife kommt sie zur Sache. Ein Blick in den Computer im Schalterraum gibt ihr die Gewissheit, der alte Kredit ist restlos bezahlt. Sie quittiert das mit einem charmanten Lächeln. Sie bedauert zwar, dass sie ihn in ihrem Büro gerade heute nicht empfangen kann, weil dort noch Handwerker zugange sind, die an der Klima-Anlage laborieren. Denn das ist in diesen heißen Sommertagen besonders wichtig. Kurzerhand lädt sie ihn in das Cafe auf der gegenüberliegenden Strassenseite ein. Dort gibt es Nischen, wo man sich ungestört unterhalten kann. Sie nimmt einen unscheinbaren Aktendeckel unter den Arm mit Anträgen und Schreibzeug.

Bei einem Kännchen Kaffee wird ein Kreditantrag über Achtzigtausend Euro ausgefertigt gegen eine Sicherheitshypothek auf sein Schiff. Damit kann er die Werftschulden restlos tilgen und die monatlichen 1500 Euro bei dem Bankinstitut abstottern. Der Kreditantrag muss zunächst noch vom Vorstand der Bank bewilligt werden. Das kann einige Tage dauern, weil noch Auskünfte über den Schiffseigner eingeholt werden. Bis der Zuschlag und die Aus-Zahlung erfolgt, leben August und Hertha Schmitt in ständiger Angst. In diesen Tagen grübelt der Schiffer pausenlos. Er fühlt sich in der Zwickmühle, malt in Gedanken haarsträubende Situationen in sein Hirn. Solche Situationen hat er sich noch nie im Leben vorstellen können. Die Verantwortung für sein Schiff und für seine Frau droht zu entgleisen. Er weiß, er darf diese Gedanken nicht zulassen. Um ein Haar wäre sein Schiff an der Haselbach[8] aus dem Fahrwasser gelaufen. Es ist einfach fatal, unkonzentriert zu fahren, zumal bei dieser äußerst problematischen Fracht.

---

[8] Fahrwasser bei Wellmich

Ängste sind zerstörerisch. Ob Existenzängste oder Verlustängste, ob Flug-Angst, Panikblockaden, Depressionen oder Angst als ganz natürlicher Schutz-Faktor, Angst ist immer unangenehm. Das spürt August Schmitt in diesen Tagen besonders deutlich. Es ist neben der Existenzangst auch eine Verlust-Angst. Er bangt um das Leben seiner Frau. Aber er spricht mit ihr nicht darüber. Er schämt sich zu sehr, sie einzuweihen. Seine Feigheit findet er ärgerlich, weil er bei der Bank nicht die Wahrheit gesagt hat.

Die Bank kommt nicht dahinter. Noch nicht. Aber Hemmersbach weiß von dem Filialleiter, dass Schmitt noch Werftschulden hat, die er durch das Darlehen ablösen möchte. Es stellt sich heraus, die Duisburger Werft hat keine Forderungen an den Schiffseigner. Warum also braucht er plötzlich Achtzigtausend Euro? Hat er Laura umgebracht, weil es mit dem Kredit nicht funktioniert hat? Hat er sie dann vielleicht sogar selbst auf dem Felsen mitten im Strom deponiert? Die Ergebnisse seiner Recherchen hämmert Hemmersbach in seinen Computer.

Dann kommt der Anruf von Lilo, der hochschwangeren Ehefrau Hemmersbachs.

„Es geht los. Alle fünf Minuten Wehen. Kommst du?"

Hemmersbach wird nervös. Das passt ihm heute gar nicht, wo er doch so nahe an der Lösung seines Falls ist.

„Ja, Lilo ich komme sofort. Sag dem Krankenhaus Bescheid."

„Schon passierst. Spute dich!"

Hemmi meldet sich bei seinem Vorgesetzten von Meiderich ab.

„Chef, tut mir leid. Ich muss sofort nach Hause. Meine Frau hat Wehen, muss ins Spital. Und ich werde Vater."

„Vater werden ist nicht schwer."

„Ich hab´ Angst um Lilo."

„Nun aber ab mit Ihnen – und viel Glück!"

Hemmi springt in sein Auto und pirscht los wie bei einer Verfolgungsjagd. Einige Passanten schütteln den Kopf. Einer schreit ihm erbost nach:

„Beim Falschparken ist die Polizei zur Stelle. Aber solche Rowdys werden nicht erwischt."

Hemmersbach kümmert sich nicht um fuchtelnde Fußgänger. Ihn kümmert jetzt nur seine Lilo, die als Erstgebärende noch nicht ahnt, was sie in den folgenden Stunden erwartet. In Hemmersbachs Hirn nisten sich Horrorgeschichten ein. Er sieht weiße Kittel und Blut, kopflose Ärzte und hastende Schwestern. Sofort bekommt er feuchte Hände, und Schweißperlen bilden sich auf seiner Stirn. Hoffentlich geht das alles glatt. Und wenn nicht, wenn Lilo die Geburt nicht überlebt? Hoffentlich ist das Kind gesund, hoffentlich ist alles dran, was dran gehört. Jetzt begreift er erst, was er mit dem Zeugungsakt angestellt hat. Sie haben es sich so sehnlich gewünscht, das eigene Kind. Was es wohl sein wird? Sohn? Tochter? Ihm ist es jetzt egal. Hauptsache gesund.

„Was ist denn mir dir los? Du bist ja ganz aus dem Häuschen!"

„Lilo, ich mache mir eben Sorgen um dich und um das Kind."

„Du armer angehender Vater. Eine Geburt ist doch keine Krankheit."

„Hast du auch alles eingepackt, Mutterpass und Krankenkassenkarte, Zahn-Bürste und so weiter?"

„Nun beruhige dich erst mal. Ich glaube, Frauen sind doch stärker als die Mannsbilder."

Hemmersbach ist verblüfft, auch als die nächste Wehe einsetzt und Lilo ihr schönes Gesicht verzieht und auf die Zähne beißt.

Während der strebsame Oberkommissar Franz Hemmersbach mit gemischten Gefühlen den schweren Gang zum Marienhof-Hospital hinter sich bringt und dort Händchen haltend seiner Lilo beisteht, nutzt von Meiderich die Gelegenheit, den Computer seines Oberkommissars auszukundschaften.

„Sieh mal einer an, was der clevere Ermittler alles für sich behält, das ist ja allerhand. Das kopiere ich jetzt auf meinen PC. Der wird sich wundern."

Ehe Kollege Krawuttke vom Außendienst zurückkommt, hat von Meiderich alles gesehen. Mit dieser neuen Erkenntnis ist der Hauptkommissar entschlossen, seiner Nummer eins eine Lektion zu erteilen. Er zweifelt an der Loyalität seines Mitarbeiters. Oder gibt er sich selbst zu zimperlich, zu empfindsam? Wie kommt ein Mensch plötzlich auf die Gedanken, hinter meinem Rücken Ermittlungen anzustellen? Er begibt sich nun selbst auf die gleiche Ebene und schnüffelt Hemmersbachs Schreibtisch-Schublade aus. Da fällt ihm natürlich gleich das Fotoalbum in die Hände. Er nimmt es an sich und geht schmunzelnd in sein Büro. Auf der vorletzten Seite macht von Meiderich eine Entdeckung, die Hemmersbach offensichtlich übersehen hat. Die Fotos sind nicht eingeklebt, sondern nur an den vier Klebeecken eingesteckt. Eines dieser Bilder hinterlässt einen erhabenen, etwas gewölbten Eindruck. Da steckt doch etwas dahinter. Vorsichtig löst er das Foto aus den Klebeecken und siehe da, dahinter verbirgt sich ein zusammengefalteter kleiner Brief. Bevor er ihn entnimmt, zieht er Gummihandschuhe an. Er liest: „Ablege Frau auf Jungfrau. Wenn nicht, bistu dran." Von Meiderich jubiliert innerlich, macht ein unverdächtiges Pokergesicht, kopiert die Nachricht und steckt das Original wieder zurück hinter das Foto. Dann legt er das Fotoalbum wieder in Hemmersbachs Schreibtischlade. Er rekapituliert: Die beiden Botschaften von dem Unbekannten scheinen von einem oder von mehreren Urhebern zu stammen. Er tippt auf ein Ganovenpaar, und zwar vermutlich auch aus Duisburg, denn in einem Fall trägt der Poststempel den Hinweis auf ein Briefzentrum in Duisburg.

Dann weiß er aus Hemmersbachs Aufzeichnungen, dass Hemmersbach und Krawuttke auf ihrer Fahrt nach St. Goarshausen einmal ein Mercedes Benz mit einem Rambo am Steuer aufgefallen ist mit dem Kennzeichen DU-SA. Wenn es sich um rigorose Täter handelt, was allein schon die riskante Fahr-Weise vermuten lässt, dann treiben die sich zwischen Koblenz und Mannheim herum. Wie gelangte die Nachricht in das Fotoalbum von Schmitt? Jedenfalls will der MSV den Hemmersbach ins Leere laufen lassen. Den Denkzettel hat der sich redlich verdient. Dann soll er mal gucken, wie er guckt, diese Rampensau[9]. Der MSV wundert sich über seine eigene Gehässigkeit. Das Wort scheint das Gegenteil von Solidarität zu sein und ist verwandt mit Bissigkeit und Gemeinheit, auch mit Zickigkeit. Ihm fällt auf, alle sind feminin.

Na, so was. Das kann er von seiner Elvira wahrlich nicht behaupten. Elvira ist doch ein wahrer Schatz, ein Edelstein. In all den Jahren seiner Abwesenheit hat sie treu zu ihm gestanden, hat ihr gemeinsames Geheimnis gehütet und hat ihn nie bedrängt oder Vorwürfe gegen ihn erhoben. Natürlich hätte sie Gründe anführen können, von ihm alleingelassen zu sein mit dem Kind, das sie in der Einsamkeit der Tiroler Alpen geboren hat.

Hemmersbach ist der Tortur nicht gewachsen. Fünf Stunden hat er tapfer seiner Lilo Beistand geleistet, hat ihr Händchen gehalten, so sacht hat er sie gestreichelt und ihr gut zugesprochen, während er ihr den Notschweiß von der Stirn wischt. Bei den ersten Presswehen wird ihm schwarz vor den Augen. Er kippt vom Stuhl, ist ohnmächtig und liegt der Länge nach auf dem Fußboden. Jetzt wird die Hebamme nervös.

„Schafft mir den Schwächling raus, der stört nur bei meiner Arbeit."

Lilo quittiert diese Bemerkung mit einem mitleidigen Lächeln, ohne jedoch ihre eigenen Bemühungen zu unterbrechen, um kräftig mit schmerzverzerrtem Gesicht ihrem Kind das Leben zu schenken.

„Das Köpfchen ist schon zu sehen. Jetzt hecheln und pressen. Nicht nachlassen. Ja, so ist es gut."

„Wie geht es denn meinem Mann?"

„Eine Schwester kümmert sich um ihn. Der kommt wieder zu sich. Ihr Mann ist jetzt nicht so wichtig. Wichtig sind Sie und vor allem Ihr Kind. Es hat schwarze Haare und - ja, es kommt. Noch einmal kräftig drücken und noch einmal. Da kommt der Wonneproppen. Und es ist ein Bub."

Hemmersbach liegt draußen im Gang auf einer unbequemen Pritsche und schläft vor Erschöpfung, wie er später zugibt.
Ein leichter Klaps auf seine Wange bringt ihn sofort in die Gegenwart zurück.
Die Schwester flüstert ihm freundlich zu:

---

[9] Eigennütziger, der einem anderen den Erfolg missgönnt

148

„Hallo, Herr Hemmersbach, Ihr Nachwuchs schreit, hören Sie ihn?"
Hemmi ist jetzt hellwach, erhebt sich umständlich und kommt auf die Beine. Sein Kreislauf scheint doch nicht geeignet für den Kreissaal.
„Was ist es denn?"
„Tut mir leid, ich weiß es noch nicht, ich musste mich ja um Sie kümmern. Aber kommen Sie bitte mit in den Kreissaal."
Hemmi wundert sich, weil der Kreissaal vier Ecken hat. Da fällt ihm die Definition des Wortes Kreis ein. „Ein Kreis ist ein Viereck, bei dem man an allen Ecken gespart hat." Nun aber hält ihn nichts mehr. Nichts wie hinein zu seiner Lilo und zu dem Kind. Wie ein tollpatschiger Neuling steht er vor einer strahlenden Lilo und weiß nicht, was er sagen soll. In seiner Aufregung gratuliert er sich zunächst selbst, merkt das aber sofort.

„Tut mir leid mein Liebling, natürlich beglückwünsche ich dich und danke dir von ganzem Herzen für die gelungene Geburt. Komm her, nein, ich komme zu dir und küsse dich."

„Schau dir doch mal unseren Sohn an, sieben Pfund und 135 Gramm, das war gar nicht so einfach. Ich bin zwar ganz glücklich, aber auch ganz schön geschafft. Und bitte, nachdem du ihn auf deine Arme genommen hast, darfst du ihn gleich wieder in seine Wiege legen, denn gleich kommt die Nach-Geburt, dann gehst du am besten wieder auf den Gang, sonst fällst du mir wieder um."

Lilo sagt das ganz liebevoll und fürsorglich, während der Sprössling noch immer schreit. Die Hebamme kümmert sich um den Säugling. Alle Hand-Griffe sind geübt. Jetzt wird das Kind gebadet, der Nabel versorgt, anschliessend gewickelt und wieder in seine Wiege gelegt.

„Wie soll er denn heißen?", fragt die Hebamme. Schließlich muss sie die Eintragung machen.

„Darf ich einen Namen vorschlagen?", fragt Lilo.

„Du hast ihn geboren, ich bin mit allem einverstanden, mein Liebes, nur nicht mit Franz."

„Bist du mit Axel einverstanden, Axel Hemmersbach."

„Axel gefällt mir."

Hemmi nutzt die verordnete Zwangspause während der Nachgeburt, um im nahe gelegenen Blumenladen einen ansehnlichen Strauß roter Baccararosen zu kaufen. Er ist sich bewusst, Lilo hat sich diese kleine Überraschung verdient. Außerdem gehören Blumen ohnehin an ein Wöchnerinnenbett. Er lässt die langstieligen Rosen mit Grün verzieren und in Folie mit Schleifchen hübsch verpacken. Die Geste zaubert bei seiner Lilo ein strahlendes Lächeln auf ihr schönes Gesicht. In Gedanken registriert der frischgebackene Vater, was er als nächstes erledigen muss. Eltern und Schwiegereltern informieren, Standesamt aufsuchen, Lohnsteuerkarte ändern lassen, um Steuern zu sparen, den MSV anrufen und dem Personalrat Bescheid geben. Natürlich sollte auch Krawuttke von seinem Glück erfahren. Mit dem möchte er sich heute Abend in ihrer Stammkneipe zu einem zünftigen Umtrunk treffen. Ist doch wohl klar, das Ereignis muss begossen werden.

Lilo meint, er soll es nicht zu toll treiben. Aber wenn der Krawuttke dabei ist, kann es schon einmal aus dem Ruder laufen. Sie kennt ihren Franz eben sehr genau.

Krawuttke ist noch ledig. Dennoch steht er unter ständiger Kontrolle seiner liebsten Marie. Und ihr muss er erst schonend beibringen, dass er heute einen Junggesellenabend mit dem verheirateten Kollegen Hemmersbach hat, um die Geburt dessen Sohnes Axel zu begießen. Marie gibt sich erstaunlich gelassen und erhebt keine Einwände. Vielleicht steckt ein geheimer Wunsch dahinter, selbst auch einmal Mutter zu werden. Aber sie äußert sich nicht. Noch nicht.

Das Bübchen muss begossen werden,
den Brauch gibt's überall auf Erden.

Stammkneipe am Eck. Neunzehn Uhr. Hemmi ist in Feierlaune. Krawuttke ist noch nicht da. Warten auf Krawuttke. Nimmt auf dem Hocker vor der Theke Platz. Der Wirt begrüßt ihn mit „Hallo Hemmi, heut ist doch gar nicht dein Tag."

„Doch, gerade heute ist mein Tag. Bin Vater geworden seit zehn Stunden. Mach mal ne dicke Pulle auf und trink mit mir auf meinen Sohn Axel."

Der Wirt köpft eine Flasche von dem trockenen Winzersekt, Hausmarke und gießt zwei Gläser ein.

„Glückwunsch zum Stammhalter und prost auf den kleinen Scheißer. Und wie geht es deiner Frau?"

„Tapferes Mädchen. Hat die Prozedur bravourös überstanden."

„Warst du dabei?"

„Ja und nein. Ich bin hart auf die Bretter gegangen wie einst Max Schmeling."

„Und dann haben sie dich ausgezählt."

„Ja, aber bitte sag´s nicht weiter."

„Was bitte soll er nicht weitersagen?"

Krawuttke steht hinter Hemmersbach und hat den letzten Satz mitbekommen. Ungefragt gießt der Wirt dem Krawuttke ein und füllt sich und Hemmersbach nach.

„Sag's ihm selbst."

„Er soll es nicht in der ganzen Stadt erzählen, dass ich abgebaut hab´ während der Geburt."

„Armer Kommissar."

„Oberkommissar bitte, wenn´s geht."

Die Gläser werden geleert. In der Sektflasche ist noch ein Rest. Hemmi und Krawuttke steuern auf die Ecknische zu, wo sie sich ungestört unterhalten können. Hemmi ruft zu dem Wirt gewandt:

„Zwei Pils bitte mit dem Rest aus der dicken Pulle und mach´ mir ´nen Deckel."

Die beiden Pils sind schon in drei Minuten zur Stelle. Wortlos heben die beiden Kripoleute ihre Gläser, schauen sich lächelnd an, nicken mit dem Kopf und schlucken den Inhalt in einem Zug über die Gurgel. „Aaah, das ist ein Genuss." Ein Fingerzeig zur Theke wird von dem Wirt richtig verstanden. Die nächsten Biere sind schon in der Mache. Krawuttke will von Hemmersbach wissen:

„Was gibt es Neues im Revier?"

„Mein Sohn hat ein Kampfgewicht von 7 Pfund und 135 Gramm."

„Und was macht unser Fall?"

„Meine Frau hat schwer gekämpft, aber es ist alles ohne Zwischenfall verlaufen."

„Wenn ich von unserem Fall rede, meine ich natürlich den Todesfall."

„Mich hätte es beinahe auch erwischt. Ich bin doch tatsächlich im Kreis-Saal ohnmächtig geworden."

„Sag mal Kollege, hast du vorher schon getrunken? Ich frage nach Äpfel und du antwortest mit Birnen."

„Entschuldigung, heut hab´ ich nur einen Gedanken. Da dreht sich eben alles um Lilo und Axel. Meine Frau ist ja so glücklich, und ich bin es auch. Du müsstest mal die kleinen Fingerchen sehen, so winzig und zerbrechlich. Weißt du, wenn das Herz voll ist, da sprudelt es eben aus dem Mund. Prost!"

„Und wenn wir beide so weiterschlucken, dann sprudelt es um Mitternacht aus dem Magen. Warum Kollege bist du so neugierig?"

„Neugierde kann krankhaft sein. Gerade in unserem Beruf kann sie den Charakter deformieren."

„Es gibt eben auf dieser Welt Dinge, die passieren nur einmal, zum Beispiel eine Erstgeburt."

„Das will ich ja gerne unterschreiben. Die Machart ist bestimmt auch schöner als die Geburt. Aber mich interessieren nebenbei auch mal die Akten rings um die Loreley."

„Einverstanden Krawuttke. Aber zuerst brauchen wir zur Nervenberuhigung zwei Linie und zwei neue Pils."

Hemmersbach ordert die Getränke.

„So, ich bin der Meinung, du knöpfst dir mal die Kolleginnen und Kollegen der Bank vor. Da soll es auch einen Kegelclub gegeben haben. Und die Leute tuscheln, die Laura hätte den Kerls in der Bank den Kopf verdreht. Da setze mal den Hebel an. Ich bin morgen noch mit privaten Dingen beschäftigt. Standesamt und so. Der Tag steht mir zu. Das muss auch mal ohne mich laufen. Hoch die Tassen. Prost auf Axel mit Linie und Pils."

Das Lokal bevölkert sich allmählich. An den Tischen wird um die Bundesliga gestritten, um die deutsche Nationalelf, um den Regierungswechsel in Berlin und um den neuen Papst. Wir sind Papst. Man redet über den Tsunami, über die Erdbebenopfer in Pakistan und über den 11. September.

Nur über die Loreley spricht niemand. Die liegt ja auch dreißig Kilometer entfernt. Das ist schließlich nur ein Einzelschicksal. Darüber spricht die Welt erst, wenn es den Kommissaren nicht gelingen sollte, den Fall für die Öffentlichkeit zufrieden stellend zu lösen.

Die Zeit vergeht, und der Geräuschpegel im Lokal wird jetzt unangenehm hoch. Beim siebten Bier bemerkt Krawuttke, sein Gegenüber bekommt Probleme beim Artikulieren von Begriffen. Er verwechselt sein angetrautes Ehe-Weib mit „angegrautes Eheweib" und der Säugling wird zum „Säugding." Aus Schwiegermutter wird „Schwiegerbutter" und ein Exhibitionist verkümmert zum „Exlibrionist." Krawuttke ist gewarnt. Gut, dass keiner genau hinhört, weil jeder mit sich selbst zu sprechen glaubt. Er plant einen eleganten Rückzug. Aber er kann den Hemmersbach unmöglich hier alleine lassen. Den muss er ausnahmsweise nach Hause bringen.

„Werter Kollege, wie wäre es denn, wenn du mich noch zu einem Absakker mit zu dir nach Hause einladen würdest. Das wäre doch ein würdiger Abschluss von einem denkwürdigen Tag."

„Famose Idee. Es gibt doch noch Liebe unter den Menschen. Hier ist mein Portom....aie. Zahl mal, ich vertrau dir." Er klopft ihm freundschaftlich auf die Schulter. Beide erheben sich umständlich und bewegen sich wie auf schwankenden Blanken auf die Theke zu. Krawuttke ist noch einigermaßen auf der Rolle. Immerhin hat er sich ja auch in Erwartung der Ereignisse zu Hause einen Esslöffel Öl einverleibt. Er hat das Besäufnis vorausgesehen.

„Weißt du, Kollege Hemmersbach, weißt du, dass wir keine Narren sind? Narren gehen überall auf der Welt in Museen. Wir machen es wie die Weisen, wir gehen in die Tavernen."

„Oh, den Spruch werde ich mir merken. Der ist so gut, der könnte sogar von mir stammen."

„Tut er aber nicht, der ist nämlich von Erhart Kästner."

„Heißt der nicht Erich?"

„Diesmal nicht."

Hemmersbach hat einen gewaltigen Brummschädel. Er erwacht in voller Montur. Nur seine Schuhe liegen verstreut umher. Er braucht eine Weile, sich zu orientieren. Ganz langsam kommt das Erinnerungsvermögen zurück. Das letzte Bier muss schlecht gewesen sein. Er ordnet seine Gedanken. Mein Gott, ich war besoffen wie ein Kameradschaftsabend. Zunächst entkleidet er sich und geht unter die Dusche. Doch bevor er das Badezimmer betritt, braucht er Wasser von innen, Mineralwasser. Er stellt fest, Wasser ist doch das bessere Getränk. Anschließend beglückt er sich mit einer eiskalten Dusche. Die macht den Kopf frei und erweckt seine Lebensgeister. Er denkt an den Pfarrer Sebastian Kneipp. Und während er noch über die heilsame Wirkung des Wassers grübelt, klingelt das Telefon. Triefend nass und splitternackt hastet er aus der Dusche, rutscht dabei auf den Fliesen aus und liegt im nächsten Augenblick der Länge nach im Badezimmer. Autsch. Der Tag fängt ja mal wieder gut an. Erst beim siebten Klingenzeichen erreicht er im Flur sein Telefon.

„Lilo, mein Schatz, bist du dran?"

„Von Meiderich hier. Haben Sie etwa noch geschlafen?"

„Nein Chef, ich war unter der Dusche."

„Und ich dachte, Ihr Telefon steht im Garten."

„Chef, tut mir leid. Ich stehe pflichtgemäß vor Ihnen mit nackten Füßen bis zum Scheitel."

„Will mal sagen, Sie haben die Geburt Ihres Sohnes ausgiebig gefeiert. Sie brauchen das gar nicht zu leugnen. Ich bin doch informiert. Glückwunsch übrigens."

„Danke."

„Wissen Sie, wie spät es ist?"

„Nein, aber Sie wissen es hoffentlich."

„Es ist hoffentlich 10:35 Uhr. Bringen Sie sich in Ordnung, melden Sie Ihren Nachwuchs an und bestellen Sie bitte Ihrer Gattin schöne Grüße, dann sind Sie morgen wieder im Dienst. Danke."

Es macht knacks. Der Alte hat aufgelegt. Typisch für den Holzkopf. Hemmersbach grübelt in Gedanken über seinen Vorgesetzten.

„Ich möchte doch mal wissen, was in diesem masurischen Dickschädel vor sich geht. Der glaubt, er hat alle Weisheit mit dem Schöpflöffel gefres..." Er erschrickt vor seiner eigenen Stimme und spricht den Satz nicht zu Ende. Jetzt ärgert er sich über seine schlechte Laune. Und er bedauert sich wegen seines Brummschädels. Dieser verdammte Alkohol. Den Krawuttke kann er gut leiden. Der ist in seinen Augen teamfähig, ist immer gut drauf, in jeder Beziehung kollegial, ist diensteifrig und zuverlässig, ein echter Kumpel. Wenn er auch manchmal ein wenig flapsig ist, dann ist das entschuldbar, ist seiner Jugend zuzuschreiben. Außerdem schadet er damit niemand. Der Chef hingegen ist in seinen Augen unerbittlich streng, mitunter zynisch, beleidigend und ungerecht. Dabei hat der selbst einige Marotten, wenn er *lanksam* über den *Gank* schleicht oder *gelankweilt* vom *Gesankverein* redet. Wenn Hemmersbach diese sprachlichen Kapriolen hört, möchte er sich seine Ohren zuhalten. Er entschließt sich, in dem Kollegen Krawuttke einen Verbündeten zu finden. Ihn will er für seine Belange gewinnen, ohne jedoch den Verdacht auf Meuterei gegen den von Meiderich aufkommen zu lassen.

Den wertlosen Stein, wer dreht ihn um?
Und wer löst das Mysterium?

Horst Krawuttke ist ein überzeugtes Glückskind. Er behauptet von sich, er kann sich gut leiden. Auch wenn er in den Spiegel schaut, bekommt er keinen Schreck. Er kennt sein Konterfei, zwinkert ihm dann leicht zu und lächelt zurück. Andere behaupten von ihm, er sei ein geborener Sanguiniker. Und die sind optimistisch, erfrischend fröhlich, strahlen Begeisterung aus, knüpfen gerne Kontakte zu anderen Menschen und treten überzeugend auf. Nicht zuletzt sind sie durch ihr geselliges Auftreten meist auf der Sonnenseite des Lebens. Und genau so einer ist Hotte Krawuttke. Kein Wunder, dass in seiner Gegenwart keine Langeweile aufkommt. Wenn er mal so richtig in Fahrt kommt, fuchtelt er mit den Händen, beschreibt eine Wendeltreppe mit dem Zeigefinger, und für die Figur seiner Herzallerliebsten Marie braucht er zwei offene, ein wenig gebogene Handflächen, die er parallel schlangenförmig von oben nach unten führt. Wenn er allerdings alleine und ohne Ansprechpartner ist, dann wippt er unablässig mit den Füssen oder er trommelt mit den Fingern auf der Stuhllehne oder auf dem Tisch. Das sind typische Zeichen von Unrast bei Krawuttke.

Am wohlsten fühlt er sich, wenn der Bär tanzt. Er würde sagen, wenn der Papst boxt. Deshalb ist der Fall Loreley so bedeutsam für ihn. Er weiß zwar auch, wie sehr Kollege Hemmersbach hinter der Lösung her ist, ganz zu schweigen von seinem Vorgesetzten, dem MSV. Alle drei sind sie dem Täter oder den Tätern auf der Spur. Wer findet den Stein der Weisen? Er ist davon überzeugt, sie sollten sich zusammentun, sollten ihre Vorstellungen in einem Brainstorming[10] sammeln. Dabei müsse jeder seine Gedanken auf einen Zettel schreiben. Dann kommen alle Eingaben in einen Pott oder Hut. Mit dieser Idee wartet Krawuttke am nächsten Morgen im Büro des MSV auf. Er hat zwar einige Bedenken, der Alte würde bei diesem Spiel nicht mitmachen und würde das alles als Quatsch oder Amizauber abtun. Schließlich hat er einschlägige Erfahrungen gesammelt, als er ihn und den Hemmersbach im letzten Fall beim Goldrausch an der Loreley als Hornochsen und Traumtänzer abqualifiziert hatte. Krawuttke will seine Marie zu Rate ziehen. Er will von ihr wissen, wie sie reagieren würde, wenn eine andere Frau es auf ihn abgesehen hätte.

„Dann würde ich ihr die Augen auskratzen oder ich würde ihr den Hals umdrehen."

---

[10] Gruppendynamische Methode aus den USA zur Ideenfindung

„Das würdest du bestimmt nicht tun. Wie ich dich kenne, würdest du sicher zuerst mal um mich kämpfen, würdest zu ergründen suchen, was du falsch gemacht hast, würdest nach Ursachen forschen. Vor allem würdest du mit mir reden, aber doch keinen Mord begehen."

„Menschen in Ausnahmesituationen sind zu allem fähig. Ich nehme an, du sprichst von dem Loreley-Fall."

„Du hast richtig vermutet."

„Kann es sein, dass ihr euch im Kreise dreht?"

„Wie auf dem Karussell."

„Und da hast du an mich gedacht. Ich soll dir den entscheidenden Hinweis liefern."

„Ja, du bist unvoreingenommen, kannst analytisch denken. Die weibliche Logik ist manchmal so erfrischend kreativ."

„Wenn das so ist, warum beschäftigt ihr keine Frau als Ermittler?"

„Damit du keinen Grund bekommst, einen Mord zu begehen."

„Bei dem schönen Wetter sprichst du von Mord und Tod. Der Tod hat genau das, was unser Leben so kostbar macht. Anders ausgedrückt, wenn es die Nacht nicht geben würde, dann würde niemand den Tag schätzen. Das Böse ermöglicht erst, das Gute zu schätzen."

„Marie, du entwickelst dich zu einer Philosophin. Bravo!"

Krawuttke ist begeistert von seiner Marie. Er nimmt ihre linke in seine rechte Hand und schlendert lässig mit ihr über den gepflegten Uferweg, immer mit Blick auf das rege Leben auf dem Wasser, wo stolze Schwäne und Enten-Familien elegant ihre Kreise ziehen, wo die Paddler und Ruderer den Schaufeln ihrer Paddeln gehorchen und fast lautlos vorüber gleiten.

„Wir haben morgen ein Brainstorming im Revier. Der MSV will mit uns ein so genanntes Gehirntraining veranstalten. Jeder soll seine Fakten zu Papier bringen, die dann anschließend ausgewertet werden. Ich glaube, ich werde deine Idee von dem Tod, der das hat, was unser Leben so kostbar macht, verwenden."

„Vorsicht, Herr Kommissar, dass man dir nicht mit dem Umkehrschluss kommt, je mehr Morde, umso kostbarer unser Leben."

„Lass mal gut sein, mein Schatz. Ich liebe dich."

Am Morgen danach ist die Mannschaft komplett. Hemmersbach hat den Lokalteil der Rhein-Zeitung vor sich auf dem Schreibtisch und überfliegt die Überschriften. Krawuttke vertieft sich in BILD und studiert die Witzecke und das Wetter von morgen, während von Meiderich die Frankfurter Allgemeine überfliegt. Soviel Bildung muss sein. Die tägliche Viertelstundenlektüre ist ein Ritual und gibt gleichzeitig Aufschluss über Bildungsstand und Charakter-Merkmale ihrer Leser, wie der MSV einmal geäußert haben soll. Krawuttke ist in diesem Fall anderer Meinung, weil er weiß, in den Vorstandsetagen der Großkonzerne gehört BILD ebenso zum täglichen Lesezirkel wie die FAZ, die WELT oder Financial Times. Wo kämen sonst die Gegendarstellungen her, wenn BILD in diesen Kreisen ungelesen bliebe. Aber diese Erkenntnis behält Krawuttke für sich.

Die drei Ermittler treffen sich in von Meiderichs Büro. Der Boss erklärt nun die Spielregeln:

„Guten Morgen, meine Herren. Ich lade Sie hiermit zu einem Brainstorming ein, um Lösungsmöglichkeiten zu dem Fall Loreley zu finden. Wir wollen das jetzt am Vormittag durchführen, wo unser Biorhythmus noch keine Tiefs verzeichnet. Wir sollten uns an folgende Verhaltensweisen halten, um kreatives Verhalten zu ermöglichen. Wir setzen eine Stunde an. Jeder kann sich ungestört äußern. Bewertungen oder Kommentare sind verboten. Es gibt keine Kritik an den Äußerungen. Haben Sie bitte keine Hemmungen, munter drauflos zu plaudern. Quantität geht vor Qualität, weil wir Ideen produzieren wollen. Jeder lässt jeden ausreden. Das besondere Merkmal bei diesem Spiel ist das Aufgreifen und Weiterspinnen von Ideen. So hat es das Institut für Landesplanung und Raumforschung festgelegt."

„Ich erstarre vor Hochachtung", sagt Krawuttke.

„Genau das tun Sie nicht. Immer locker bleiben."

„Damit keine Ideen verloren gehen, schreibt jeder seine Äußerungen auf diese farbigen Zettel. Wer möchte die roten Zettel?"

„Die nehm ich", sagt Hemmersbach.

„Herr Krawuttke, Sie haben die Wahl zwischen grün und gelb."

„Dann nehme ich grün wie Grünschnabel."

„Einverstanden mit grün, das passt zu Ihren Alter. Dann verbleibt mir gelb."

Von Meiderich macht noch einige Einführungsworte zum Procedere, nimmt zweimal tief Luft und fängt mit der banalsten Feststellung an:

„Also halten wir fest, wir haben es hier mit einem Mord zu tun, oder auch mit einem Todschlag. Die Tote heißt Laura Reinhardt, 22 Jahre alt, wohnhaft bei ihren Eltern in St. Goarshausen und war Bankangestellte bei einem Kredit-Institut in Koblenz. Wir sind uns vermutlich einig, ihr viel zu junges Leben wurde gewaltsam beendet. Da sie sich nicht selbst umgebracht hat, gehen wir von einer Fremdtäterschaft aus."

Während der MSV diese Feststellung in Stichworten auf seinem gelben Zettel zu Papier bringt und anschließend sein Ergebnis in die Obstschale legt, überlegt Hemmersbach krampfhaft, was er beitragen kann.

„Im Umfeld der Toten gibt es drei Personen, deren Alibi wir durchleuchtet haben. Da ist einmal der aktuelle Freund Michael Ackermann, der sich mit allem auskennt, was schwimmt. Er ist beim Wasser- und Schifffahrtsamt beschäftigt und schiebt Schichtdienst in der Revierzentrale Oberwesel."

Hemmersbach ist mit seinen Ausführungen zufrieden und legt seinen roten Zettel in die Schale. Dann sieht er seinen Kollegen Krawuttke fragend an. Der überlegt nicht lange und schießt los:

„Dann gibt es den Exfreund Joachim Wickert. Der ist von Geldnot und Eifersucht geplagt und hat ein Sportboot mit Namen Sonja. Mit dem kann man sogar zu den Felsen der *Sieben Jungfrauen* fahren."

Nun liegen bereits drei Ergebnisse in der Schale. Der MSV ist nun wieder dran:

„Eine weitere Person aus diesem Trio ist die Eva Backes, Amtsvorgängerin der Toten im Amte der Loreley. Sie bezeichnet sich selbst als Stubenhockerin, ist Vegetarierin und übernimmt das Ehrenamt bis zur Neuwahl einer neuen Repräsentantin. Dann habe ich noch nachzutragen zu dem Michael Ackermann: Der ist krankhaft eifersüchtig auf alle Mannsbilder, weil Laura in Ausübung ihrer Repräsentanz häufig flüchtige Küsschen verteilt und Hände schütteln muss."

„Der Schiffer August Schmitt und seine Frau Hertha sind ebenfalls noch nicht aus dem Schneider. Schmitt hat die Leiche entdeckt und pflichtgemäß die Revierzentrale verständigt. Aber da ist noch das Fotoalbum, vielleicht kann der Kollege Hemmersbach mehr darüber sagen."

„Kann ich. Ich war doch am Tag der Beerdigung noch mal an Bord. Das Schiff lag an der Verladestelle der BASF. Ich hab´ mir unter einem Vorwand das Album ausgeliehen. Und dort hab´ ich ein Kerbholz entdeckt. Wir wissen aus dem anonymen Brief, wir sollten ein Kerbholz suchen. Für mich ist Schmitt der Hauptverdächtige."

Von Meiderich hört sehr aufmerksam zu. Er weiß inzwischen mehr, hält sich aber bedeckt. Er will wissen, ob Hemmersbach mit verdeckten Karten spielt. Von Meiderich lenkt das Thema nun auf den Arbeitsplatz der Toten.

„Es gibt Hinweise, dass die Laura im Bankinstitut beliebt war, sogar vielleicht etwas zu beliebt. Wir müssen untersuchen, ob es etwa eine verbotene Liebschaft zu einem Arbeitskollegen gegeben hat. Das könnte sogar ein verheirateter Mann gewesen sein."

„Und dann fällt mehrmals der Name Duisburg. Der Schiffer stammt aus Duisburg, die Werft ist in Duisburg-Meiderich, der anonyme Brief wurde in einem Duisburger Briefzentrum abgestempelt und uns ist ein Duisburger Autokennzeichen auf dem Weg nach St. Goarshausen durch seine waghalsige Fahrweise aufgefallen."

Die Schale enthält nun acht bunte Zettel. Irgendetwas müssen sie noch übersehen haben. Von Meiderich gibt einen weiteren Gedankenanstoß.

„Wir haben noch gar nicht über die Familie Reinhardt gesprochen. Die Eltern scheinen sauber zu sein. Die kommen wohl nicht infrage. Aber gibt es da vielleicht einen Kellner, oder einen Hausdiener oder einen Gärtner? Die haben doch ein großes Anwesen. Es muss doch Helfer geben, denken Sie mal an Stubenmädchen, an Gäste, vielleicht Stammgäste."

Hemmersbach hat einen Geistesblitz:

„Mir ist aufgefallen, die Hertha Schmitt ist blond wie die Laura, sieht aus wie ihre ältere Schwester."

Von Meiderich sag nur: „Aha!" Dann zählt er die Zettel und stellt fest:

„Zehn kleine Negerlein schlummern nun in unserer Schale. Haben Sie noch etwas auf Lager?"

Kopfschütteln in der Runde. Dann tut er so, als ob er das Meeting beenden wolle. Alle erheben sich. Doch der MSV will den Hemmersbach vorführen.

„Herr Hemmersbach, Sie haben vorhin von dem Album gesprochen. Holen Sie es doch mal bitte herbei und dann nehmen wir alle noch einmal Platz."

Hemmersbach ist erstaunt, geht nebenan in sein Büro und kommt mit dem Fotoalbum zurück. Von Meiderich nimmt es an sich und erklärt:

„Herr Hemmersbach, Sie haben etwas bewusst oder unbewusst übersehen. Wenn Sie es bewusst unterdrückt haben sollten, gibt es einen Eintrag in Ihrer Personalakte, das schwöre ich Ihnen. Sollten Sie es jedoch etwa aus Unfähigkeit übersehen haben, kommen Sie mit einem *Trottel* davon. Wissen Sie, wovon ich rede?"

Hemmersbach wird kreidebleich im Gesicht. Er hält sich an seiner Stuhl-Lehne fest, als müsste die Erde unter ihm versinken. Nein, so etwas ist ihm noch nicht passiert. Was maßt sich der MSV eigentlich an? Er schüttelt lediglich sein Haupt und bleibt sprachlos.

„Dann will ich es Ihnen sagen. Hier nehmen Sie mal dieses Foto aus den Fotoecken heraus, und legen Sie es auf den Tisch."

Der verdutzte Hemmersbach tut, was ihm befohlen. Sofort verliert er erneut die Farbe und sein Gesicht geht in Stücke. Er entdeckt den zweiten anonymen Brief mit dem Text: *Ablege Frau auf Felsen Jungfrau sonst bistu dran.*

Er schüttelt sein Haupt und hält dabei beide Handflächen vor sein Gesicht. Es wird still im Raum. Niemand räuspert sich.

„Also meine Herren, hier hat uns jemand eine Fährte gelegt, die soll wohl zu dem Schiffseigner führen. Vielleicht will der Täter auch nur den Verdacht auf den Schiffer lenken. Auf jeden Fall werden wir nun den Schmitt in die Mangel nehmen. Und Sie, Herr Kollege Hemmersbach, haben diesen Hinweis unterschlagen. Oder sehe ich das falsch?"

„Ich bin ein Hornochse, entschuldigen Sie bitte vielmals. Ich hab's wirklich übersehen. Vielleicht war ich durch die Geburt meines Sohnes nicht ganz

bei der Sache. Jetzt werde ich, und das verspreche ich Ihnen, besonders diensteifrig an die Sache herangehen, so wahr ich Hemmersbach heiße."

„Gut, ich nehme Ihre Entschuldigung an. Dann besorgen Sie mir die beiden
Schmitts in mein Büro. Das wird denen zwar einen zusätzlichen Liegetag des
Schiffs kosten. Das ist mir schnurzegal. Auf jeden Fall sind beide in diese
Sache involviert."

„Wir sollten die ominösen Schriftstücke in die KTU[11] geben."

„Ja, wir bemühen den Erkennungsdienst. Auf jeden Fall scheint Schiffer
Schmitt die Schnittstelle zu sein. Hemmersbach, Sie besorgen mir die beiden
Schmitts. Ganz gleich, wo sich der Frachter befindet. Der soll an dem nächst-
gelegenen Ankerplatz Halt machen. Er hat ein Auto auf dem Dach seiner
Achterwohnung[12] und einen Lastenheber, somit kann er schnellstens hier sein.
Geben Sie ihm bis zu vierundzwanzig Stunden Zeit, mehr nicht. Er soll seine
Frau nicht vergessen. Die scheint uns belogen zu haben."

Krawuttke ist vorwitzig.

„Chef, Sie glauben doch nicht etwa, der August Schmitt hat die Laura umgebracht?"

„Was ich glaube, ist unerheblich. Aber Sie mögen Recht haben, wenn der
Schmitt als Täter ausscheidet, führt die Spur zum echten Täter ganz gewiss nur
über Albatross II."

Nach Dienstschluss, Feierabend kann man bei Kripobeamten nie sagen, weil
sie immer im Dienst sind, kommt Hemmi auf die Wöchnerinnenstation zu seiner Frau Lilo. Lilo ist glücklich mit ihrem Söhnchen und glücklich, weil ihr
Mann gekommen ist. Hemmi lächelt.

„Du strahlst ja wie ein Putzeimer", meint Lilo.

„Wieso Putzeimer?"

„Das sagt man so, wenn jemand strahlt, weil der Putzeimer auch glänzt, von
der Seifenlauge, der wird dann nämlich auch sauber."

„Ich komme mir heute eher mehr als Putzlappen vor. Der MSV hat mich
mal wieder zur Schnecke gemacht."

„Nun setz dich erst einmal und erzähle mir der Reihe nach. Was hast du
denn verbockt?"

„Ach, ich wollte doch den aktuellen Fall, du weißt schon, auf meine Art lösen. Und dabei habe ich ein wichtiges Detail übersehen."

„Aber der MSV hat dich dann mit der Nase draufgestoßen?"

„Genau das ist passiert. Er wirft mir Unfähigkeit vor. Bei Absicht hat er
einen Eintrag in meine Personalakte angekündigt."

---

[11] Kriminal-Technische-Untersuchung
[12] achtern ist in Fahrtrichtung hinten

„Armer Hemmi, nimm das Leben nicht so bierernst. Der will doch nur den Vorgesetzten herauskehren, will dir zeigen, wer der Chef ist. Zeige ihm deine Loyalität, streng dich etwas mehr an, und du wirst sehen, der MSV ist kein Unmensch."

„Aber es liegt ein Gewitter in der Luft. Die Atmosphäre ist gespannt. Hoffentlich entlädt sie sich nicht zu meinen Lasten. Der hat mich schon beim letzten Fall an der Loreley als Hornochse bezeichnet."

„Richtig, das hast du mir damals erzählt. Aber da hat er doch auch den Krawuttke mit dir gemeinsam gemeint. „Wenn jemand solche Dinge von sich gibt, dann ist das ein Zeichen von innerer Schwäche und von Druck, dem er sich ausgesetzt sieht. Du solltest das nicht auf die Goldwaage legen. Hör´ auf deine Frau. Die versteht etwas von solchen Dingen."

„Ach meine liebe Lilo, wenn du so zu mir sprichst, dann geht es mir schon etwas besser. Du bist mein moralischer Rückhalt. Ich danke dir und ich liebe dich."

Lilo nimmt seine Hand und drückt sie ganz fest an ihre Brust.

„Oh, mein Schatz, ich spüre, da muss eine gute Portion Muttermilch drin stecken. Vorsicht, sonst läuft sie aus."

„Gleich wirst du sehen, was da drinnen ist. Dann werde ich unser Bübchen anlegen."

Hemmersbach betrachtet mit Wohlwollen seinen kleinen Sohn Axel, berührt ihn ganz sachte mit der Rückhand und streicht ihm wohlig über seine pfirsichzarte Wange. Und er hat das Gefühl, als sehe ihn Axel an. In diesem Augenblick verschwinden die trüben Gedanken aus Hemmi´s Gehirn. Er wirkt viel gelöster und vergisst den Alltag. Jetzt ist er mit seiner kompletten kleinen Familie einig und zufrieden.

MS Albatros II ist auf Talfahrt von Mannheim nach Rheinhausen. Im Gebirg bei Oberwesel beschleicht den Schiffsführer ein unangenehmes Gefühl, als er die Fahrwasserteilung an den Jungfrauen ansteuert. Immer wieder mischen sich die belastenden Ereignisse der letzten Tage unter seine Gedanken. Jetzt entstehen wieder die Bilder von der Leiche vor seinem geistigen Auge. Er wird sie vermutlich nie verscheuchen können, sie werden jedes Mal zurückkommen, wenn er den besagten Felsen oberhalb der Loreley passiert. Er fühlt sich immer noch bedroht. Erst in Höhe von St. Goar geht es ihm besser. Aber er weiß auch, da muss er immer wieder vorüber fahren. Und dann werden die Quälgeister wiederkommen.

In Höhe von Bornhofen meldet sich die Revierzentrale über Funk:

„Revierzentrale Oberwesel für Albatros II – bitte kommen."

„Albatros hört."

„Guten Tag Herr Schmitt, die Kripo Koblenz will Sie morgen früh um neun auf dem Revier noch einmal vernehmen. Gehen Sie in Koblenz vor Anker. Sie haben ja die Visitenkarte des Kommissars, dort steht seine Adresse drauf. Und Sie sollen Ihre Frau mitbringen. Ist das verstanden worden?"

„Verstanden, danke, Roger."

Schmitt legt den Hörer auf und macht sich Luft:

„Scheiße, große Scheiße."

Schmitt klingelt seiner Frau in der Achterwohnung. Die kennt das verabredete Signal und ist in der nächsten Minuten bei ihrem August im Ruderhaus.

„Is wat, August?"

„Die Kripo will uns morgen um Neune in Koblenz auf dem Revier sehen. Die haben noch Fragen. Wir fahren heut´ nur bis ans Deutsche Eck und machen dort Schluss."

„Die wollen uns sicher bei der Gelegenheit das Fotoalbum wiedergeben."

„Dat jehört uns doch auch. Die sammeln doch keene Fotoalben."

„Dat will ich mal annehmen."

„Äwwer, dat sin Füchse, da müsse mir uns vorsehen."

Die beiden Schmitts haben in der Nacht unruhige Träume. Er ist zu Fuß von der Loreley nach Koblenz marschiert, immer die Straße entlang. Ihm sind immer wieder Daimler-Fahrzeuge entgegen gekommen. Und sie saß die ganze Nacht mutterseelenallein auf einem einsamen Felsen in der Mitte des Rheins. Wieder und wieder wird sie von Wassernixen umgarnt, die ihr verlockende Angebote machen, in ihrer Unterwasserwelt glücklich zu werden. Nein, was war das für eine schlimme Nacht. Gut, dass der Tag graut.

Der Schiffer und seine Frau werden in getrennte Räume gebeten. Darüber sind sie erstaunt. Hemmersbach und Krawuttke verhören Hertha Schmitt, und von Meiderich nimmt sich August Schmitt vor. In beiden Räumen ist ein Tonbandgerät. Von Meiderich deutet auf das Gerät und meint:

„Haben Sie etwas dagegen, dass wir unser Gespräch aufzeichnen, dann brauch ich nämlich nichts schriftlich dokumentieren. Ich schreibe nicht besonders gern."

August Schmitt gibt sich großzügig und deutet mit der ausgestreckten offenen Hand auf das Band und sagt: „bitte."

„Herr Schmitt, wir haben Sie noch einmal ins Präsidium gebeten, weil wir noch offene Fragen haben. Die müssen wir unbedingt heute noch klären. Schließlich haben Sie ja auch die Tote auf dem Felsen entdeckt, und Sie haben danach sofort die Revierzentrale verständigt."

August Schmitt nickt mit dem Kopf.

„Herr Schmitt, nach allem, was wir wissen und inzwischen zusammengetragen haben, müssen wir zwangsläufig zu der Erkenntnis kommen, dass Sie in irgendeinem Zusammenhang mit dem Fall stehen. Ja, ich möchte Sie in aller Form bitten, uns zu helfen bei der Suche nach dem Täter. Ich will Ihnen zugute halten, dass Sie den Mord nicht verübt haben. Aber Sie verschweigen mir einige Details. Wollen Sie nicht reinen Tisch machen?"

„Herr Hauptkommissar, ich habe Ihnen doch schon bei unserem ersten Gespräch alles haargenau erklärt."

„Einspruch, Euer Ehren, das haben Sie nicht."

„Jetzt werden Sie auch noch zynisch."

„Wegen Euer Ehren?"

„Genau, das ist so. Sie sollten wissen, ich bin ein sensibler Mensch, ich registriere alle Zwischentöne in Ihrem Tonfall."

„Gut, tut mir leid. Dann frage ich anders herum. Herr Schmitt, Sie haben also die Tote entdeckt. Haben Sie die Laura Reinhardt auch lebend gekannt?"

Bei dieser Frage tritt eine Stille ein. Das Band surrt leise ohne gesprochene Worte weiter.

„Ich höre, Herr Schmitt."

„Ja, ich hab´ sie zweimal gesehen. Einmal vor einigen Jahren, Sie müssen wissen, die Reinhard war Kreditsachbearbeiterin bei der Bank und hatte mir damals noch zur DM-Zeit einen Kredit über Hunderttausend Mark verschafft für Motorreparaturen. Der Kredit ist längst getilgt."

„Und wann war das zweite Treffen, ging es da ebenfalls um Geld?"

„Es ging um Achtzigtausend Euro für eine neue Reparatur bei der Duisburger Werft. Wir hatten uns im Kaffee gegenüber der Bank getroffen, weil in ihrem Büro die Handwerker waren wegen der ausgefallenen Klimaanlage."

„Aha, wegen der Klimaanlage."

„Sie glauben doch nicht ernsthaft, dass ich mit der Reinhardt ein Techtelmechtel angefangen habe, nur weil sie so blond ist wie meine Hertha? Natürlich war sie ein bildhübsches Weib, das ist meine Frau auch. Vom Typ her waren sich die Frauen sogar ähnlich. Sie war mir nicht unsympathisch, aber unser Zusammentreffen war rein geschäftlich."

„Herr Schmitt, wann bitte war das zweite Treffen in dem Kaffee?"

Schmitt legt seinen Kopf leicht zurück und spannt sein Spitzkinn dem Ermittler entgegen, während er antwortet:

„Das war am Tag davor, als ich sie auf dem Felsen entdeckt hatte."

„Und was war mit dem zweiten Kredit?"

„Der Antrag läuft noch. Ist noch nicht bewilligt."

„Und der wird auch nicht bewilligt. Sie haben gelogen, Herr Schmitt."

„Und warum sollte der Kredit nicht bewilligt werden? Ich habe als Sicherheit eine Schiffshypothek angeboten."

„Weil der Verwendungszweck getürkt war. Die Werft hat überhaupt keine Forderung mehr an Sie. Weil Sie das wussten, haben Sie die blonde Schönheit einfach umgebracht!"

„Herr Kommissar, ich habe niemand umgebracht."

„Oberkommissar bitte."

„Tschuldigung."

„Wenn Sie es nicht waren, dann sagen Sie mir bitte jetzt, wer war es wirklich?"

„Herr Oberkommissar, ich weiß es nicht. Ich bin kein Kriminalbeamter. Die Staatsanwaltschaft wird dafür bezahlt und Sie werden es auch. Sie müssen den Mörder finden, doch nicht ich."

„Herr Schmitt, ich finde, Sie werden jetzt ganz schön keck."

„Ich lasse mir doch keinen Mord anhängen. Ein August Schmitt lässt zwar manchmal eine Fünf gerade sein, aber Mord gehört nicht in mein Fahrwasser."

„Schön, bleiben wir bei ihrem Fahrwasser. Dann will ich das Thema von einer anderen Seite beleuchten. Uns liegt ein anonymes Schreiben vor. Darin heißt es, wir sollten ein Kerbholz finden."

„Und haben Sie eins gefunden?"

„Ja, haben wir. Und zwar bei Ihnen auf Albatros II."

August Schmitt wird bleich, kreidebleich. Das Tonbandgerät legt wieder zwei Ehrenrunden ein, ohne etwas aufzunehmen, nur einen Seufzer. Der MSV gibt seinem Gesprächspartner Gelegenheit, seine Gedanken zu ordnen. Er spürt, hinter der Fassade seines Gegenübers arbeitet der Verdächtige fieberhaft. Er verlängert die Kunstpause bewusst. Soll er doch von selbst kommen. Schmitt öffnet den Mund, als wolle er sprechen. Doch seine Stimme versagt. Er flüstert nur:

„Kann ich ein Glas Wasser haben?"

Von Meiderich erhebt sich und bringt ihm ein gefülltes Glas mit Mineral-Wasser. Wortlos stellt er es dem Schmitt auf den Tisch. Schmitt braucht diese Sekunden, bevor er kleinlaut antwortet:

„Kerben gibt es auf allen Schiffen. Auf meinem auch. An der Ankerkette sind Kerben, damit man beim Einholen sieht, wann ein Anker oben ist."

„Es geht nicht um einen Anker. Es geht um den Ausleger auf der Backbordseite. Da ist eine frische Kerbe."

„Die hab´ ich noch nicht bemerkt."

„Erklären Sie mir, wie die dort hinkommt!"

„Das klingt so: Ich habe eine Beule am Kotflügel, weiß aber nicht, wie die entstanden ist. Auch das kommt vor, täglich zigmal."

„Herr Schmitt, reden Sie nicht drum herum. Sie wurden gezwungen, die Leiche auf dem Felsen abzulegen. Wir haben den Beweis. Hier ist Ihr Foto-Album. Nehmen Sie es bitte selbst. Hinter dem letzten Foto haben Sie eine Nachricht versteckt. Ich hab´ sie gefunden. War ja auch nicht schwer. Dort heißt es: *Ablege Frau auf Felsen Jungfrau, sonst bistu dran.* Hier ist der Beweis."

„Ja, Sie haben Recht. Ich will Ihnen die ganze Geschichte erklären. An dem Tag nach dem Gespräch auf der Koblenzer Bank war ich mit meiner Frau noch einmal an Land. Wir waren in Koblenz in einem Speiselokal in der Altstadt beim Griechen und haben zu Abend gegessen."

„Ich kenne das Lokal. Das werden wir nachprüfen."

„Das brauchen Sie nicht, ich hab noch die Quittung, Augenblick, die hab´ ich in meinem Portemonnaie. Hier ist sie. Und als wir gegen elf wieder an Bord kamen, steckte der besagte Zettel an der Kabinentür. Wir erschraken gewaltig. Dann sind wir über das Gangbord rings ums Schiff gegangen und haben auf dem Vorschiff hinter dem Ankerspill die tote Frau entdeckt. Durch das Schanzkleid[13] war die Leiche von Land nicht einsehbar. Wir bemerkten sofort, die Frau war tot, weil sie keinen Puls hatte."

„Sie hätten sofort die Polizei verständigen müssen und einen Notarzt."

„Ich weiß, das hätten wir tun müssen. Aber da war ja die Drohung. Wir hatten Angst um unser Leben. Sie sehen doch selbst, die sind brutal."

„Wer sind die?"

„Es sind zwei Schläger. Treiben Schulden ein mit Gummiknüppel und sogar mit Waffengewalt."

„Kennen Sie die Namen?"

„Ich glaub, der eine hat den anderen Meister genannt. Entweder er ist der Meister oder er heißt sogar Meister. Das weiß ich nicht."

„Und der andere?"

„Geselle, hat der ihn genannt, es kann aber auch Gsell sein."

„Also, Meister und Geselle. Was sind das für Landsleute?"

„Auf jeden Fall fahren sie ein deutsches Kennzeichen auf ihrem Mercedes, ein Duisburger Kennzeichen, aber das hab´ ich mir nicht gemerkt."

„Überlegen Sie mal, war das DU – SA?"

„Kann schon sein, aber die Farbe ist silbermetallic."

„Jetzt brauchen wir lediglich noch den Betrag, den Sie wem schulden."

„Die Summe ist genau die gleiche, die ich bei dem Koblenzer Bankhaus beantragt habe, nämlich Achtzigtausend. Aber ich hab´ große Hemmungen,

---

[13] seitlicher Aufbau zum Schutz gegen Bugwellen

Ihnen zu gestehen, dass das Spielschulden sind, die ich in der Ruhrorter Alt-Stadt im Hinterzimmer einer Kaschemme gemacht habe."

„Sind sie denn von Sinnen. Weiß Ihre Frau davon?"

„Das ist doch das Problem. Die glaubt, es sind Werftschulden."

„Natürlich ist das ein Problem für Sie. In Ihrer Haut möchte ich nicht stecken. Hoffentlich ist Ihnen klar, Sie haben da eine Rieseneselei fabriziert."

August Schmitt nickt mit dem Kopf. Jetzt hat er´s gestanden. Und er ist erleichtert darüber. Mit seiner Hertha hat er jetzt noch einen Strauß auszufechten. Das kann ja heiter werden.

„Schmitt, Sie hatten ohne Ihr Zutun eine Leiche auf Ihrem Gangbord. Da wäre doch der erste und einzig richtige Weg, die Polizei zu informieren. Ich kann Sie nicht begreifen, Sie Esel - entschuldigen Sie, aber das muss ich Ihnen in aller Deutlichkeit sagen. Falscher kann man es schon gar nicht machen."

„Herr Hauptkommissar, ich schäme mich ja so sehr, vor Ihnen, vor allem vor meiner Frau. Wenn das publik wird, wird man in der Schifffahrt mit Fingern auf mich zeigen."

„Das gibt sich mit der Zeit. Aber Sie sollten mir noch erklären, wie Sie das angestellt haben. Wie haben Sie die Leiche auf den Felsen gebracht?"

„Das kann kein Schiffer allein schaffen. Meine Frau war am Steuer und hat den Kahn dicht an den Felsen geschoben, die Maschinen gedrosselt und ich hab´ die Leiche in ein Segeltuch gewickelt und das ganze Paket mit Leinen so befestigt, dass ich in der Lage war, die Leine im richtigen Moment durch einen einzigen Zug zu lösen. Das lernt man in der Schifferschule. Der Knoten heißt Räuberknoten[14] und ist früher im Wilden Westen von Bankräubern benutzt worden. Damit haben sie ihre Pferde vor der Bank an einem Balken festgebunden. Nachdem sie Beute gemacht hatten, bedurfte es nur eines einzigen Rucks am richtigen Tauende und ab ging die Post."

„Und so was lernt man in der Schifferschule?"

„Natürlich auch den Palstek, Schotstek, Webleinenstek, Rollstek, Notmastknoten, Achterknoten...."

„Hören Sie auf, ich bin schon froh, wenn ich meine eigenen Schuhe schnüren kann."

Der Hauptkommissar verspürt einen Funken von Sympathie für den tollpatschigen Schmitt, lässt es ihn aber nicht merken. Innerlich kommt Genugtuung in ihm auf, weil er seinem karrieresüchtigen Hemmersbach gezeigt hat, was eine Harke ist.

„Herr Schmitt, das müssen wir jetzt protokollieren. Der Staatsanwalt wird ein Ermittlungsverfahren gegen Sie einleiten. Heute bleiben die Anker noch

---

[14] Räuberknoten sind mit etwas Übung leicht zu binden, sind unbedingt haltbar, aber schnell zu lösen.

auf Grund. Ich gehe davon aus, es besteht bei Ihnen keine Verdunkelungs-Gefahr. Wo sollten Sie denn auch hin mit Ihrem Kahn? Auf unseren Wasserstraßen finden wir Sie immer. Jetzt brauchen wir nur noch die Aussage Ihrer Frau. Warten Sie bitte draußen auf dem Gang in der Besucherecke."

Hertha Schmitt sitzt noch immer im Zimmer von Hemmersbach und verteidigt ihren Mann. Nun ist sie zudem eine attraktive Frau; hat ihr gewinnendes Lächeln aufgesetzt und hofft, die Beamten Hemmersbach und Krawuttke damit zu blenden. Sie spricht viel über sich, über das Zigeunerleben an Bord, wo sie doch lieber an Land wohnen würde und einem gut dotierten Beruf nachgehen könnte. Sie nennt ihren Mann August, einmal in der Kurzform Au. Die kurze ist die liebevolle Version. Wenn sie ihm mal böse ist, legt sie die Betonung auf die zweite Silbe, was dann wie der Monatsname August klingt. Spricht sie hingegen in der dritten Person über ihren Gatten, dann redet sie von Augustus. Nur im Normalfall sagt sie August, wobei die Betonung dann auf der ersten Silbe liegt.

Hemmersbach fragt:

„Was haben Sie früher beruflich gemacht, bevor Sie an Bord gegangen sind?"

„Ich bin ausgebildete MTA und hatte einen guten Posten in einer Dialysepraxis. Den könnte ich heute noch ausüben, wenn ich nicht meinen Augustus kennen gelernt hätte."

„Dann kennen Sie sich mit allen Gerätschaften einer Arztpraxis bestens aus, auch mit Spritzen."

„Warum fragen Sie nach Spritzen? Mit Rauschgift habe ich doch nichts zu tun."

„Sie müssen wissen, die Laura Reinhard ist durch eine Spritze zu Tode gekommen. Es wäre doch denkbar, dass Sie aus Eifersucht..."

„Bitte sprechen Sie den Gedanken erst gar nicht aus. Ich weiß zwar, dass mein Mann auf blond steht, aber für so etwas ist der viel zu blöd. Der ist ja mehr mit seinem Schiff verheiratet als mit mir."

„Wollen Sie damit sagen, Ihre Ehe ist nicht glücklich?"

„Natürlich sind wir glücklich verheiratet. Ich würde alles tun für meinen Augustus."

Nun schaltet sich Krawuttke ein:

„Würden Sie aus Liebe zu Ihrem Mann auch einen Mord begehen?"

„Junger Mann, Sie gehen einen Schritt zu weit. Nein, niemals."

„Ich heiße Krawuttke. Entschuldigen Sie vielmals. Aber manchmal sind wir gezwungen, auch einmal direkte und unangenehme Fragen zu stellen."

Hertha Schmitt schüttelt empört ihren Blondschopf, als ob sie gesponnenes Gold verteilen wollte. In diesem Augenblick betritt von Meiderich den Raum.

Er registriert noch die fliegende Mähne dieser Frau und erwischt auch ihren zornigen Blick in ihren wasserblauen Augen. Dieser Ausdruck erinnert ihn an eine wilde Löwin, die ihre Jungen verteidigt. Er schaltet sich in das Gespräch ein:

„Frau Schmitt, kann es sein, dass Sie eine Löwegeborene sind?"

„Merkt man das? Und mein Mann ist ein Steinbock."

„Und da fliegen doch manchmal die Fetzen?"

„Manchmal schon, aber das gibt sich schnell. Wir sind zwar echte Gegensätze, aber auch beide Kämpfernaturen. Und jetzt kämpfen wir um unsere Ehre, wir haben keinen Dreck am Stecken."

„Ein bisschen schon. Sie haben uns nämlich beide belogen. Sie haben dem Kollegen Hemmersbach gesagt, Sie hätten geschlafen, als Ihr Mann die Tote auf dem Felsen entdeckt hat. Und Ihr Mann hat gelogen, als er ausgesagt hat, der Kredit sei für die Werftrechnung. Das stimmt nicht. Ihr Mann hat Spiel-Schulden beim Pokern gemacht. Und weil er nicht zahlen konnte, hat man Sie bedroht. Und dann sind Sie noch so dusselig, die schriftliche Drohung hinter ein Foto in Ihrem Album zu verstecken. Ich hab´ es entdeckt."

Hertha Schmitt wird schlagartig blass im Gesicht, bekommt feuchte Augen und schluckt zweimal.

„Dieser Lumpenkerl hat mich also belogen. Das wird´ ich dem heimzahlen."

„Das werden Sie nicht tun. Der ist genug gestraft. Sie werden jetzt noch enger zusammenstehen müssen, denn es kommt ein Verfahren auf Sie zu. Ich gehe nicht davon aus, dass Sie oder Ihr Mann als Täter infrage kommen. Wir verfolgen noch eine andere heiße Spur. Wir lassen alles noch heut protokollieren. Gehen Sie mit Ihrem Mann in die Stadt und trinken Sie irgendwo einen Kaffee. Wenn Sie dann nach zwei Stunden wieder zurückkommen, unterschreiben Sie das Protokoll, dann kann Ihr Mann morgen in der Frühe seine Anker lichten. Doch bevor Sie jetzt diesen Raum verlassen, habe ich noch eine letzte Frage an Sie. Wenn Sie auf der Albatros sind, welche Strecke fahren Sie am liebsten?"

„Das ist aber eine komische Frage. Wir müssen doch Aufträge ausführen. Das ist doch kein Wunschkonzert."

„Entschuldigung, ich wollte nur wissen, welche Gegend Ihnen am besten gefällt."

„Ach so, am liebsten mag ich die Fahrt nach Holland. Aber das lohnt sich heute nach dem Euro nicht mehr, ist ja alles noch teurer als hier."

„Nun gut, jetzt marschieren Sie mit Ihrem Mann in die Stadt zum Kaffee-Trinken."

„Oh Gott, ist das ein schlimmer Tag."

Der Schiffer und seine Frau betreten ein Kaffeehaus. In einem hinteren Eckchen lassen sie sich nieder und bestellen zwei Kännchen schwarzen Tee, einmal mit Zucker und Milch und einmal nur mit Zitrone. Sie reden kaum miteinander. Jeder ist mit seinen Gedanken bei der armen jungen Frau. Jetzt ist keine Zeit für Vorwürfe. Nein, nur jetzt nicht zerstreiten. Aber warum hat man uns die fremde tote Frau aufs Gangbord gelegt? Warum nur?

Dann schießt August Schmitt eine verrückte Idee durch seinen Kopf:

„Hertha, hat nicht der eine Kommissar mal geäußert, du siehst der Frau ähnlich, du könntest sogar ihre ältere Schwester sein?"

Hertha Schmitt wird wieder blass und gleichzeitig nervös. Sie fingert aus ihrer Handtasche eine Schachtel Zigaretten hervor. Er gibt ihr Feuer.

„Wenn das eine Verwechslung gewesen ist, dann hat der Anschlag ja mir gegolten. Um Gottes Willen, das müssen wir dem Kommissar unbedingt sagen."

„Und wenn der Täter merkt, dass er die Falsche erwischt hat, dann bin ja ich in Lebensgefahr. Lass mich bloß nicht aus den Augen, weder an Land noch auf dem Wasser."

Das Unheil rollt durch unsre Lande
Brutal als die Inkasso-Bande

Der Wagen rollt lautlos auf den Parkplatz vor der Hafenkneipe. Zwei stämmige Figuren treten vor die Theke. Es ist früh am Morgen, kurz nach Neun. Es sind noch keine Gäste da. Der Wirt ist mit den Gläsern beschäftigt und wischt mit einem feuchten Leder über den Tresen.

„Morjn, die Herren. Was darf´s sein?"

„Das hier."

Der eine legt einen Schuldschein vor über Fünfhundert Euro. Für den Wirt ist das ein Schreck in der Morgenstunde.

„So viel hab´ ich nicht greifbar."

„Wie viel hast du?"

„Drei – vielleicht."

„Gib her, die restlichen drei morgen."

„Wieso noch drei?"

„Entweder heute fünf oder heute drei und morgen drei. Der eine ist fürs Wiederkommen. So sind eben die Spielregeln in unserer Branche. Wenn nicht, brauchst du eine neue Einrichtung."

Die Methode hat sich bewährt. Nächster Besuch bei einem Immobilien-Makler. Seine Geschäfte stagnieren. Der Immobilienmarkt ist so gut wie tot. Nichts geht mehr, und das schon seit Monaten. Seine letzten Rücklagen hat er beim Glücksspiel eingesetzt. Nein, nicht im Lotto. Das dauert ihm zu lange, Samstag und Mittwoch sind ihm zu wenig. Roulette oder Black Jack geht ruck zuck und Kohle gibt es auch sofort. Doch er hat sich verkalkuliert. Gott sei Dank, die Freunde haben ihm mit einem Tausender ausgeholfen, gegen Quittung natürlich. Aber die stehen ihm jetzt auf den Nerven, fordern ihr Geld zurück. Die beiden gut gekleideten Herren machen dem verdutzten Makler unmissverständlich klar, der Zahltag sei gekommen. Wenn ihm seine Familie lieb sei, möge er doch bitte so nett sein und mit Geld rüberkommen. Aber er hat es nicht greifbar. Nicht alles. Ob es denn nicht auch in Teilbeträgen gehe, will der gute Mann wissen.

„Vier mal drei wäre machbar. Und die erste Rate jetzt."

„Ja, hier haben Sie Dreihundert – aber bitte mit Quittung."

„Heut´ in einer Woche sind wir wieder hier."

„Sie sind ja rabiater als meine Bank."

„Wir sind ja auch keine Bank, wir arbeiten als Privatunternehmer mit Risikozuschlag."

Am Abend streifen zwei seriös gekleidete Gestalten durch das Rotlicht-Milieu und kassieren bei den aufreizenden Girls die Vorschüsse der Tageseinnahme ab. Das geschieht nicht ganz ohne Gezeter. Aber es gelingt ihnen doch mit Nachdruck. Und als Dank gibt es lediglich einen Klaps auf den prallen Hintern und dazu ein aufmunterndes:

„Braves Mädchen."

„Arschloch."

„Nicht undankbar werden, meine Dame, und immer an die gute Kinder-Stube denken."

Es ist schon nach Mitternacht, als die Herren ihren Außendienst erfolgreich abschließen. Sie haben damit die kleinen Fische im Netz. Aber noch haben sie den dicken Fang vor sich. Im schummrigen Licht des Nebenzimmers, sie bezeichnen es als „Höhle", besprechen sie, wer heute die neuen Spielkarten zinkt. Auch der Roulettkessel muss neu justiert werden. Justieren heißt: Je nach Einsatz kann eine bestimmte Zahl durch den unter der Tischkante angebrachten unsichtbaren Knopf ein- oder ausgeschaltet werden. Sie machen sich keinen Kopf über ihr Verhalten. Die Machenschaften gehören zum Marketingkonzept, und jeder Skrupel taucht so weit ab, als sei er überflüssig. Jeder Gedanke an eine strafbare Handlung wird weit hinter den Horizont ihres Denkvermögens geschoben. Ihre innere Zufriedenheit gibt ihnen eine gute Portion Sicherheit. Im „Labor" werden die gezinkten neuen Spielkarten wieder verschweißt.

Das ist unauffällig und lässt keinen Argwohn bei den Spielern aufkommen. Wenn das Konzept nicht gesetzeswidrig wäre, würden sie es sogar patentieren lassen.

Wenn eine ihrer „Miezen" mal einen umsatzstarken Tag hat, darf sie sogar mitspielen. Dann bekommt sie zur Belohnung Champagner und gewinnt. Das reizt zum erneuten Einsatz, zu höherem Risiko. Sie gewinnt wieder und setzt noch höher ein. Am Ende wird sie gebeten, das Spiel zu beenden. Sie bettelt förmlich, noch einmal setzen zu dürfen. Das gewährt man ihr großherzig. Doch zum Schluss geht auch sie enttäuscht vom Tisch. Das Glück hat sie schmählich verlassen. Ihre Beschützer Meister und Gsell sind mit dem Tages-Reibach zufrieden. Es war mal wieder ein stinknormaler Arbeitstag mit vielen kleinen Quengeleien. Aber der größere Coup liegt ja noch vor ihnen.

Wo tief im Wald die Hexen hausen
Da vollzieht sich manches Grausen.

Der silberne Mercedes prescht im Höllentempo die Karthause bei Koblenz hoch. Sein Tempo ist auffällig. Aber der Fahrer hält ihn in den Kurven sicher in der Spur. Eine Fußgängergruppe verdrückt sich verschämt an den Seiten-Rand. Einige sind erschreckt worden und schütteln den Kopf. „Der muss es aber eilig haben." Waldesch bleibt rechts liegen. Vorbei an dem hellen *Licht-haus* und ward dann nicht mehr gesehen. Kurz vor der Autobahnauffahrt zur A61 nach Köln verlangsamt das Fahrzeug und biegt mit kreischenden Pneus an der Nassheck rechts in den dichten Wald ein. Die Sonne steht hoch. Es ist richtiges Wanderwetter. Der Waldweg ist trocken. Der Mercedes holpert jetzt über die Unebenheiten, weicht Schlaglöchern aus und setzt sogar zweimal leicht auf. Hin und wieder steht noch ein Rest Wasser vom Regen der letzten Woche in einigen Vertiefungen. Der Benz schafft sie spielend.

Die offene Lichtung liegt wie eine Theaterbühne, verschwiegen im dichten Tann. Während die leere Bühne zum Szenario einlädt, nehmen am Rand die noch schweigsamen Bäume die Logenplätze ein. Das Spiel ist ein Einakter. Es währt nicht einmal fünf Minuten. Dann fällt der Vorhand. Und der Applaus wird symbolisch durch ein Blätterrauschen angedeutet, das Neigen der Wipfel im kurzen Fauchen einer Windbö zelebriert ein Standingovations. Das Drama ist beendet. Das Fahrzeug dreht einen Kreis auf der Lichtung, als ob es eine Ehrenrunde präsentieren wollte. Dann holpert es behutsam auf der gleichen Fährte wieder zurück zur Hunsrückhöhenstraße und biegt in Richtung Koblenz ab. Der Motor heult kurz auf und beschleunigt seine Fahrt, wie von Jagd-Hunden gehetzt.

Der Waldfriede kehrt zurück, als ob nichts geschehen sei. Die grünen Zeugen stehen stumm und schweigen unwissend in den frühen Sommer-Abend. Das heimliche Drama in der Nassheck wird die Menschen am Rhein in Aufregung versetzen. Sie werden reden und tuscheln, gestikulieren und re-cherchieren, Strategien entwickeln und doch keine plausible Lösung zuwege bringen, bis sie letztendlich ein kleiner Fingerzeig dann doch zu der erlösen-den Erkenntnis führt. Doch die feinen Herren kennen kein Erbarmen. Sie sind mit scheinbar illegalen Gefühlen und gefühllosen Herzen ausgestattet. Recht-schaffenheit und Menschenwürde sind für andere da. Das Unrechtsbewusst-sein ist ihnen abhanden gekommen. Ihr nächster Weg führt sie zurück an das Deutsche Eck. Ihre stille Fracht liegt verborgen im Kofferraum. Jetzt warten sie den Schutz der Dunkelheit ab. Dort werden sie an der Kaimauer ihre Fuhre umladen und flugs verschwinden.

Nachdem sie ihre Mission vollbracht haben, entledigen sie sich ihrer Handschuhe. Das Moselwasser nimmt sie auf, noch bevor es sich mit dem Rhein vermählt. Alles läuft glatt, wie geschmiert. Es geht doch nichts über einen guten Plan.

Jagt die Ganoven Tag und Nacht
Und ruht erst, wenn das Werk vollbracht

Krawuttke ist ein ökonomischer Mensch. Er sammelt Holz für seinen Kachelofen. Bei den derzeitigen Ölpreisen ist er froh, dass dieser Kelch an ihm vorüber geht. Sein Nachbar hat ein Waldstück im Vorderhunsrück. Dort darf er für einen Hunderter soviel Holz einschlagen, wie er für den kommenden Winter braucht. Mit einem geliehenen Traktor tuckert er über die Hunsrück-Höhenstraße. Drei lange Samstage ist er damit beschäftigt, Stämme und Bälkchen auf Feuerlänge zu sägen und zu spalten. Am letzten Samstag kommt Hemmersbach vorbei und trifft einen durchgeschwitzten Krawuttke im rotkarierten Hemd. Der bleibt verblüfft stehen und wundert sich über seinen Kollegen, wie der alle Holzscheite fein säuberlich in seinem Schuppen hinter dem Haus aufschichtet.

„Grüß Gott, Herr Kollege, was ist denn hier los, und vor allem, was machst du bitte mit so viel Holz?"

„Ach, was ich nicht brauche, das verbrenne ich einfach in meinem Kachel-Ofen."

Beide lachen herzhaft und begrüßen sich mit Handschlag. Krawuttke geht in´s Haus und kommt mit zwei Flaschen Bier zurück. Ungefragt drückt er dem Hemmersbach eine davon in die Hand und sagt „prosit."

„Schön, dass du mich besuchst. Hast du Langeweile, oder bist du vor dem Babygeschrei und den beschissenen Windeln geflüchtet?"

„Weder noch. Es läuft alles bestens. Meine Frau ist wieder zu Hause, und dem Sprössling geht es gut. Jetzt sind wir eine richtige Familie. Ich bin ganz glücklich. Ich brauch´ nur noch einen Taufpaten für meinen Sohn. Und dabei hab´ ich an dich gedacht. Ich weiß, das ist ein Überfall. Du musst dich nicht sofort entscheiden."

„Ich bin ein spontaner Mensch. Ich entscheide mich sofort. Aber dann muss auch mein Name mit einfließen. Wie wär´s mit Axel Horst?"

„Einverstanden, aber der Rufname ist Axel. Und noch ´was. Wenn mein Sohn seinen Patenonkel duzt, dann muss meine Frau das aber auch dürfen."

„Gut, damit hab´ ich keine Probleme. Darauf trinken wir kein profanes Bierchen. Ich hab´ im Kühlschrank eine Flasche Linie, ein feines Tröpfchen, das wollen wir jetzt mal probieren."

Während sie draußen das Bier aus der Flasche getrunken haben, holt Horst Krawuttke zwei echte Aalborggläser aus seiner Vitrine, gießt vorsichtig ein, beide erheben sich, sehen sich in die Augen, kippen den Inhalt langsam und genießerisch aus.

„Prost Horst."

„Prost Franz."

Andächtig verharren sie einen Augenblick, um die Köstlichkeit zu verinnerlichen. Dann sagt Hemmersbach:

„Der Alte hat zum Halali auf die Duisburger Ganoven geblasen. Ich hab´s von dem Duisburger Schwätzer erfahren. Im ganzen Kohlenpott liegen sie auf der Lauer, machen Straßenkontrollen, und die Autobahnen werden vom Heli[15] kontrolliert. Bei Verdacht melden die ihre Beobachtungen über Funk an die Streifenwagen. Selbst die Wasserschutzpolizei ist eingeschaltet. Vor allem behalten die den Frachter im Auge, folgen ihm unauffällig."

„Was soll denn das? Das ist doch Geldverschwendung. Wenn es zutrifft, dass der Skipper sein Geld in der Ruhrorter illegalen Spielhölle verzockt hat, dann braucht man doch nur diese Spelunke in´s Visier zu nehmen."

„Horst, du wirst eines Tages Polizeipräsident."

„Ich gehe davon aus, so weit haben die Gangster auch gedacht. Vielleicht sind sie schon über alle Berge."

„Das glaub ich nicht. Die sind so geldgeil, so schnell verzichten die doch nicht auf eine sprudelnde Geldquelle."

„Bei Mord ist die eigene Haut wertvoller als alles Geld."

„Glaubst du wirklich, die Herrschaften haben sich in´s bürgerliche Leben zurückgezogen? Ich vermute, die wechseln, während wir uns unterhalten, gerade ihr Revier, vielleicht sogar das Land, um dort ähnliche Geschäfte einzufädeln. Mal sehen, wie der MSV darüber denkt."

„Der denkt manchmal um die Ecke. Von dem können wir uns noch ´ne Scheibe abschneiden."

Josef von Meiderich meldet sich auf seiner Dienststelle für die nächsten drei Tage ab. Er geht auf Dienstreise. Geht er wirklich auf Dienstreise oder macht er einen Kurzurlaub in den Tiroler Bergen? Denn dort lebt seine Jugendliebe mit ihrem gemeinsamen Sohn auf einer Alm. Hemmersbach nimmt dem MSV die Dienstreise nicht ab, äußerst sich jedoch nicht dazu. Krawuttke jedoch vertraut seinem Chef.

---

[15] Helikopter

Die Katze lässt das Mausen nicht
weil sie auf Mäuse so erpicht

Das Schummerlicht im Hinterzimmer der Duisburger Spielhölle wirkt durch den dicken Zigarrennebel noch düsterer. Plötzlich leuchtet die rote Warnlampe in der Ecke dreimal zuckend auf und verlischt sofort wieder. Wie eingeübt, betätigt der Spielhalter den geheimen Knopf unter dem Tisch. Wie von Geisterhand öffnet sich die Tischplatte in der Mitte und alles, was an Karten, Jetons, Barem samt Roulettekessel verräterisch wirken könnte, verschwindet in Sekundenschnelle im Inneren des ovalen Spieltisches.

Schon schließt sich die Tischplatte wieder ganz unschuldig. Während dieses Vorgangs öffnet sich die hintere Tapetentür selbsttätig und alle sechs Gestalten nehmen Reißaus, noch, bevor die Fahnder den Raum stürmen. Die rückwärtige Fluchttür verriegelt sich automatisch, damit die Dunkelmänner Zeit gewinnen, sich im Dickicht des angrenzenden Irrgartens in Sicherheit zu bringen.

Fassungslos betrachten die beiden Zivilfahnder den leeren Tisch und die unordentlich herumstehenden sechs Stühle. Hier ist doch gerade noch geraucht worden. Die süßlichen Rauchschwaden lassen erahnen, der Raum war wenige Minuten vor ihrem Eintreffen noch belebt. Nur die Flügel eines großflächigen Ventilators an der Decke surren leise vor sich hin. Sie werden noch eine ganze Weile mit dem Zigarrenrauch zu tun haben.

Die Beamten werden wiederkommen. Am nächsten Tag wird das Gebäude observiert. Rund um die Uhr behalten sie den Haupteingang im Auge. Alle Personen, die das Haus betreten, werden mit einem Teleobjektiv fotografiert. In der Dunkelheit sogar mit einer Infrarotkamera. Seit 20 Uhr haben acht männliche Gestalten das Haus betreten und keiner hat es verlassen. Kurz vor Mitternacht betreten die Fahnder erneut den Schankraum. Dort sitzen aber nur zwei Figuren. Die junge Tresenfrau ist freundlich und weiß von nichts.

„Chef nix da.“

„Chef hinten?“

„Gucken selbst, Chef nix da.“

Den Weg kennen die Fahnder bereits. Sie stürmen ins Hinterzimmer. Aber das Ergebnis kennen sie. Es ist wieder geraucht worden, aber sie blicken nur auf Inventar und vergammelte Tapeten, die, könnten sie erzählen, eine beredte Sprache sprechen würden. Verdammt, da muss es einen geheimen Ausgang geben.

Die Frau hinter der Theke hebt nur die Schultern. Frustriert verlassen die Ermittler den Schankraum, aber in der Gewissheit, nicht aufzugeben.

Auf der Suche nach einem Fluchtweg aus dem Haus entdecken sie am nächsten Morgen endlich den gepflegten Irrgarten an der Hinterfront des Hauses. Mannshohe dichte Hecken säumen die verschwungenen Wege, von denen vier in eine Sackgasse münden, während ein einziger nur zum rettenden Ausgang führt. Jetzt brauchen sie Verstärkung. Ihr Plan sieht vor, sechs Beamte sollen sich in der Nähe des Irrgartens verstecken, während die zwei schon bekannten Fahnder ihren dritten Versuch starten wollen. Aber sie wollen unberechenbar bleiben. Also passiert jetzt drei Tage nichts, als habe man die Recherche erfolglos aufgegeben. Erst am vierten Tag, an einem Samstag wollen sie den Sack zumachen.

Von Meiderich trifft im Duisburger Polizeipräsidium, in der Düsseldorfer Straße 161, ein. Dort wird er von seinem Kollegen bereits erwartet. Die Begrüßung ist herzlich, und schon ist man beim Thema.

„Kolleje von Meiderich, ich begrüße Sie dreimal. Is Ihr Taach och ausjefüllt met Straßeraub, met illejalem Autorennen über fünef Ampelen bei Rot, Spielhallenüberfall, Autoknackern, Dealern und Brandstiftern?"

Von Meiderich lacht.

„Sie laachen, wer lacht hat noch Reserven."

„Hab ich, Kollege Optenhövel, ich liebe meinen Beruf, mache meine Arbeit gern und verdiene mehr als ich ausgebe. Das rechnet sich am Ende."

„Dat is jut, bei mir isset so, ich verdiene vill mehr, awwer dat krijen ich nit."

Der MSV schmunzelt.

„Kollege Optenhövel, das ist kein Höflichkeitsbesuch. Ich brauche Ihre Hilfe. Wir sind hinter zwei Gangstern her, die vermutlich die Loreley umgebracht haben. Und die sollen aus Duisburg stammen. Mein Mitarbeiter hat mit Ihnen letzte Woche telefoniert."

„Ach, dat jeht um Meister und Jesell, die machen die Ostmaffjatour, Inkasso mit em Jummiknüppel un illejale Spielkasino. Dat sin deutsche Mafjosis. Die ham mer schon zweimols jefilzt, de Höll mein ich. Nur de Vöjel waren ausjeflochen."

„Genau, und ich weiß auch, dass Ihre Leute einen geheimen Hinterausgang entdeckt haben. Ich möchte dabei sein, wenn Sie die am Samstagabend erneut observieren."

„Kein Problem, wir könne kostelose Mitarbeiter stets jebrauche. Nur dat Risiko jeht uf Ihr Kapp."

„Das ist nichts Neues für mich. Und was ist der aktuelle Stand in Sachen Autokennzeichen DU-SA?"

„Dat is ´ne Fälschung. Die wechsele die Kennzeiche wie de Hemden."

Der große Stratege vom Deutschen Eck bezieht sein Hotelzimmer, bestellt sich ein Kännchen schwarzen Tee auf sein Einzelzimmer und macht es sich gemütlich in der kleinen Sitzecke. Dann nimmt er die bunten Memozettel hervor und geht noch einmal in Gedanken die Lösungsmöglichkeiten durch. Was wäre, wenn die Duisburger Ganoven doch nichts mit dem Fall zu tun haben, wenn sie ein wasserdichtes Alibi haben? Das Umfeld der Toten bietet Ansätze. Doch das scheint nach den bisherigen Kenntnissen auszuscheiden. Haben wir die eigene Familie gründlich genug beleuchtet? Vielfach passieren die meisten Verbrechen innerhalb der Familie. Die Eltern scheiden aus. Was ist mit dem Gärtner? Oder mit dem Kellner? Nicht schon wieder Kellner, wie im letzten Fall! Er kommt zu der Erkenntnis, bis wir auf der Bild-Fläche erscheinen, ist immer alles geschehen. Die Rückwärtssuche wurmt ihn. Wo steckt die Nadel im Heuhaufen? Instinktiv greift er zur WAZ[16] und überfliegt die Lokalnachrichten. Er will damit die Leere in seinem Kopf bekämpfen. Rasch kommt er zu dem Schluss, es ist nicht viel anders als in jedem anderen Lokalblatt, leichtes Geröll und schnöseliges Zeug. Schon will er die Zeitung beiseite legen und seinen Gedanken hinter den Horizont schieben. Doch halt, was steht denn da? Das ist ja interessant. „Mord im Rotlichtmilieu." Nanu, ich bin zwar nur zu Besuch, aber dieser Bericht weckt meine Neugierde. Von Meiderich erfährt von einem geräuschlosen Mord an einer männlichen Person im Hinterzimmer einer einschlägigen Bar.

Der Tote wird als Bernhard G. bezeichnet. Der vermutliche Täter sei flüchtig. Sofort geht in von Meiderichs Gehirn eine rote Lampe an. Wenn es sich hier um den Gsell handeln sollte, dann könnte doch der Täter Meister heißen. Und genau um die beiden Figuren will sich das verstärkte Duisburger Fahnderteam am Samstagabend kümmern. Noch während der Hotelgast seine Zeitungslektüre studiert, läutet das Zimmertelefon. Von Meiderich nimmt den Hörer ab und sagt seinen Namen.

„Kolleje, hier ist Optenhövel, dat wird Sie intressiere. Wir ham heut nämlich ne neue Leiche. Könne mir uns gleich im Revier treffe?"

„Das können wir, und ich weiß auch schon, wer er ist und wie der Täter heißt. Der Tote heißt Gsell und der Täter ist der Meister."

„Sind Sie Hellseher im Nebenberuf?"

„Bin ich nicht. Aber ich habe mein Gehirn aktiviert, habe nur gedacht nach der Methode blindes Huhn. Vielleicht hilft´s, und ich bin nicht umsonst nach Duisburg gekommen. Also, ich komme. In einer halben Stunde bin ich in Ihrem Büro."

Auf dem Weg zum Präsidium kommen dem Koblenzer von Meiderich drei Streifenwagen mit eingeschaltetem Blaulicht und Sirenengeschrei entgegen, gefolgt von einem Rettungswagen mit den gleichen Merkmalen.

---

[16] Westdeutsche Allgemeine Zeitung

Instinktiv geht der MSV auf die Bremse, überlegt kurz und wendet riskant auf der belebten Ausfallstraße. Er will unter keinen Umständen die vorauseilenden Kollegen verpassen. Es ist stockdunkel und der Asphalt ist nass vom Nieselregen. Die Hetzjagd erfordert erhöhte Aufmerksamkeit. Gottlob verhalten sich die übrigen Verkehrsteilnehmer vorschriftsmäßig, fahren rechts ran und verlangsamen ihr Tempo. Noch weiß er nicht, was der Tross beabsichtigt. Er kennt zwar Duisburg aus seiner Meidericher Zeit. Aber das Hafengelände bei Nacht ist ihm doch nicht ganz geheuer. Genau dorthin scheint die heulende Meute zu fahren. Eigentlich wollte er sich treffen mit dem Kollegen Optenhövel. Da wird wohl nichts draus. Wenn das hier um eine Lappalie geht, die seinen Fall überhaupt nicht tangiert, dann macht er sich lächerlich und unglaubwürdig obendrein. Womöglich sitzt der Optenhövel jetzt in seinem Büro und wartet vergebens auf ihn. Es geht tatsächlich in den Hafen, aber in den Yacht-Hafen. Dort liegen die Sportboote. Die grell zuckenden Blaulichter stören ihn bei der rasanten Aufholjagd. Doch plötzlich schweigen die Sirenen. Wenige Sekunden danach ist Stille. Die Meute steht. Alle Lichter verlöschen. Doch da ist auch von Meiderich aufgerückt. Jetzt stellt auch er seinen Motor ab, macht ebenfalls das Fahrlicht aus und steigt aus.

„Tut mir Leid, Kolleje, dat jing so flott, mir mussten ausrücken. Ich dacht´, wat is dat für´n wilde Privatmann hinner uns. Wissense, die Zeitungsleut sin manchesmol hingen uns her, sojenannte Tatortreporter. Dat mag ich nitteso jerne. Die vermassele uns met ihre Blitzlichtarie nämlich de Supp."

„Worum geht es denn, Herr Optenhövel?"

„De Brocken in de Supp, das is unser jemeinsamer Freund Meister, der hät hier in de Marina nen Flitzer liejen, zwo mol zwohunnertdrissisch PS."

„Sieh mal einer an. Zu Land und zu Wasser, immer nobel, immer schnell."

„Jetz kommen se mal dusma mit. De Mannschaft verschanzt sich im Jebüsch, un mir beide jehn inne Schatten von dem Kabüffje."
Damit deutet er auf das niedrige Hafengebäude in der Nähe der Steganlage. Jetzt flüstert der Optenhövel nur noch. Optenhövel nimmt die Uhrzeit. Es ist genau 23:30 Uhr. Die zahlreichen Boote liegen verträumt in ihren Boxen und schwojen lediglich vom sanften Wind bewegt zwischen den lockeren Leinen hin und her. Optenhövel nimmt sein Funkgerät an seinen Mund und flüstert:

„An alle, wir warten jenau eine halbe Stund. Wenn ich Zugriff sache, dann alle Batterien uff volle Lichtstärke. Jetzt absolutes Redeverbot. Reden nur, wenn Bewejung jesichtet. Ende."

Plötzlich taucht aus dem Dunkel die Silhouette des Wasserschutzbootes auf. Schleichfahrt, der Motor ist abgeschaltet, hält sich vornehm zurück. Die Wapo hat ihre Positionslichter gelöscht. Bald ist Geisterstunde.

Fliehende Wolken geben hin und wieder den Blick auf die Sichel des zunehmenden Mondes frei. Das einzig wahrnehmbare Geräusch ist der eigene Atem und das sanfte Plätschern des Hafenwassers an den Schwimmstegen und Bordwänden. Alle Ordnungshüter haben nur ein bestimmtes Boot im Auge, eine Elfmeteryacht Nimbus 2004 mit offener Plicht und Fly. Das Boot trägt den Namen „carpe diem", nutze den Tag, hat einen hellen, matterhornweißen Rumpf und macht einen gepflegten Eindruck. Noch zehn Minuten. Nichts rührt sich. Für alle unsichtbar greift ein weißer Arm mit weißem Handschuh im Schneckentempo aus der offenen Plicht über den Bootsrand und kappt mit einem gezielten Messerschnitt die einzige Festmacherleine. Sekunden danach brüllen Motorgeräusche auf. Ohne eine Innenbeleuchtung und ohne Fahrlicht schießt das weiße schnelle Sportboot aus seiner Box und hält geradewegs auf das WSP-Boot zu.

Lähmung bei den uniformierten Mannschaften. Natürlich gehen sofort alle Suchscheinwerfer an, auch an Bord der Wasserschutzpolizei. Ein Lautsprecher brüllt Befehle. Dann ein Schuss. Aber es ist kein gezielter Schuss, sondern eine Leuchtrakete, die das ganze Szenario in ein gleißendes Licht taucht.

Ein Hubschrauber knattert heran und sucht mit seinem Scheinwerfer die Wasseroberfläche ab. Die Wapo startet die Motoren und röhrt hinter dem Fluchtboot hinaus auf den Strom. Wer ist schneller? Draußen auf dem Rhein herrscht nächtlicher Berufsverkehr. Begegnung zweier Schubverbände. Einer davon ist ein Koppelverband[17]. Das Fluchtboot hält geradewegs auf den talwärts fahrenden Schubverband zu und kreuzt hochriskant in einem Kollisionskurs von etwa fünf Metern den riesigen Stahlkoloss und entzieht sich fürs Erste einmal dem Zugriff der Verfolger. Die Wapo konnte dieses Wahnsinnsmanöver nicht nachvollziehen. Sie haben sich geschworen, wenn der Wahnsinnige wirklich mit dem Leben davon kommt, der Bootsführerschein wird auf jeden Fall eingezogen. Allein für diese Kapriole gibt es ein eigenes Verfahren. Der 140 Meter zählende Koppelverband rauscht ungebremst zwischen Verfolgern und dem Verfolgten zu Tal und vergrößert so die Distanz.

Die Beamten an Land sind konsterniert und verfolgen das Geschehen auf dem Wasser jetzt nur noch über die Funksprüche zwischen dem Helikopter und der Wasserschutzpolizei.

„Heli an WSP."

„WSP hört."

„Mann über Bord, Boot treibt führerlos zu Tal."

---

[17] Der Koppelverband besteht aus dem schiebenden Schiff, dem ein Leichter vorangekoppelt ist. Ein Schubverband hingegen besteht aus einem separaten Motorboot, dem ein oder zwei Ladeeinheiten voran gekoppelt sind.

„Pan Pan an alle im Bereich Duisburg. Zwischen Stromkilometer 776 und 778 Mann über Bord. Vermutlich führerloses Sportboot zu Tal."

„Heli nimmt Suche mit Wärmebildkamera auf."

„Kolleje Meiderich, ich lossen dat von weg, su kann ich schneller sprächen. Han se jehört, die finden dän. Frachen se mich nit, dä is jetürmt und freiwillich in de Rhing jesprunge."

„Ja, das nehm ich auch an. Der rechnet damit, dass der Wasserschutz zuerst das Boot entert. Wenn der Flüchtige ein guter Schwimmer ist, kann er das Ufer erreichen, denn mit dem Boot auf Seite sind die blauen Kollegen nicht mehr so wendig."

Nach einer Weile kommt der Funkspruch vom Heli:

„Zielperson verloren. Gehen runter und suchen die Oberfläche noch einmal gründlich ab."

Doch die Mühe bleibt vergebens. Entweder ist der Flüchtling ertrunken oder er hat sich im Schutze der Dunkelheit in Sicherheit gebracht. Auf beiden Seiten des Rheins werden die Uferanlagen durchkämmt. Immerhin geht es um ein Menschenleben. Er könnte ja Hilfe benötigen, könnte irgendwo verletzt oder erschöpft liegen und ärztlichen Beistand erwarten, unabhängig von seiner ethischen Einstellung hat er einen Anspruch darauf.

Schließlich dreht das Polizeiboot auf Rufweite bei und bedeutet den an Land wartenden Beamten, dass eine fremde Frau an Bord der Yacht entdeckt worden ist. Man schleppt die Yacht an ihren Liegeplatz im Hafen zurück und versiegelt das Gefährt. Schließlich legen sie das Boot an die Kette mit einem Vorhängeschloss. Die fremde Frau wird mitgenommen aufs Revier.

Von Meiderich ist überrascht, als er im Polizeipräsidium eintrifft. Die fremde Frau ist für ihn keine Unbekannte. Es ist Hertha Schmitt, die Ehefrau des Schiffsführers August Schmitt.

„Nanu, Frau Schmitt, Sie hier?"

„Ach, Herr Oberkommissar, wie gut, dass ich Sie hier sehe. Zu Ihnen habe ich Vertrauen. Nun wird vielleicht doch alles gut."

„Zunächst beantworten Sie mir bitte eine Frage. Wie gelangten Sie auf das Sportboot im Duisburger Hafen. Ich denke, Sie leben mit Ihrem Mann zusammen auf dem Schiff Albatros II."

„Das kann ich erklären. Ich war in der Innenstadt beim Friseur. Auf dem Rückweg zum Liegeplatz der Albatros wurde ich auf offener Straße entführt und auf die Yacht verschleppt."

„Von wem?"

„Das war wieder der widerliche Kerl, der Meister. Jetzt muss ich es Ihnen ja sagen. Ich war in meinem früheren Leben Prostituierte unter der Fuchtel von Meister, dem König der Duisburger Unterwelt. Mein August hat mich aus dem

Sumpf herausgeholt und später dann geheiratet. Seitdem lebe ich an Bord. Meister gab sich als Beschützer aus. Er sagte, sein Herthamäuschen müsste eine Ablösesumme von Hunderttausend Euro an ihn zahlen. Außerdem, das wissen Sie, hat mein Mann bei dem Spielschulden, die er nicht bezahlen kann. Wir sind in großer Sorge, weil der Meister mich umbringen lassen wird. Das wird er zwar nicht selbst tun. Dafür hat der seinen Adjutanten, den Gsell."

„Und der ist tot, das wissen wir. Vermutlich hat er den selbst umgelegt."

Hertha Schmitt ist mit ihren Nerven fertig. Sie gestikuliert, wird geradezu hysterisch. Der ebenfalls anwesende Hauptkommissar Optenhövel definiert ihren Zustand mit „Hyperventilation."

„Herr von Meiderich, mir ist jetzt klar. Die arme Loreley Laura Reinhard ist einem Irrtum-Mord zum Opfer gefallen. Es war eine Verwechslung, weil wir uns so ähnlich sehen."

„Genau so sehe ich das auch. Es ist unglaublich. Der Meister macht den Gsell für den falschen Mord verantwortlich, gerät mit ihm in einen folgenschweren Streit. Am Ende streckt der ihn mit einem einzigen Schuss aus seiner schallgedämpften Waffe nieder."

„Herr Kommissar, ich habe Angst, Angst um mein Leben. Können Sie mich vielleicht in Schutzhaft nehmen? Aber sagen Sie es unbedingt meinem Mann, der kommt ja um vor lauter Sorge um mich."

„Jutes Frauchen, machen se mal halblang. Jebense mir de Handynummer von Ihrem Mann, ich rufen den aan. Ich hab für den Rest der Naacht noch en Einzelzimmer mit Pritsche. Se kriejen von em Kolleje jetz ene Schlummertrunk un morjen sehen mir weiter."

„Frau Schmitt, bevor Sie schlafen gehen, sollten Sie noch eine Frage beantworten."

Von Meiderich will es jetzt ganz genau wissen:

„Sie haben mir auf dem Koblenzer Präsidium nicht die ganze Wahrheit gesagt. Von Prostitution war bisher keine Rede. Wie lange haben Sie für den Meister gearbeitet, bitte genau, wenn´s geht. Und wie ist es Ihnen während dieser Zeit ergangen?"

„Es waren genau zwei Jahre, schlimme zwei Jahre. Er hat mich immer wieder eingesetzt, auch wenn es mir gar nicht gut ging. Wenn ich nicht konnte, gab´s Prügel. Ich hatte zwar immer gutes Geld, aber den Löwenanteil behielt er für sich. Hoffentlich fassen Sie den Lump."

Jetzt konzentriert sich alles auf die Suche nach Meister. Der hat sich schwimmend an einen Bergfahrer gerettet. Natürlich hat der Bergfahrer die Funksprüche der Wapo mitgehört, denn die laufen über Kanal 10, um alle Schiffe zu warnen. Der tief abgeladene Bergfahrer verlangsamt seine Fahrt. Kein Problem für Meister, das niedrige Gangbord schwimmend zu erreichen.

Er schafft sich, für den Schiffsführer unbemerkt, nach vorne und versteckt sich am Bug vor dem Ankerspill. Schlotternd kauert Meister geduckt in seinem Versteck. Vier Stromkilometer will der blinde Passagier in seiner Lage verharren. Er schätzt, das dauert eine halbe Stunde, denn der Frachter macht zu Berg etwa acht Kilometer in der Stunde. Am liebsten würde er jetzt umher laufen, sich bewegen. Es friert ihn erbärmlich. Seine Gliedmaßen werden steif. Aber er muss durchhalten. Er fühlt sich sicher, weil er weiß, der Schiffsführer ist in der Nacht allein in seinem Ruderhaus und hat nur Augen für seinen Radarschirm. Meister plant, genau in dem Augenblick von Bord zu springen, wenn der nächste Talfahrer auf Begegnungskurs ist, und das wird auf der Backbordseite passieren. Dann wird er auf Steuerbord in die Fluten hechten. Sein Plan geht auf, denn einen talwärts Schwimmenden wird man immer unterhalb suchen und niemals oberhalb des gesichteten Verlustortes.

Der Hechtsprung mit Anlauf von den geschlossenen Luken bringt den Schwimmer weit genug vom Schiffskörper in die Fluten. Er rechnet sich aus, wenn der Frachter acht Kilometer Fahrt macht und die Fließgeschwindigkeit des Rheins sieben Kilometer beträgt, dann muss er unter Wasser beim Aufprall auf die Wasseroberfläche mit einem Ruck durch seinen Körper von fünfzehn Kilometern rechnen. Er ist vorbereitet auf den kritischen Augenblick. Deshalb übersteht er den Schlag in seinem Rücken, greift mit seinen Armen kräftig zu, nur weg von dem Schiffsrumpf, der einen ungeübten Schwimmer anzuziehen droht. Jetzt muss er nur noch das rettende Ufer erreichen.

Der Staatsanwalt hat eine Hausdurchsuchung angeordnet. Die Spielhölle wird noch in der gleichen Nacht auf den Kopf gestellt. Auch das Boot im Yachthafen wird beschlagnahmt. Aus der Spielhölle werden Kisten und Kartons mit allerlei Unterlagen und Utensilien, ja sogar der Spieltisch in einem Transporter sichergestellt und abgefahren. In dem Boot finden sich belastende Unterlagen. Die Szenerie erinnert an einen Umzug.

Im Morgengrauen ist der Spuk vorüber. Es wird sortiert und gesichtet, geordnet und zugeordnet, Spuren gesichert, Fingerabdrücke registriert und Namen mit Adressen, Telefonnummern und Bankverbindungen mit den dazu gehörigen Kontoauszügen fein säuberlich in einem separaten Raum neben der Asservatenkammer untergebracht.

„Guten Morgen Frau Schmitt, wie geht es Ihnen an diesem schönen Sonnentag?"

„Danke Herr Oberkommissar. Es geht so. In meiner Kajüte an Bord schläft sich's besser."

„Machen Sie sich bitte etwas frisch. Nebenan ist der Sanitärraum, dann bekommen Sie Frühstück und anschließend kommen Sie bitte in das Büro des

Kollegen Optenhövel, auf dem Gang links um die Ecke, erstes Zimmer rechts. Wir haben noch einige abschließende Fragen."

Hertha Schmitt ist beunruhigt. Wenn ich doch bloß wieder auf der Albatros wäre. Der August wird sich Sorgen machen. Und was mag aus dem Meister geworden sein. Hoffentlich lassen die mich wieder laufen.

„Frau Schmitt, setzen Sie sich."

Hertha Schmitt ist überrascht. Es fehlt das höfliche „bitte." Das ist sie von dem Herrn von Meiderich gar nicht gewöhnt. Etwas umständlich nimmt sie an der Täterseite des Schreibtisches Platz.

„Sie sinn mir ja en schönes Früchtche" beginnt der Duisburger Revierleiter Optenhövel.

„Wie meinen Sie das?"

„Dat kann ich Ihne verklickere, falls Se dat nit verstonn, verklickere ist verzähle."

Der MSV schaltet sich ein.

„Sie müssen verstehen, der Kollege Optenhövel pflegt sein rheinisches Dialekt ohne Ansehen der Person, ob das der Oberstaatsanwalt ist oder ein Angeklagter, ob der Bischof von Essen vor ihm steht oder die Bundeskanzlerin, er kann es einfach nicht ablegen."

„Jenau, so is et."

„Nun, hören Sie bitte, was wir noch in der Nacht festgestellt haben: Sie gehören mit zum Komplott. Sie sind die Komplizin von Meister und Gsell. Sie waren sein bestes Pferd im Stall. Sie haben uns die Jungfrau von Orleans vorgespielt. In Wirklichkeit haben Sie sich nie von Meister getrennt. Sie haben uns an der Nase herum geführt. Sie haben sich von dem August Schmitt nur zum Schein aus dem Sumpf ziehen lassen. In Wirklichkeit haben Sie den ahnungslosen Schiffer nur benutzt, um Rauschgift von Rotterdam über die deutsche Grenze zu schmuggeln. Jetzt wissen wir auch, weshalb Sie so gerne nach Holland gefahren sind. Und in den Loreleymord sind Sie auch verwikkelt. Jetzt wissen wir, Sie waren eifersüchtig auf die schöne Laura Reinhard, mit der sich Ihr August mehrfach getroffen hatte. Es war Ihr Auftragsmord. Das geht aus Aufzeichnungen Ihres Komplizen hervor. Sie war schöner als Sie und jünger. Der Gsell geht auf das Konto von Meister. Sie haben also Ihrem Mann und uns ein richtiges Theater vorgespielt. Außerdem haben Sie dem Meister einige Mädchen besorgt, die er auf den Strich geschickt hat. Sie sind eine ganz Ausgekochte. Und das alles nur wegen dem schnöden Mammon."

Atemlose Stille, unerträgliche Spannung, ein hasserfüllter kalter Blick in den Augen von Hertha Schmitt.

„Damit dat Janze ein End hat, han ich hee ne Passierschein für Sie met ene Berechdischung für et Undersuchungsjefängnis."

„Und Ihren Mitstreiter Meister holen wir uns jetzt ganz schnell. Der ist von einem Angler oberhalb Duisburg am linken Rheinufer schlafend aufgefunden worden und wird von dem notdürftig versorgt. Unsere Leute sind bereits unterwegs."

„Außerdemm, wat für Sie spricht, Sie sinn bisher nich strofrechlich uffjefalle. Dat Bundeszendralrejister hat nix üwwer Sie inne Akte. Wenn Sie jetzz dat alles hee jestehn, kann sich dat strofmildernd für Sie auswirke."

Das Licht der unverzichtbaren Schreibtischlampe spendierte Hertha Schmitts Blondhaar einen Heiligenschein. Der einzige Kommentar der künftigen Angeklagten ist kurz:

„Wenn Gott eine Tür zuschlägt, öffnet er immer auch ein Fenster."

Darauf von Meiderich:

„Aber da sind dieses Mal bestimmt Gitterstäbe davor."

Interview mit dem Autor

Wie sind Sie zu der Idee gekommen, diesen Loreley-Krimi zu schreiben?
Antwort: Es gibt Eifel-Krimis, Hunsrück-Krimis und Mosel-Krimis. Gerade durch die Mosel-Krimis bin ich durch meine Bootsleidenschaft, die ich mit meiner Frau an der Mosel auslebe, animiert worden.

Wann haben Sie damit begonnen?
Antwort: Vor einem Jahr.

Was wollen Sie damit bezwecken?
Antwort: Da muss ich etwas länger ausholen. Ich bin jemand, der ohne Rhein und Mosel nicht leben möchte. Gerade der Rhein ist übervoll von Mythen und Sagen. Und gerade die Loreley-Region verspricht so viel an Anregungen und Geheimnissen, dass es mich innerlich gedrängt hat, den Griffel in die Hand zu nehmen.

Schreiben Sie von Hand?
Antwort: Nein, ich sitze vor dem PC.

Was wollen Sie mit der Story vermitteln?
Antwort: Ich will den Lesern auf eine lockere und auch nicht ganz humorlose Weise unterhalten, will eine spannende Geschichte erzählen, auch uns Rheinländern einen Spiegel vorhalten und damit nebenbei auf die Besonderheiten des romantischen Mittelrheintals eingehen. Hier werden keine neuen Helden geboren. Die Figuren sind Menschen wie du und ich, mit kleinen Macken und mit Wünschen und Sehnsüchten. Wir treffen auf Paradiesvögel, obschon das wahre Paradies vorüber ist.

Gibt es auch Bösewichte?
Antwort: Gibt es selbstverständlich, wie überall auf diesem Erdball. Aber ich musste mich zurückhalten, damit der Leser nicht allzu viel Sympathie für sie empfindet.

Welche Orte spielen eine Rolle?
Antwort: Da sind zunächst die Schwesterstädte St. Goar und St. Goarshausen, Oberwesel, Koblenz, Bad Ems.

Gehen Sie auch darüber hinaus?
Antwort: Ja doch, Rüdesheim, München, die Alpen-Region, Sylt und sogar Übersee spielen eine Rolle.

Kann ich davon ausgehen, dass am Ende die Gerechtigkeit die Oberhand behält?
Antwort: Ich kann Sie beruhigen, das wird der Fall sein. Doch ich warne davor, die Geschichte von hinten nach vorne zu lesen, es würde Ihnen viel Lesevergnügen verderben. Das ist übrigens ein Anliegen eines jeden Buches.

Gibt es auch eine Moral von der Geschichte?
Antwort: Wer die Geschichte liest, wird locker und spannend unterhalten. Zudem bekommt der Leser so nebenbei Nachhilfe in Sachen Heimatkunde. Und das alles ohne den berühmten, erhobenen Zeigefinger. Vielleicht wird sich so mancher Zeitgenosse in dieser Story wieder finden. Die Moral von der Geschichte? Das Böse ist allgegenwärtig wie das Unkraut in Mutters Rosen-Beet.

Karl-Heinz Link

Bild: Bernd Thierolf, Barny´s Fotoshop

Jahrgang 1934, verheiratet, drei Söhne und eine Tochter, hat vierzig Jahre in Verlagshäusern verbracht. 1957 gewann er einen Literaturpreis der Bundeszentrale für Heimatdienst in Bonn zu dem Thema: „Überwindung rassischer Vorurteile."

„Loreley-Geflüster" ist 1976 als Lyrikband erschienen und ein Jahr danach „Johannes Ruchrat, der Rebell." Ruchrat war Vorläufer von Martin Luther, Bürger von Oberwesel am Rhein, dem Heimatort des Autors. Ruchrat landete vor dem Ketzergericht in Mainz. Das Schauspiel wurde erst 25 Jahre nach Erscheinen beim *10. Mittelalterlichen Spektaculum* in Oberwesel insgesamt sechsmal aufgeführt. Bereits Ende der 90er Jahre entstanden die Stücke „Der Teufelspakt", die „Sieben Jungfrauen" und später der „Kaiserreigen", die alle vor dem Oberweseler Rathaus mehrere Spektakel verursachten.

Mitveröffentlichung in mehreren Anthologien seit 1986 u.a. in Literatur aus Rheinland-Pfalz III (Mundart) in Mainz, Mitbegründer des FDA-Freier Deutscher Autorenverband Rheinland-Pfalz.